# 신참자

초판 펴낸 날 2012년 3월 16일  14쇄 펴낸 날 2023년 7월 20일
**지은이** 히가시노 게이고 **옮긴이** 김난주 **펴낸이** 박설림 **펴낸곳** 도서출판 재인 **디자인** 오필민디자인
**등록** 2003. 7. 2 제300-2003-119 **주소** 서울시 강남구 도곡동 467-6 대림아크로텔 1812호
**전화** 02-571-6858 **팩스** 02-571-6857

ISBN 978-89-90982-46-9  03830  Copyright ⓒ 재인, 2012  Printed in Korea.

책값은 뒤표지에 표시되어 있습니다. 잘못된 책은 바꿔 드립니다.

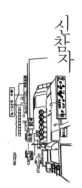

# 신참자

히가시노 게이고 지음　김난주 옮김

재인

차례

1

센베이 가게 딸

며칠 전까지만 해도 나호가 저녁 준비를 했지만 일주일 전부터는 사토코가 하고 있다. 그녀가 입원하기 전 상태로 돌아간 것이다.

나호의 어머니는 나호가 초등학교에 입학하기 전에 세상을 떠났다. 교통사고였다. 어렸지만 그때의 충격과 슬픔은 지금도 나호의 가슴 한켠에 자리하고 있다. 집이 가게를 하는 덕분에 아버지가 늘 곁에 있어 주어 그나마 다행이었다. 또 할머니가 있다는 것도 그녀에게는 구원이었다. 그 두 사람 덕분에 편부 가정에서 자라는 아이가 숙명적으로 감수해야 하는 고독감을 상당 부분 이겨 낼 수 있었다. 어머니의 사랑에는 주렸지만 정성 어린 밥에 주리는 일은 없었다. 체험 학습을 갈 때면 나호의 도시락을 들여다본 친구들이 엄청 부러워했을 정도였다.

그런 만큼, 올 4월에 사토코가 위독한 상태에 빠지자 나호는 새하얗게 질렸다. 마음의 준비가 전혀 없었던 그녀는 병원으로 달려가서도 눈물을 감추지 못했다.

사토코가 보험 회사 영업 사원에게 말했던 것처럼, 원래 그녀는 동맥류 수술을 받기 위해 입원한 것이었다. 그런데 수술을 며칠 앞둔 어느 날 갑자기 열이 펄펄 끓었다. 원인을 알 수 없었다. 그리고 사토코는 의식 불명에 빠졌다.

그 상태가 사흘 동안 지속되었다. 나흘째 되던 날 사토코가 겨우 의식을 되찾자 나호는 또 울었다.

담관염 때문에 열이 났다는 걸 나중에 알았다. 그제야 나호는 지금까지 자신이 의지하고 응석 부렸던 상대가 실은 몸속에 병을 지닌 노인이라는 사실을 깨달았다. 그래서 사토코가 퇴원했을 때 나호는 할머니의 손을 꼭 붙들고 이렇게 말했다.

"앞으로는 내가 할머니를 돌볼 거야. 지금까지 잘해 준 거, 다 갚을게."

그 말을 듣고서 사토코는 감격의 눈물을 흘렸다.

그런데 아쉽게도 감동적인 장면은 오래가지 못했다. 사토코는 원래 욱했다가도 돌아서면 풀어지는 다혈질이었다. 처음 한동안은 매사에 서투른 손녀딸을 자애롭게 지켜보며 여유를 부렸지만, 갈수록 답답해서 못 견디겠다는 듯 이런저런 잔소리를 내뱉는 일이 많아졌다. 게다가 고집스럽고 성격이 급해서 상대가 상처받지 않도록 부드럽게 말하는 배려심도 부족했다. 그런데 문제는 나호가 할머니의 그런 성격을 고스란히 물려받았다는 것이었다.

"그렇게 잔소리만 해 댈 거면 할머니가 직접 하시면 되잖아."

결국 나호가 내뱉은 그 한마디에 상황은 입원 전으로 돌아가고 말았다.

하지만 후미다카는 오히려 잘되었다고 기뻐하는 눈치였다.

"너도 참 센베이 좋아한다. 아무리 센베이 가게 딸이라도 그렇지, 어려서부터 그렇게 먹었는데 싫증 나지도 않아?"

"이건 신제품이니까 그렇지."

"아무리 신제품이라도 센베이는 센베인데. 난 솔직히 이젠 보기도 싫다. 우선 이가 견뎌 내질 못해."

"그러면서 어떻게 50년이나 계속했나 몰라."

"내 몇 번이나 말했다만, 센베이 가게로 바뀐 건 30년 전이 야. 그 전에는 전통 과자 가게였단다. 그런데 네 아비란 사람 이 센베이 가게로 바꿔 버렸지 뭐냐. 아, 양갱이 그립구나."

"양갱, 만날 먹으면서 뭘 그래."

나호가 입술을 비죽 내밀고 말하는 찰나 회색 양복을 입은 땅딸막한 남자가 유리문을 밀고 들어왔다.

"안녕하세요, 할머니."

남자가 기운차게 인사하며 고개를 숙인다.

"아이고, 다쿠라 씨, 미안해요. 이렇게 더운 날 일부러 오게 하고."

사토코의 목소리 톤이 높아졌다.

"아닙니다. 제 일인데요, 뭐. 그래도 저녁때가 되니 좀 시원 해지네요. 낮에는 더워 죽을 것 같더니만."

"저런, 힘들었겠구먼. 안으로 들어와요. 시원한 거라도 마 시게."

# 1

"휴, 이제야 좀 시원해졌구나. 6월인데 벌써 이리 더워서야."

가게 앞에 내놓은 센베이 봉지들을 가지런히 해 놓고서 사토코가 안으로 들어왔다.

"아이참, 할머니, 퇴원하자마자 그렇게 돌아다니시면 어떡해. 할머니가 그러는 거 아빠가 보면 나 또 한 소리 듣는단 말이야."

나호가 얼굴을 찡그린다.

"괜찮다, 괜찮아. 병원에서 퇴원시킨 건 이제 환자가 아니라는 소린데, 평소대로 일해야 하지 않겠니. 일하지 않으려거든 먹지도 마라, 그런 옛말도 있다. 나호 너도 하루빨리 스스로 먹고살 궁리를 해야 해."

"쳇, 또 그 소리."

나호는 마요네즈 맛 센베이 한 조각을 입에 쏙 넣었다.

사토코는 그런 손녀딸의 얼굴을 물끄러미 바라보다가 허리를 툭툭 두드린다.

사토코가 서둘러 가게 안쪽으로 들어가려 했다.

"아뇨, 괜찮습니다. 오늘은 그것만 받아 가면 돼요."

그러면서 다쿠라는 손가락으로 공중에다 네모를 그렸다.

"진단서 말이지? 내 준비해 놨어요. 오늘 우리 손녀딸이랑 같이 가서 받아 왔거든. 혼자 가도 된다는데 굳이 따라오겠다고 하지 뭐야."

그러면서 사토코는 샌들을 벗으려고 했다.

"잠깐, 할머니. 내가 가져올게."

나호는 할머니를 붙잡더니 자신이 안쪽으로 들어갔다.

"어디 있는지 알아?"

뒤에서 사토코가 물었다.

"알지, 내가 놔뒀는데. 그러는 할머니야말로 어디 있는지도 모르면서."

나호의 말에 사토코가 뭐라고 하는 것 같더니 뒤이어 다쿠라의 웃음소리가 들려온다.

"나호, 차도 좀 내오너라."

사토코의 목소리가 울렸다.

"알아요."

내가 알아서 할 건데, 라며 나호는 혼자서 툴툴거렸다.

시원한 우롱차를 쟁반에 담아 가게로 돌아오니 사토코는 다쿠라와 두런두런 얘기를 나누고 있었다.

"좋아 보이시는데요. 뵌 지 나흘밖에 안 됐는데 그사이에 안색이 완전히 달라지셨어요."

다쿠라가 감탄스러운 듯 말하고는 고개를 가로흔들었다.

"집에 돌아오니까 아무래도 기분이 달라. 가만히 있자니 좀이 쑤시는데 이 아이가 움직이지 말라고 어찌나 잔소리를 해대는지."

"그야 걱정되니까 그렇겠죠. 아, 잘 마시겠습니다."

다쿠라는 우롱차 잔으로 손을 뻗었다.

"할머니, 여기."

나호가 봉투를 사토코에게 건넸다.

"오냐, 고맙다."

사토코는 봉투 속에서 서류 한 장을 꺼내 죽 훑어보더니 그 것을 다쿠라 쪽으로 내밀었다.

"다쿠라 씨, 이거면 되겠지?"

어디 좀, 하면서 그가 서류를 받아 들었다.

"저런, 두 달이나 입원하셨군요. 힘드셨겠습니다."

"그래서 병이 싹 나았으면 모르겠는데, 정작 고치려던 병은 고치지도 못하고 다른 병이 발견되는 바람에 그걸 치료하느라고 두 달이나 걸렸어. 내 참, 어찌나 분한지."

"담관염이라고 되어 있군요. 아, 그리고 동맥류 검사도 하셨네요."

"원래 그 동맥류 때문에 입원했거든. 수술받으려고. 그런데 결국 그건 나중으로 미뤄졌어."

"그럼 언젠가는 동맥류 수술도 받으시겠군요."

"그러기로 되어 있을 거야. 하지만 나이도 먹을 만큼 먹었는데, 섣불리 수술하느니 그냥 이대로 살 수 있는 데까지 살까 싶은 마음도 있어."

"아, 네, 그러시군요. 판단하기 어려우시겠어요."

무책임한 말을 할 수도 없고 해서 다쿠라는 다소 애매한 표정을 지었다.

"서류, 이걸로 다 된 거지?"

사토코가 다시 물었다.

"네, 지난번에 받은 것까지 해서 이제 다 갖춰졌어요. 이 길로 회사에 가서 곧바로 처리하겠습니다. 늦어도 다음 달에는 입원 보상금이 나올 겁니다."

"또 회사로 가는 거야? 아이고, 힘들겠구먼."

"별말씀을요, 괜찮습니다. 그럼 저는 이만."

서류를 가방에 챙겨 넣은 다쿠라는 나호에게도 웃음 지어 보였다.

"차, 잘 마셨습니다."

나호도 감사합니다, 라고 인사했다.

다쿠라가 밖으로 나가자 사토코가 그를 뒤쫓아 나갔다. 그리고 가게 앞에서 그의 뒷모습을 배웅했다.

사토코의 아들, 그러니까 나호의 아버지인 후미다카가 집에 돌아온 것은 그로부터 두 시간쯤 지나서였다. 도매상에 다녀왔다는 그의 하얀 폴로셔츠 깃이 땀에 젖어 있었다.

"고덴마초에 무슨 일이 생긴 모양이던데."

그가 구두를 벗으며 말한다.

"경찰차가 몇 대나 와 있더라고. 교통사고 같은 건 아닌 모양이던데."

"무슨 사건이 생겼나? 그렇겠지. 경찰이 와 있는 걸 보면."

나호가 중얼거렸다.

"이 부근도 꽤나 시끄러워졌어. 사람이 너무 많아져서 그렇지, 뭐. 아파트를 그렇게 지어 댔으니."

부엌에서 된장국 간을 보던 사토코가 한마디 한다.

후미다카는 아무 대꾸도 하지 않은 채 텔레비전을 켜고 야간 경기 중계방송에 채널을 맞췄다. 나호는 식탁에 그릇을 늘어놓고 있었다. 아파트가 늘어나 새로 이사 오는 사람이 많아지면 나쁜 인간도 많아진다, 사토코는 입버릇처럼 그렇게 말하곤 했다.

가미카와 후미다카의 집에서는 대개 식구 셋이 다 모여야 저녁을 먹는다. 오늘은 후미다카가 외출했던 탓에 평소보다 저녁이 늦어졌다.

나호가 차려 주는 밥을 먹는 동안 몸무게가 5킬로그램이나 줄었던 것이다. 사토코가 부엌에 서게 되면서 그는 점차 원래의 몸집을 되찾았다.

"그런데 너, 미용 학원에는 잘 다니고 있는 거냐?"

후미다카가 나호에게 묻는다.

"당연하지. 오늘은 쉬는 날이라서 집에 있는 거야."

"그럼 다행이고."

"우리 나호가 과연 무사히 미용사가 될는지."

"할머니는, 되는 게 당연하지."

나호가 할머니를 노려본다. 할머니 때문에 며칠이나 학원에 못 갔다는 말은 할 수 없었다.

"한번 시작한 일이니 빨리 끝내고 어엿한 미용사가 돼서 제 손으로 벌어먹어야지. 이 아빠가 옛날부터 말했지만……."

"일하지 않으려거든 먹지도 마라, 그 말이지? 안다고, 알아."

나호가 부루퉁한 표정으로 말을 되받았다.

2

나호는 지난 4월부터 신주쿠에 있는 미용 학원에 다니고 있다. 등록을 하고 열심히 한번 해 볼까 하던 참에 사토코가 그

렇게 되는 바람에 다른 학생들보다 한참 뒤처졌었는데 요즘 들어 겨우겨우 따라붙었다는 느낌이다. 미용사를 꿈꾼 건 초등학생 때부터다. 고등학교 때도 대학 진학은 한 번도 생각해 보지 않았다.

가업인 센베이 가게가 잘되지 않는다는 것은 그녀도 알고 있었다. 하루하루 먹고살 수는 있지만, 앞으로 사토코는 점점 늙어 갈 것이고 후미다카 역시 언제까지고 왕성하게 활동하지는 못할 것이다. 그렇게 되면 자신이 나서야 한다고 나호는 각오하고 있었다. 그러기 위해서는 하루빨리 제 몫을 할 수 있어야 한다.

미용 학원은 오후 4시에 수업이 끝난다. 나호는 4시 20분쯤 지하철을 탔다. 도에이 신주쿠 선을 타고 하마초 역에서 내린 후 메이지자 앞을 지나 기요스바시 거리를 건넌 그녀는 닌교초를 향했다. 앞쪽에서 와이셔츠 차림의 남자 몇 명이 걸어왔다. 모두들 윗저고리를 벗어 어깨에 걸치고 있다. 그러고 보니 오늘도 날씨가 꽤 덥다.

도에이 아사쿠사 선 닌교초 역으로 가는 길목에 자리한 소규모 상점가가 아마자케요코초다. 센베이 가게 '아마카라', 즉 나호의 집도 그 거리에 있다.

빈말이라도 첨단을 달리는 거리라고는 할 수 없다. 옷 가게에는 중년이 넘은 여성들이나 눈여겨볼 옷가지들만 걸려 있

고, 낮에는 이쑤시개를 입에 물고 걷는 회사원들이 보도를 가득 메운다. 내세울 만한 점이라면 옛 시절의 정취가 남아 있다는 것이다. 그런 사실을 깨닫기 전까지 나호는 어느 거리에나 샤미센과 궤짝을 파는 가게가 있는 줄 알았다.

그 거리에는 가게 앞 가판대에 나무로 만든 팽이와 방울 달린 장난감 소고를 늘어놓은 가게도 있다. 민예품점 '호오즈키야'다.

"집에 가는 길이니?"

그 앞을 지나는데 가게 쪽에서 소리가 들려왔다. 앞치마를 두른 스가와라 미사키가 입구에 서 있었다. 그 집 아르바이트생인 미사키는 나호보다 나이가 한 살 많다. 나호는 최근 들어 그녀와 친해졌다.

"잘 다니고 있어, 미용 학원?"

"응, 그럭저럭."

"그래, 열심히 해."

"고마워."

나호는 손을 살짝 들어 보였다.

'호오즈키야'를 지나 세 번째 가게가 나호네 집, '아마카라'다. 그런데 가게 앞에 남자 셋이 서 있었다. 둘은 양복 차림이고, 다른 한 사람은 티셔츠 위에 체크무늬 반소매 셔츠를 걸친 캐주얼한 차림이었다.

'아마카라' 앞에서 발길을 멈추는 남자 손님은 많지 않다. 아마도 손님은 아닐 거라고 생각하며 나호는 가게로 다가갔다. 그런데 나호가 유리문 손잡이를 잡으려는 순간 반소매 셔츠의 남자도 동시에 가게로 들어가려 하는 것이었다. 하마터면 부딪칠 뻔했지만 남자 쪽이 얼른 뒤로 물러섰다.

"아, 미안합니다. 먼저 들어가세요."

남자가 양보의 뜻으로 손을 내밀었다. 얼굴에 미소를 띠는데 하얀 이가 드러나 보인다.

"아니에요, 들어가세요. 저는 이 가게 사람이에요."

나호가 그렇게 말하자 남자가 고개를 끄덕거렸다.

"그래요? 마침 잘됐군요."

그러면서 남자는 가게 안으로 발을 들여놓았다.

가게 안에는 후미다카가 있었다. 그는 나호와 손님을 번갈아 보더니 잠시 의아하다는 표정을 지었다.

"어서 오십시오."

후미다카가 인사했다. 그런데 남자가 씩 웃으면서 손을 젓는다.

"죄송하지만 과자를 사러 온 게 아닙니다. 실은 니혼바시서에서 나왔습니다."

남자는 바지 주머니에서 경찰수첩을 꺼내 신분증을 펼쳐 보였다.

경찰이 이 가게를 찾아오다니, 나호가 아는 한 지금껏 한 번도 없었던 일이었다. 그녀는 수첩을 들여다보며 이름을 확인했다. 가가 교이치로라고 쓰여 있었다.

나이를 추측해 보건대 어림잡아 서른은 넘을 것 같았다. 그러나 삼십 대 전반인지 후반인지는 짐작이 가지 않는다.

"혹시 어제 다쿠라라는 사람이 여기 왔습니까? 신토 생명의 다쿠라 신이치라는 사람인데요."

가가 형사의 입에서 뜻밖의 이름이 나왔다.

"아, 왔었어요…… 아니, 오셨어요."

나호가 대답했다.

"그때 아가씨가 가게에 있었나요?"

"네. 할머니와 함께요."

그러자 가가 형사는 고개를 끄덕이며 다시 물었다.

"그 일로 경시청 관계자가 물어보고 싶은 게 있다는데, 들어오라고 해도 될까요?"

'경시청'이라는 말이 나오자 나호는 다소 당황했다.

"아, 그건……."

그러면서 그녀는 아버지 쪽을 보았다.

"그러시죠. 그런데 무슨 일입니까?"

후미다카가 물었다.

"몇 가지만 확인하면 됩니다. 오래 걸리지 않을 거예요."

"아, 예……. 그럼 그렇게 하시죠, 뭐. 어머니도 나오시라고 할까요?"

"이분의 할머니 말이죠?"

가가 형사가 나호를 보았다.

"그렇게 해 주시면 고맙겠습니다."

알겠습니다, 라며 후미다카는 안쪽으로 사라졌다.

동시에 가가 형사는 밖에서 기다리던 두 남자에게 손짓했다. 두 사람 다 무뚝뚝하게 생겼고 나이는 도무지 짐작이 안 갔다. 한마디로 그냥 아저씨였다. 아저씨 머리에 아저씨 패션, 거기에 얼굴은 넙데데하고 배가 나왔다. 두 사람은 자기소개를 했지만 그들의 이름은 나호의 기억에 남지 않았다.

후미다카를 따라 사토코가 가게로 나오자 나이가 좀 더 많아 보이는 형사가 질문을 시작했다.

"이 남자가 어제 이곳에 왔었다는데, 틀림없습니까?"

그는 사진을 보여 주면서 물었다. 차분한 표정을 한 다쿠라의 사진이었다.

"네, 틀림없어요."

나호와 사토코가 함께 대답했다.

"그게 몇 시쯤이었습니까?"

"글쎄, 몇 시쯤이었더라……."

사토코가 나호의 얼굴을 본다.

"6시나 6시 반쯤이었던 것 같은데."

"6시 전은 아니었습니까?"

형사가 되물었다.

"아……, 어쩌면 그럴지도."

나호가 입 쪽에 손을 갖다 댔다.

"그게…… 날이 환했던 것 같긴 한데……."

"요즘은 7시까지도 날이 환하죠."

형사가 말했다.

"아무튼 정확한 시간은 잘 모르겠다는 말씀이군요."

"몇 시 몇 분인지까지는……."

사토코가 자신 없다는 듯 중얼거렸다.

"다쿠라 씨가 무슨 용건으로 찾아왔습니까?"

"제가 입원 보상금을 받을 일이 있는데 그 서류 때문이었어요. 진단서가 필요해서 그걸 받으러 왔죠."

"여기 얼마나 있었죠?"

"글쎄요……."

사토코가 잠시 생각하고서 다시 입을 열었다.

"아마 10분 정도였을 거예요."

할머니와 생각이 같아 잠자코 고개만 끄덕이던 나호의 눈에 진열장 안의 센베이를 바라보고 있는 가가 형사의 모습이 들어왔다. 그는 오가는 대화에는 별 흥미가 없는 것 같았다.

"여기 일이 끝난 후 어디로 간다는 말은 하지 않았습니까?"

"회사로 돌아간다고 했어요. 가서 제 건을 마무리하겠다고요."

"그랬군요."

형사가 고개를 끄덕였다.

"그때 다쿠라 씨의 모습이 어땠습니까?"

"어떻다니, 뭐가……."

"평소와 다른 점은 없었습니까?"

"그런 거 없었지?"

사토코가 나호의 동의를 구했다.

"양복 색깔이 달랐어요."

나호가 형사를 보며 말했다.

"전에는 감색 양복을 입고 왔었는데 어제는 회색이었어요. 어제 것이 더 잘 어울려서 기억해요."

"차림새를 말하는 게 아니라, 가령 불안해했다든지 서두르는 기색이었다든지 그런 이상한 점은 없었어요?"

"그런 건 별로 없었는데요."

형사는 나호의 대답이 만족스럽지 못한 듯했으나 기분을 바꾸려는 듯 이내 웃어 보였다.

"어쨌거나 그가 온 정확한 시간은 모른다는 말씀이네요. 6시 전인지 후인지. 그럼 대충 5시 반에서 6시 반 사이라고 생각하면 되겠습니까?"

"네, 아마도……."

나호와 사토코는 서로 얼굴을 마주 보며 대답했다.

"알겠습니다. 바쁘실 텐데 실례했습니다."

"저, 다쿠라 씨에게 무슨 일이 있나요?"

나호가 물었다.

"아뇨. 아직 수사 중이라서 자세한 것은……."

그리고 형사는 가가에게 눈짓했다. 그러자 가가 형사도 나호 가족에게 감사하다며 고개를 숙였다.

세 남자가 가게에서 나간 후 후미다카가 무심히 중얼거렸다.

"설마, 고덴마초 사건과 무슨 관련이 있는 건 아니겠지."

"고덴마초 사건, 그게 뭔데?"

나호가 물었다.

"너는 신문도 안 읽냐?"

후미다카가 인상을 썼다.

"이발사에게는 신문을 읽는 것도 중요한 일이야."

이발사 아니라니까, 라며 신발을 벗고 거실로 들어온 나호는 앉은뱅이 상 위에 신문이 놓여 있는 것을 보고 얼른 펴 들었다.

후미다카가 말한 사건은 사회면에 실려 있었다. 혼자 사는 마흔다섯 살의 여성이 자신의 아파트에서 목 졸려 죽은 시신으로 발견되었다. 집 안에 침입 흔적이 없는 것으로 보아 얼굴을 아는 사람의 범행일 가능성이 크다. 니혼바시 서와 경시청은 살인으로 추정하고 사건을 수사 중에 있다. 그런 내용이었다.

"이거 뻔하네. 살인 사건이지, 뭐."

"그 사람이 그런 사건에 관련되었을 리 없지. 그래 봬도 순수한 도쿄 토박이라서 옳지 않은 일은 아주 싫어한다고."

사토코도 옆으로 다가와 신문을 들여다보며 말했다.

"하지만 아까 그 형사 말투, 다쿠라 씨의 알리바이를 조사하고 있는 것 같던데. 용의선상에 올라 있는 거 아닐까?"

"설마. 만일 그렇다 해도 걱정할 거 없다. 다쿠라 씨가 어제 여기 왔다는 건 우리가 증명할 수 있으니까 혐의가 곧 풀릴 거야."

"그래도 여기 온 시간을 몇 번이나 물었잖아. 시간이 그렇게 중요한가?"

"정확하게 몇 시였는지, 기억 안 나니?"

가게 쪽에서 후미다카가 얼굴을 들이밀며 물었다.

"5시 반에서 6시 반 사이라는 건 알겠는데, 딱 몇 시 몇 분인지는 모르겠어."

"거참 도움 안 되네."

"치⋯⋯. 아빠도 시계 보면서 생활하는 거 아니잖아."

나호가 볼멘소리를 하자 후미다카는 외면하듯 고개를 돌리며 말했다.

"걱정이네. 다쿠라 씨의 혐의가 어서 풀려야 할 텐데."

저녁을 먹은 후 나호는 가게에 나가 출입문 자동 셔터 스위치를 눌렀다. 그런데 셔터가 절반가량 내려왔을 즈음 앞으로 다가서는 남자의 다리가 보였다. 나호가 반사적으로 정지 단추를 누르자 남자가 몸을 구부리고 얼굴을 들이밀었다. 가가 형사였다. 나호와 눈이 마주친 그는 싱긋 웃으며 안으로 들어왔다.

"미안하지만 잠깐 시간 좀 내 줄 수 있겠어요?"

"아, 네. 그럼 아빠나 할머니도 부를까요?"

"아니, 아가씨만 있으면 돼요. 몇 가지만 확인하면 되니까."

"뭔데요?"

"다쿠라 씨가 어제 여기 왔을 때 입었던 옷 말인데, 양복을 입고 있었다고 했죠?"

"네. 회색 양복요. 전에 왔을 때는 감색이었는데."

그러자 가가 형사가 씩 웃으며 손을 내저었다.

"색깔은 상관없어요. 그때 그 사람, 양복 상의를 입고 있었나?"

"네, 입고 있었어요."

"역시 그렇군. 양복이 잘 어울렸다고 하기에 그럴 거라고 생각은 했지만."

"저, 그게 무슨 상관이 있나요?"

"아니, 아직은 몰라. 아무튼 고마웠어요."

그렇게 말하고서 가가는 진열되어 있는 센베이 한 봉지를 집어 들었다.

"맛있겠군. 이거 하나 줘요."

그는 과자 값 630엔을 나호에게 건넸다.

"네, 감사합니다."

"그럼, 잘 있어요."

가가는 들어왔을 때처럼 몸을 구부리고 셔터 밑으로 빠져 나갔다.

나호는 잠시 멍하게 있다가 셔터 스위치로 다가갔다. 그러나 단추를 누르려다 말고 그 자리에 쭈그리고 앉아 밖을 내다보았다.

퇴근길인 듯한 회사원 몇 명이 가게 앞을 지나가고 있었다. 한잔 걸치러 가는 길인지도 모른다. 가로등 불빛이 비치는 보도 끝에 가가의 모습은 이미 사라지고 없었다.

다음 날 역시 오후가 되기 전부터 벌써 기온이 쑥쑥 올라갔다. 고기압이 꾹 눌러앉은 탓일 것이다. 평소대로 하마초에서 지하철을 내린 나호는 계단만 올라왔을 뿐인데도 등이 땀에 푹 젖었다.

가게 앞에서는 후미다카가 차양을 치고 있었다. 그가 그녀를 발견하고 "어서 오너라."라고 나지막이 인사했다.

"다녀왔습니다. 아빠, 오늘은 형사들 안 왔어요?"

"우리 집에는 안 왔지만, 이 부근을 돌아다니는 것 같더라."

"뭘 하는 거지?"

"언뜻 듣기로는 아무래도 다쿠라 씨를 조사하나 보더라. 그날 그 사람을 목격했는지 물어보고 돌아다니는 눈치였어. 역시 우리 집에 온 시간이 중요한가 보더라."

"우리 증언만 갖고는 부족하다는 뜻인가?"

"그렇겠지."

그러고서 후미다카는 가게 안으로 들어갔다.

나호는 주위를 둘러보았다. 지금도 이 근처 어디선가 형사들이 탐문 조사를 벌이고 있을까.

무심코 길 건너편 찻집으로 눈을 돌린 나호는 숨을 헉 삼켰다. 그 찻집은 전면이 유리창으로 되어 있는데, 그 안쪽에 아는 얼굴이 보였기 때문이다. 상대도 나호가 바라보는 것을 눈치챘는지 멋쩍게 웃어 보였다.

나호는 길을 건너 찻집으로 들어갔다. 그리고 창가에 있는 테이블로 다가갔다.

"뭘 지켜보고 계시는 거죠?"

그녀가 가가를 내려다보며 물었다.

"특별히 뭘 지켜보고 있었던 건 아닌데. 아무튼, 좀 앉지그래."

그리고 가가 형사는 손을 들어 종업원을 불렀다.

"뭐 마시겠어?"

"저는 됐어요."

"사양할 거 없어."

그러면서 가가는 메뉴를 건넸다.

"그럼, 바나나 주스요."

종업원에게 말하고 나호는 의자에 앉았다.

"우리 집을 망보고 계시는 건가요?"

그 말에 가가는 웃음을 터뜨렸다.

"참 집요한 아가씨네. 지켜보는 거 아니라고 했잖아."

"그럼, 여기서 뭐하시는 건데요?"

"아무것도. 굳이 말하라면, 아이스커피를 마시고 있지. 바꿔 말하면 땡땡이치고 있다고 할까."

가가는 빨대를 사용하지 않고 유리잔을 기울여 아이스커피를 꿀꺽꿀꺽 마셨다.

"고덴마초 살인 사건 때문에 다쿠라 씨를 의심하고 계시는 건가요?"

나호가 그렇게 묻자 가가는 약간 긴장된 표정을 짓더니 주변을 휙 둘러보았다.

"목소리를 좀 낮췄으면 좋겠는데."

"가르쳐 주시지 않으면 더 큰 소리로 또 물을 거예요."

가가는 한숨을 내쉬더니 더부룩한 머리카락 속에 손가락을 넣고 긁적거렸다.

"용의자 중 한 사람이기는 하지. 범행이 일어난 날 다쿠라 씨가 피해자의 집을 방문했거든. 방에 보험 설명서와 명함이 있었어. 물론 본인은 보험 계약 건으로 찾아갔을 뿐이라고 주장하고 있지만."

"단지 그 때문에 의심한다는 거예요?"

"경찰에게는 중요한 단서거든."

그때 바나나 주스가 나왔다. 나호는 굵은 빨대에 입을 대고 단숨에 빨아들였다.

"다쿠라 씨가 우리 집에 온 시각이 그렇게 중요한가요?"

한숨 돌린 나호가 물었다. 가가는 잠시 생각하더니 가만히 고개를 끄덕였다.

"그날 다쿠라 씨는 오후 5시 반에 피해자의 집에서 나왔다는군. 그리고 그 시점까지 피해자가 살아 있었다는 것도 확인됐어. 그 조금 후에 피해자가 쇼핑을 했다는 사실이 확인되었으니까."

"흐음, 뭘 샀는데요?"

그러자 가가는 눈을 깜박거리며 나호의 얼굴을 바라보았다.

"아가씨에게는 그게 그렇게 중요한가?"

"아니, 왠지 마음에 걸려서요. 살해당하기 직전에 있었던 일이니까요."

"자신이 살해당하리라고는 전혀 예상을 못했을 테니 쇼핑도 할 수 있었겠지. 산 물건은 주방 가위였어. '기사미야'라는 가게 아나?"

"아, 알아요."

"뭐, 그건 그렇다 치고, 다쿠라 씨 말로는 피해자의 집을 나와 아가씨네 집에 들른 후에 하마초에 있는 회사로 돌아갔다는 거야. 그리고 동료 여직원에게 아가씨 할머니의 입원 보상금 신청 서류를 건넨 다음 집으로 돌아갔다는군."

"그런데요, 거기에 무슨 문제라도 있나요?"

"다쿠라 씨는 집으로 돌아가던 도중 아는 사람을 만났어. 그 사람이 증언한 시각에서 역산하면 다쿠라 씨가 회사에서 나온 시각은 6시 40분쯤이라고 볼 수 있지. 그런데 동료 여직원에 의하면 그가 적어도 6시 10분에는 회사에서 나갔다는 거야. 그러니까 30분 정도의 공백이 생기는 셈이지. 30분이면 고덴마초에 들러 범행을 저지를 수 있는 시간이거든. 그래서 그 점을 본인에게 확인했더니, 자신은 6시 40분쯤 회사를 나와 아무 데도 들르지 않고 곧장 집으로 향했다고 주장하는 거야. 동료 여직원이 시간을 착각했을 거라면서."

"그렇다면 실제로 그랬던 것 아닐까요?"

"그런데 또 그가 6시 조금 지나서 회사로 돌아가는 것을 봤다는 사람이 나왔어. 경찰로서는 이런 차이점을 무시할 수 없거든. 다만 다쿠라 씨의 진술과 동료 여직원의 증언 가운데 일치하는 점이 있기는 해. 그가 회사에 돌아온 후 머문 시간이 10분 정도라는 거. 그래서 그가 아가씨네 집을 방문한 시각이 중요해진 거야. 여기서 그가 근무하는 신토 생명은 걸어서 10분이 채 안 걸리는 거리고, 아가씨네 집을 나간 후 곧장 회사로 돌아갔다고 하니까 몇 시에 나갔는지 정확한 시간을 알면 그의 주장이 사실인지 아닌지 확인할 수 있거든."

가가 형사가 주르르 늘어놓은 내용을 나호는 머릿속에서 열심히 정리했다.

"그래서 그렇게 정확한 시각을 알려고 한 거로군요."

"그렇지. 그런데 아가씨나 할머니가 정확한 시각을 기억하지 못하는 것 같아서 이 주변 가게들을 돌아다니면서 그 시각에 다쿠라 씨를 본 사람이 있는지 물은 거야. 하지만 안타깝게도 그가 센베이 가게에 들어가는 걸 봤다는 사람이 없더군. 이 찻집 사람들에게도 물어보았지만 마찬가지였어."

"그럼 어떻게 되는 건가요?"

"글쎄……."

가가는 의자 등받이에 천천히 몸을 기댔다. 그리고 거리 쪽으로 눈길을 돌리며 말했다.

"지금으로서는 다른 용의자가 없으니 당연히 경시청이 다쿠라 씨에게 집착하겠지."

"하지만 다쿠라 씨는 누구를 죽일 사람이 아니에요."

"음, 살인범이 잡힌 후에도 그 지인들은 대개 그렇게 말하지."

형사의 말에 나호는 불끈 화가 치솟았다.

"동기 같은 것도 없잖아요."

"글쎄."

"글쎄……라니요?"

"범행 동기라는 것은 당사자가 실토하지 않으면 알기 어려운 게 보통이야. 그러니 경시청 사람들이 조만간 그를 불러서 취조할지도 몰라."

"마치 남의 일처럼 얘기하시네요."

"그런가?"

"나랑은 관계없다, 그런 투잖아요."

가가는 물 잔으로 손을 뻗었다. 아이스커피 잔이 비어 있었기 때문이다.

"수사의 주역은 경시청 사람들이기 때문이야. 우리는 그저 옆에서 거든다고 할까, 길을 안내한다고 할까. 요컨대 지시받은 대로 움직일 수밖에 없는 거지."

나호는 가가의 윤곽이 뚜렷한 얼굴을 노려보았다.

"뭐예요, 실망스럽게. 경찰스럽지 않은 형사라고 생각했더니만. 그런 소리나 하니까 관할 서 같은 데서 썩고 있는 거죠."

"썩고 있는 거 아닌데. 단지 난 이쪽으로 이동한 지 얼마 안 됐기 때문에 솔직히 말해 이 부근에 대해서 전혀 모르거든. 그래서 우선은 거리를 관찰하고 있는 거라고. 이 거리, 참 흥미롭더군. 조금 전에 시계포에 다녀왔는데 신기한 시계가 있었어. 삼각기둥 시계였는데, 세 면에 숫자판이 있고 그 숫자판의 시곗바늘들이 언제나 똑같이 움직인다더군. 무슨 장치가 되어 있기에 그러는 건지."

"기가 막혀서. 땡땡이치고 있는 거 맞네요."

나호는 남은 바나나 주스를 얼른 마저 마시고 테이블 위에 주스 값을 꺼내 놓았다. 얻어먹고 싶지 않아서였다.

"오늘도 참 더웠지?"

가가 형사가 밖을 내다보며 말했다.

"저기 좀 봐. 저고리를 벗고 와이셔츠 소매를 걷어붙인 회사원들이 닌교초 쪽으로 걸어가잖아."

"그래서요?"

나호가 퉁명스럽게 되물었다.

"저기 저 사람, 저 남자도 저고리를 벗어서 어깨에 걸치고 있어. 힘들어 보이는군."

"이렇게 더운데 당연하죠."

"그래도 조금은 시원해지지 않았을까? 아, 이번에는 제대로 양복을 갖춰 입은 사람이 오는군."

나호도 밖을 내다보았다. 정말 위아래로 양복을 입은 풍채 좋은 남자가 지나가고 있었다.

"대체 무슨 말을 하고 싶은 거예요?"

나호의 입에서 저도 모르게 짜증스러운 목소리가 튀어나왔다.

"잘 보라고. 오른쪽에서 왼쪽으로, 그러니까 닌교초에서 하마초 쪽으로 걸어가는 회사원들은 대체로 저고리를 벗었어. 반대로 왼쪽에서 오른쪽으로 걸어가는 남자들은 저고리를 입고 있고."

나호도 몸을 틀어 거리를 내다보았다.

회사원 몇 명이 오른쪽에서 왼쪽으로 걸어간다. 나호의 입이 반쯤 벌어졌다. 가가의 말 그대로였다. 오른쪽에서 왼쪽으로 걸어가는 회사원 중에는 저고리를 벗은 사람이 압도적으로 많았다.

"정말이네."

나호가 중얼거렸다.

"재미있지?"

가가 형사가 말했다.

"왜 그러지, 우연인가?"

"이런 건 우연일 수 없지. 무슨 이유가 있을 거라고 생각하는 게 옳지 않을까."

"그럼, 그 이유를 안다는 거예요?"

"그렇다고 할 수 있지."

가가 형사가 히죽 웃는다.

"뭐야, 그 표정은. 잘난 척하는 거예요?"

"잘난 척하려는 게 아니야. 듣고 나면 아가씨도 별거 아니라고 생각할 거야. 우선, 이 길에는 회사원들이 많이 오가는데, 그들이 일하는 회사 대부분이 하마초에 있어. 자, 그럼 문제. 지금은 5시 반인데, 이런 시각에 오른쪽에서 왼쪽으로, 즉 닌교초 쪽에서 걸어오는 회사원은 어떤 사람들일까?"

"그야, 이런 시간에 저쪽에서 걸어온다는 것은……."

와이셔츠 차림으로 지나가는 또 한 사람의 회사원을 바라보면서 나호가 말했다.

"회사로 돌아가는 길이겠죠."

"딩동댕. 달리 말하면 여태까지 회사 밖에 있던 사람들이지. 이른바 회사 밖을 돌아다니는 영업 사원이나 서비스 계통. 반대로 왼쪽에서 오른쪽으로 걸어가는 회사원들은 지금까지 회사에 있던 사람들. 냉방이 잘된 실내에 있다 보니 밖에서 일하던 사람처럼 땀에 저는 일은 없었겠지. 오히려 몸이 약간 으스스할 정도일 거야. 그래서 저고리를 입고 있는 거지. 이 시간이면 바깥 공기도 꽤 시원해지니까 말이야. 하마초 쪽에서 오는 사람들을 잘 보라고. 비교적 나이가 지긋한 남자들이 많지. 회사에서 직위가 높아 바깥을 돌아다닐 일이 없는 사람들일 거야. 그러니 5시 반에 벌써 퇴근할 수 있는 것이고."

가가 형사의 설명을 들은 나호는 오가는 사람들의 차림새를 유심히 관찰했다. 물론 예외는 있었지만 그의 설명이 상당히 타당하게 느껴졌다.

"아, 그러네요. 지금까지 그런 생각은 한 번도 못했는데. 태어난 후로 이 거리를 줄곧 봐 왔는데 말이죠."

"뭐, 그럴 수 있지. 일상생활에 필요한 지식은 아니니까."

그 말에 고개를 끄덕이던 나호는 갑자기 뭔가 깨달은 듯 가가를 바라보았다.

"지금 그 얘기, 이번 사건과 관계가 있나요?"

가가는 테이블에 놓인 계산서를 집어 들더니 이렇게 말했다.

"내가 다쿠라 씨의 복장에 대해 물었던 거 기억하나?"

나호가 눈을 깜박거렸다.

"그날 다쿠라 씨는 양복을 위아래로 말끔히 입고 있었어요."

"그는 영업 사원이야. 게다가 자기 말로는 그날 고덴마초에 있는 피해자의 집에 갔다 오는 길에 아가씨 집에 들렀다더군. 그러니 꽤 오래 걸어 다닌 셈이지. 그런데도 저고리를 제대로 입고 있었다는 거야."

"듣고 보니 그러네. ……하지만 더운데도 예의를 차리느라고 그랬는지도 모르잖아요."

"물론 그렇게 생각할 수도 있지. 하지만 거기에 공백인 30분의 수수께끼가 숨겨져 있는지도 몰라."

그러고서 가가는 자리에서 일어서더니 계산대로 걸어가 찻값을 계산했다.

"잠깐만요. 그게 무슨 뜻이죠?"

"그 이상은 얘기하고 싶어도 못해. 그 수수께끼는 아직 풀지 못했으니까."

그럼 또, 라며 가가 형사는 찻집을 나갔다.

## 4

저녁을 먹으면서 나호는 가가 형사에게 들은 얘기를 할머니와 아버지에게 해 주었다. 사토코는 30분의 공백에 대해 이해하는 데 한참 걸렸다. 나호는 종이에 다쿠라의 움직임과 시각을 세세하게 써 가며 설명했다.

"흐음, 고작 30분 정도를 따져서 뭐하나 싶기도 한데."

겨우 무슨 소린지 알아들은 사토코가 고개를 갸웃하며 말했다.

"경찰에서는 30분이면 범행이 가능하다고 보는 것 같던데."

"그건 아니지. 우선은 다쿠라 씨가 그런 짓을 할 사람인지를 따져 봐야지. 그 사람은 그렇게 끔찍한 짓을 저지를 수 있는 사람이 아니다. 약속도 잘 지키고, 상대방 입장에서 생각할 줄 아는 사람이라고. 요즘 세상에 남을 그 정도 배려할 줄 아는 사람이 어디 흔한가. 할미가 퇴원했을 때도 제일 먼저 달려와서……."

나호가 손을 저으며 사토코의 말을 가로막았다.

"다쿠라 씨가 좋은 사람이란 건 다 아니까 그런 얘긴 굳이 할 필요도 없어. 그보다 어떻게 하면 그 사람이 결백하다는 걸 밝힐 수 있는가, 그게 중요하지."

"그거야 형사들에게 얘기하면 되지. 형사들이 다쿠라 씨를 잘 몰라서 그렇게 말도 안 되는 생각을 하는 거니까."

"에이, 말이 안 통하네."

나호는 그렇게 중얼거리며 아버지를 보았다. 후미다카는
인상을 잔뜩 찌푸리고 생각에 잠겨 있었다.

"아빠, 무슨 생각 해?"

"응? 아, 아니. 다쿠라 씨가 정말 그렇게 말했나 하고."

"그렇게, 라니?"

"고덴마초에서 우리 집에 왔다가 다시 회사로 돌아갔다고
했다잖아. 그러고 나서 퇴근했다고."

"가가 형사가 그랬어."

"흐음, 그랬단 말이지……."

후미다카는 뭔가를 골똘히 생각하는 듯했다.

"왜 그러는데, 아빠?"

"아니, 아무것도 아니야."

"가가란 사람, 꽤 남자답게 생겼더구나."

사토코가 찻주전자에 찻잎을 넣으며 말한다.

"역사극에 나오면 어울리겠더라. 머리도 좋아 보이고."

"머리는 좋을지도 모르지. 그런데 나 재미난 얘기 들었어."

나호는 아마자케요코초를 걸어가는 회사원들의 복장에 관
한 얘기를 사토코에게 들려주었다.

"호오, 그렇구나. 그런 생각은 한 번도 안 해 봤는데."

사토코가 감탄스럽다는 듯 말했다.

"그런데 다쿠라 씨는 어째서 양복을 제대로 입고 있었느냐는 거야. 가가 형사는 그 일과 30분의 공백이 관련이 있는지도 모른대."

"어떤 식으로?"

"그건 아직 모르나 봐."

"흐음, 참 별난 생각을 다 하는 사람이구나. 형사로서는 탁월한 건지도 모르지."

"글쎄, 어떨지 모르지."

나호는 찻잔을 들었다.

"그다지 의욕이 있어 보이진 않던데. 게다가 나 같은 사람한테 사건에 대해 미주알고주알 얘기하면 안 되는 거 아냐?"

"그건 네가 물으니까 그랬겠지."

"물어도 보통은 잘 안 가르쳐 주잖아. 안 그래, 아빠?"

나호가 후미다카에게 동의를 구했다.

"응? 아…… 그래, 그렇지."

후미다카가 엉덩이를 들고 일어섰다.

"나는 목욕이나 해야겠다. 잘 마셨어요, 어머니."

생각이 다른 데 가 있는 듯한 아버지를 올려다보며 나호는 고개를 갸웃거렸다.

저녁때가 되자 후미다카는 가게 밖으로 나가 평소대로 차양을 걷었다. 낮에 비하면 더위가 조금은 가신 듯하다. 하지만 햇볕은 나날이 뜨거워지고 있다. 그는 여름이 본격적으로 시작되기 전에 상품 진열 방식에 변화를 좀 주는 게 좋지 않을까 생각했다. 센베이 중에는 맥주 안주로 좋은 것과 그렇지 않은 것이 있기 때문이다.

그러다가 그는 비치는 그림자의 움직임으로 누가 뒤에 서 있다는 것을 알아챘다. 어서 오십시오, 라고 말하려던 후미다카는 일순 말을 삼켰다. 상대는 아는 얼굴이었다. 게다가 사뭇 신경이 쓰이는 존재다.

"오늘도 날씨가 덥군요."

가가 형사가 후미다카에게 말을 건넸다.

"그러게요. 그런데 딸아이는 아직 안 돌아왔는데."

가가 형사가 손을 살짝 저었다.

"오늘은 아버님 말씀을 듣고 싶습니다. 잠시 시간 좀 내 주실 수 있습니까?"

"아, 예……."

그러면서 형사의 얼굴을 바라보던 후미다카는 가가 형사가 자신의 눈길을 되받아 빤히 쳐다보자 그만 고개를 떨어뜨리고 말았다.

"저……, 그럼 안으로 들어가시죠."

후미다카가 유리문을 열려고 문손잡이를 잡았을 때였다.

"오늘, 어머니는요?"

"어머니요? 아, 나호 할머니요, 계세요. 나오시라고 할까
요?"

"아니요. 어머니가 계시다면 잠시 밖으로 나가서 얘기하시
죠."

후미다카는 자기보다 열 살도 더 어려 보이는 형사에게서
뭐라 말할 수 없는 위압감을 느꼈다. 그가 참고나 할 정도의
얘기를 들으러 온 것은 아님이 확실했다.

후미다카는 한숨을 내쉬고서 고개를 끄덕인 후 문을 열고
가게 안으로 들어가 안쪽에 대고 외쳤다.

"어머니, 주무세요?"

곧바로 거실에서 사토코가 나왔다.

"왜 그러냐?"

"잠시 나갔다 올 테니 가게 좀 봐 주세요."

"왜, 또 파친코에 가려고?"

그러면서 샌들에 발을 집어넣던 그녀가 아들 뒤에 서 있는
남자를 알아본 모양이었다.

"아이고, 형사 양반 오셨네. 다쿠라 씨의 혐의는 풀렸겠

죠?"

"지금 수사 중입니다."

"잘 부탁해요. 그 사람, 좋은 사람이거든. 살인 같은 거 절대 할 사람이 아니야. 내가 보장해요."

"잘 알겠습니다. 퇴원하신 지 얼마 안 됐다고 들었는데, 몸은 좀 어떠십니까?"

"덕분에 아주 좋아요. 집에 돌아오니까 기운이 펄펄 나지 뭐예요. 섣불리 입원하는 게 아니었다 싶어요."

그리고 사토코는 후미다카를 보았다.

"너, 이 형사님과 얘기하려는 거로구나. 그럼 다쿠라 씨가 어떤 사람인지 잘 설명해 드려라."

"말씀 안 하셔도 알아요. 자, 가시죠."

"그럼, 몸조리 잘하십시오."

가가는 사토코에게 그렇게 인사하고 돌아서 나왔다.

"건강해 보이셔서 정말 다행이네요."

가게를 나온 가가 형사가 말했다.

"입만 기운이 넘쳐요."

두 사람은 가게 건너편에 있는 찻집으로 들어갔다. 후미다카는 어젯밤 나호가 한 얘기를 계속 생각하고 있었다.

둘 다 아이스커피를 주문했다. 후미다카가 담배를 꺼내자 가가 형사가 재떨이를 그의 앞에 놓았다.

"어제 이 찻집에서 따님과 얘기를 나눴습니다."

"그런 것 같더군요."

"역시 들으셨군요. 그럼 얘기가 빠르겠습니다."

"이렇게 말하면 실례일지 모르지만, 흥미로운 점에 주목하셨더군요. 이 앞을 지나는 회사원들의 차림새에 그런 차이가 있는 줄, 저는 전혀 몰랐습니다."

"자잘한 일에 신경이 쓰이는 편이라서요. 그래서 다쿠라 씨의 복장도 마음에 걸렸습니다. 밖에서 일하다 돌아가는 길인데 어째서 양복을 그렇게 차려 입었는지."

그때 아이스커피가 나왔다. 후미다카는 담배에 불을 붙였다.

"그래서, 이유를 알아내셨나요?"

"네, 대충은."

"네에……."

"별로 놀라지 않으시는군요. 관심이 없는 건가요?"

"아니, 그런 게 아니라……."

"하기야, 별로 듣고 싶지 않은 얘기일지도 모르죠. 가미카와 씨는 이미 그 이유를 아실 테니까요."

아이스커피 잔을 입으로 가져가던 후미다카가 움직임을 멈췄다.

"무슨…… 뜻이죠?"

"다쿠라 씨가 댁에 갔을 때 왜 저고리를 입고 있었는가, 그

대답은 간단합니다. 그는 바깥에서 일하다 회사로 돌아가는 길이 아니었어요. 일단 회사로 돌아가 일을 모두 끝내고 나서 댁으로 간 겁니다. 따라서 땀이 모두 식어 저고리를 입는 것도 고역이 아니었던 거죠."

후미다카가 고개를 숙였다. 형사는 얘기를 계속했다.

"5시 반에 고덴마초를 떠나 6시 전에 회사에 도착한다, 동료 여직원에게 가미카와 사토코 씨의 입원 보상금 지급 수속을 맡긴 후 저고리를 입고 회사를 나온다, 그다음에 가미카와 씨 댁에 들렀다가 하마초로 돌아간 후 귀가한다, 그렇게 생각하면 그날 그의 행동에서 30분의 공백이 생기지 않죠. 그 시간은 회사에서 가미카와 씨 댁으로 이동해 사토코 씨와 대화를 나누는 데 사용됐다고 생각할 수 있으니까요. 다만, 그럴 경우 한 가지 모순이 생깁니다. 입원 보상금 지급 수속에는 병원의 진단서가 필요하니까 회사로 돌아가기 전에 댁에 들러야만 수속이 가능하거든요. 그리고 또 한 가지 의문점이 있어요. 만일 다쿠라 씨가 실제로 그렇게 움직였다면 왜 그는 그 사실을 솔직히 얘기하지 않았을까 하는 거예요."

후미다카가 얼굴을 들었다. 형사가 그를 빤히 보고 있었다.

"형사님은…… 다 알고 있군요."

후미다카가 그렇게 말하자 가가는 훗, 하고 희미하게 미소를 띠었다.

"신오하시 병원에 가서 담당 의사에게 얘기를 들었습니다. 물론 사토코 씨의 병명은 알려 주지 않았지만요."

후미다카는 한숨을 내쉬더니 아이스커피를 한 모금 마시고는 고개를 살살 저었다.

"니혼바시 서에서 머리 좋은 형사를 데려왔군요."

"진단서를 두 통 써 주었다고 담당 의사가 인정했습니다. 그리고 그 두 통의 내용이 서로 다르다는 것도요. 한 통에는 병명을 사실대로 기재했고, 다른 한 통에는 거짓 병명을 기재했답니다. 담당 의사는 그렇게 한 이유가 가미카와 씨의 부탁 때문이라고 하던데요."

"다 맞는 말입니다. 제가 간곡하게 부탁했습니다. 그 방법 밖에 생각나지 않았어요. 어머니가 워낙 고집이 세셔서 입원 보상금 신청 절차쯤은 스스로 밟을 수 있다며 말을 듣지 않으셨거든요. 그런데 수속을 하려면 진단서가 반드시 필요한데, 그 내용이 절대 당신께 보여 드려서는 안 되는 것이었어요. 정말로 난감했습니다."

"그래서 혹시 어머니가 진단서를 받으러 오면 거짓 병명이 기재되어 있는 가짜 진단서를 드리라고 담당 의사에게 부탁한 거로군요."

후미다카는 고개를 끄덕였다.

"처음에는 병원 규정상 그런 일은 할 수 없다고 했어요. 그랬는데 그 의사 선생님이 좋은 분이라 특별히 해 준 겁니다. 절대 다른 곳에는 사용하지 않는다는 조건으로 말이죠. 그리고 어머니가 돌아온 후에 제가 병원으로 가서 진짜 진단서를 받아 온 겁니다."

"그 진단서를 다쿠라 씨에게 건넨 시각이……."

"그날 6시 이전이었어요. 제가 다쿠라 씨의 회사 근처까지 가서 직접 전했습니다. 다쿠라 씨는 곧바로 수속을 밟은 것 같습니다."

"그런데 다쿠라 씨에게는 가미카와 사토코 씨로부터 가짜 진단서를 받아야 하는 일이 남아 있었다. 그래서 회사에서 나온 후 댁에 들렀다. 그런 얘기로군요."

후미다카는 얼굴을 찡그리며 관자놀이를 긁적거렸다.

"다쿠라 씨에게는 미안하게 됐습니다. 당치 않은 일을 부탁하는 바람에 알리바이가 분명하게 있는데도 경찰에 말하지 못하고 있어요. 저로서는 그 사람이 사실대로 전부 털어놓는다 해도 어쩔 도리가 없는데 말입니다."

"다쿠라 씨는 가짜 진단서에 대해 한마디도 하지 않았습니다."

"실은 이번 일, 그 사람이 제안했어요. 진짜 진단서를 전하러 갔을 때 그 사람이 제게 그러더라고요. 이 일에 대해서는 절대 남에게 발설하지 않을 것이다. 자신도 도쿄 토박이고 남자끼리의 약속이니 죽을 때까지 지킬 것이다, 그렇게 말이죠."

"아무래도 다쿠라 씨는 그 약속을 실천하고 있나 봅니다."

"어리석은 사람. 속 시원히 털어놓으면 될 일을."

"하지만 선생 역시 털어놓지 않고 있지 않습니까."

가가의 지적에 후미다카는 입을 다물고 말았다. 대꾸할 말이 없었다.

그는 길게 한숨을 쉬고 나서 말했다.

"담관암……이랍니다."

"암……. 그랬군요."

가가의 표정이 굳어졌다.

"수술을 받기에는 체력이 달린답니다. 그래서 당분간 집에서 요양하면서 상태를 지켜보기로 하고 퇴원한 건데, 과연 체력이 얼마나 회복될지 의문입니다."

후미다카는 다시 한 번 심호흡을 한 후 말을 이었다.

"이르면 앞으로 반년이라더군요."

"그 심경, 이해할 만합니다."

"가가 씨가 아는 건 괜찮지만, 다른 사람들은 절대 눈치 못 채게 했으면 합니다. 어머니 본인은 말할 것도 없고 나호도 말이죠."

가가는 고개를 끄덕였다.

"잘 알겠습니다."

"나호는 할머니를 엄마 이상으로 따르고 있습니다. 어렸을 때 엄마를 잃었으니 그럴 만도 하죠. 어리광을 피울 수 있는 유일한 상대가 할머니예요. 그 녀석이 미용사가 되어 제 몫을 하기 전에는 절대로 사실을 말할 수 없⋯⋯."

그렇게 말하던 후미다카는 문득 한 가지 사실을 깨닫고 가가를 보았다.

"그렇군요. 더는 숨길 수 없겠네요. 다쿠라 씨의 알리바이를 증명하려면 진단서 건을 밝히지 않을 수 없으니."

그러나 가가는 천천히 고개를 저었다.

"윗분과 의논해서 서장님이 경시청에 상황을 설명하도록 손을 써 놨습니다. 단, 그러기 위해서는 증언이 필요합니다."

"알아요. 제가 증언하면 되는 거죠?"

"네, 수고스러우시겠지만."

후미다카는 아니라면서 고개를 저었다.

"그런데 고덴마초 사건, 피해자가 혼자 사는 여자라면서요?"

"그렇습니다."

"가족은요?"

그 질문에 가가 형사가 순간 눈을 내리깔며 복잡한 미소를 지었다. 후미다카는 그가 망설이고 있다고 느꼈다.

"죄송합니다. 수사에 관해서는 말씀하실 수 없을 텐데."

"아니요, 딱히 숨겨야 할 일은 아닙니다. 최근에 남편과 헤어져 혼자 살게 된 여자랍니다. 아들이 있지만 거의 만나지 않았고요."

"호오, 그렇습니까."

"왜 니혼바시로 왔는지도 확실치 않아요. 이 동네에서는 수수께끼의 신참이라고 할 수 있죠."

형사의 말에 후미다카는 자신도 모르게 눈을 크게 떴다.

"그렇다면 형사님과 마찬가지군요."

"아하, 그렇군요."

두 사람은 함께 웃었다.

"어, 따님인데요."

가가 형사가 창밖으로 시선을 돌렸다.

나호가 가게 앞에서 센베이를 정리하고 있었다. 곧이어 유리문이 열리고 사토코도 밖으로 나왔다. 둘이서 뭔가 말을 주고받는 듯하다. 나호가 입을 비죽 내민다.

"가가 씨를 만났다는 걸 알면 나호 이 녀석, 꼬치꼬치 캐물을 텐데."

"다쿠라 씨의 혐의가 풀린 것 같다, 그 한마디면 족하지 않겠습니까?"

그 말에 후미다카는 고개를 끄덕이며 일어섰다.

"가가 씨는 당분간 니혼바시 서에?"

"그럴 겁니다."

"잘됐군요. 센베이라도 사러 또 들르세요."

"그러죠."

아이스커피 값을 테이블에 놓고서 후미다카가 찻집을 나갔다. 와이셔츠 소매를 걷어 올린 젊은 회사원이 잰걸음으로 눈앞을 지나갔다.

2

요릿집 수련생

# 1

날마다 오후 4시에 가게 앞에 물 뿌리는 일은 슈헤이 몫이다. 흰 작업복을 입고서 나무통에 물을 담아 국자로 떠서 뿌린다. 처음 이곳에서 일하기 시작했을 무렵에는 수도가 바로 옆에 있는데 호스로 뿌리면 되지 싶어 여주인 요리코에게 그렇게 말했다가 "너, 바보 아니야?"라는 핀잔만 들었다.

"세차하는 게 아니잖아. 먼지가 일지 않게 하는 게 목적이라고. 가게 앞이 질척질척하면 손님들이 싫어하잖아."

그리고 또 하나, 라고 요리코는 덧붙였다.

"닌교초의 요릿집을 찾는 손님들은 정취를 중요시해. 그런 손님들은 수련생이 나무통 들고 물 뿌리는 그림을 좋아한다고. 청바지 차림에 호스로 물을 뿌리면 정취고 뭐고 없잖아."

하지만 손님은 6시가 넘어야 나타나니까 슈헤이가 물 뿌리는 모습을 볼 리 없다. 그렇게 말대답했다가 슈헤이는 이마를 찰싹 얻어맞았다.

"따지고 들지 마. 그렇게 따지고 억지 부리는 거, 요리사에게는 다 쓸데없는 일이니까."

너무하네, 라고 생각하면서도 슈헤이는 그 이상 반론하지 않았다. 다소 막무가내인 면이 있긴 하지만 그는 요리코를 경영자로서 존경하고 있었다.

나무통의 물이 비어 갈 즈음 가게에서 한 남자가 나왔다. 요리코의 남편, 즉 요릿집 '마쓰야'의 주인인 다이지다.

다이지는 알로하셔츠에 하얀 면바지 차림이었다. 거기에 선글라스를 끼고 목에는 금목걸이를 하고 있다. 딴에는 멋을 부린 거겠지만, 슈헤이는 저 옷차림 어떻게 좀 안 되나 생각한다. 저래서야 삼류 영화에 나오는 건달이지.

"어이, 그거 사 놨지?"

다이지가 주위를 살피면서 묻는다.

"네."

"어디 있어?"

"숨겨 두었는데요."

"잘했어. 가져와."

슈헤이는 물통을 내려놓고 가게 옆 골목으로 들어갔다. 그리고 거기 세워 둔 자전거 바구니에서 하얀 비닐 봉투를 꺼내어 가지고 다이지에게 돌아갔다. 다이지는 손목시계를 들여다보며 안절부절못하고 있다. 가게 쪽을 연신 힐끔거리는 것은 요리코가 밖으로 나올까 봐 겁이 나서다.

"여기 있습니다."

슈헤이는 비닐 봉투를 건네주었다.

"땡큐, 땡큐, 고마워."

다이지는 비닐 봉투 속을 들여다보고는 만족스럽게 고개를 끄덕인다.

"늘 하던 대로 주문했겠지."

"그럼요. 팥이 든 거 일곱 개, 안 든 거 세 개."

"그렇지, 그렇지. 수고했어. 잔돈은 넣어 둬."

"네."

슈헤이는 살짝 고개를 숙였다. 잔돈이래 봐야 고작 50엔이다.

"그리고 언제나 말하지만 이 일은 절대 비밀이야. 알겠지?"

다이지가 집게손가락을 입술에 갖다 댄다.

"알고 있습니다."

"함부로 입 놀리면 안 돼. 그러는 날에는 가만두지 않을 거야."

"안다니까요."

거참 집요하네, 속으로 그렇게 생각하면서 슈헤이는 고개를 끄덕였다.

"음. 그럼, 그렇게 알고, 잘 부탁하이."

다이지는 비닐 봉투를 들고서 길 쪽으로 걸어갔다. 그 뒷모습을 바라보면서 슈헤이는 슬그머니 한숨을 내쉬었다.

오후 6시가 지나면 손님들이 잇따라 들이닥친다. 슈헤이가 맡은 일은 홀 서빙이다. 주방에서 만들어진 요리를 각각의 테이블로 나른다. 요리의 내용, 먹는 방법, 재료 등에 대한 설명은 미리 들어 둔다. 그런데도 손님이 까다로운 질문을 하면 대답을 못할 때가 있다. 그럴 때에는 주방에 가서 선배나 주방장에게 묻는 수밖에 없다. 그러면 대개는 아까 다 설명하지 않았느냐고 욕을 얻어먹는다.

단골손님에게는 요리코가 직접 돌아다니며 인사한다. 그녀는 언제나 기모노를 입고 있다. 잘은 모르지만, 기모노에는 계절에 따른 규칙이 있는 듯하다. 그녀는 그 규칙을 꼼꼼히 지킨다고 한다. 오늘 밤 요리코는 얇아서 살이 비칠 듯한 보라색 기모노를 입고 있었다.

손님을 대하는 요리코의 옆모습은 슈헤이가 그만 넋을 잃고 바라볼 정도로 생기발랄하고 아름답다. 평소보다 훨씬 젊어 보인다. 그녀가 엄마와 비슷한 나이라니, 슈헤이는 도무지 믿기지 않는다.

하지만 그녀가 미소 띤 아름다운 얼굴을 보여 주는 건 손님 앞에서뿐이다. 손님 자리를 벗어나자마자 그 눈초리는 매서워진다.

"창가 자리 손님, 잔이 비었잖아. 뭘 꾸물거리고 있는 거야!"

"아, 죄송합니다."

요리코의 카랑카랑한 목소리가 울릴 때마다 슈헤이는 부리나케 뛰어가야 한다.

10시쯤 되면 손님들이 돌아간다.

"맛있게 잘 먹었어요."

손님이 문을 나서면서 그렇게 말하면, 제 손으로 만든 요리는 아니지만 기쁘긴 기쁘다. 진심으로 이 일이 재미있다고 생각하게 된다.

그 후에는 뒷마무리다. 설거지와 주방 청소도 슈헤이 몫이다. 올봄에 취직한 몸이라 아직 칼 잡는 법조차 배우지 못했다. 슈헤이보다 2년이나 먼저 들어온 선배 가쓰야가 올 들어서야 겨우 주방 일을 거들도록 허락받았다니까 앞으로도 한참 이런 상태가 계속될 것이라고 각오는 하고 있다.

슈헤이는 이제 열일곱 살이다. 작년까지는 고등학교에 다녔는데, 학교생활에 적응하지 못해 자퇴했다. 고는 하지만 실은 공부를 따라가지 못해 포기하고 만 것이다. 애당초 고등학교에도 가고 싶지 않았지만, 그래도 고등학교는 나와야 한다고 부모님이 애걸하는 바람에 마지못해 들어갔는데 결국은 견뎌 내지 못했다.

슈헤이는 원래부터 고등학교를 나와 대학에 가고 회사에

취직하는 일반적인 코스에 관심이 없었다. 어떤 일을 하는지 상상할 수 없었기 때문이다. 그 딜레마는 고등학교에 가서도 해결되지 않았다.

고등학교를 그만두면 뭘 할 거냐는 부모님의 질문에 그는 망설이지 않고 요리사가 되고 싶다고 대답했다. 이유는 간단했다. 집 옆에 생선초밥 집이 있는데, 거기서 일하는 주방장의 모습을 보면서 참 멋지다고 동경심을 품게 되었기 때문이다.

결국 아버지의 연줄로 슈헤이는 '마쓰야'에서 일하게 되었다. 불경기가 계속되는 탓에 대학을 졸업하고 취직하는 코스가 녹록지 않다는 것을 부모님도 어느 정도는 인정한 듯했다.

슈헤이가 뒷마무리를 끝내고 주방을 나서려 할 때 다이지가 들어왔다. 아까 나갔을 때와 같은 차림이었다. 그럼 지금껏 밖에 있었다는 뜻인가.

"어땠어, 오늘?"

다이지는 방금 씻어 엎어 둔 잔을 집어 들더니 가까이에 있던 한 되짜리 술병의 뚜껑을 열었다.

"특별한 거 없었습니다. 오카베 선생님이 오셨고요."

"흥, 맛은 쥐뿔도 모르면서 자칭 식도락가라는 그 작자?"

다이지는 잔에 술을 부어 한 모금 마셨다. 그 얼굴이 벌그죽죽했다. 어디서 이미 한잔 걸치고 온 거겠지.

다이지는 빈 잔을 내려놓더니 잘 마셨다고 말하고 주방을 나갔다.

'뭐야 대체, 일거리만 만들고.'

슈헤이는 입술을 비죽 내밀고 다이지가 사용한 잔을 집어 들었다.


## 2


낮 시간대면 '마쓰야'는 런치 메뉴를 판매한다. 바로 근처에 오피스가 있어 지갑 사정이 넉넉한 회사원들이 찾아온다.

평소처럼 음식을 나르고 있는데 선배인 가쓰야가 불렀다.

"안주인이 와 보라는데. 노송나무 방으로."

"노송나무 방으로요?"

무슨 일이지? '노송나무 방'은 낮에는 사용하지 않는다.

방에 가 보니 요리코가 세 남자와 마주 앉아 있었다. 세 남자 중 둘은 양복 차림이고, 하나는 티셔츠 위에 체크무늬 셔츠를 걸친 캐주얼한 차림이다.

"슈헤이, 이쪽은 경찰에서 나온 분들, 그러니까 형사시래. 슈헤이 군에게 물어보고 싶은 게 있다는데."

요리코가 말했다.

"바쁠 텐데 미안하군."

티셔츠 차림의 남자가 그렇게 말하고서 요리코를 보았다.

"그럼, 잠시 데려가겠습니다."

"네, 그러세요."

요리코가 애교 띤 미소를 지었다. 하지만 그 눈빛에는 약간의 불안이 어려 있었다. 물론 슈헤이도 당황하긴 마찬가지였다. 경찰에게 불려 가 본 적이 한 번도 없었기 때문이다.

남자들이 일어나 현관으로 향하자 슈헤이도 그 뒤를 따랐다. 곧바로 밖으로 나간 그들은 닌교초 거리에 들어서자 걸음을 멈췄다.

닌교초 거리는 일방통행이지만 차선은 여러 개로 나뉘어 있다. 그 넓은 도로 양편으로 크고 작은 음식점들이 늘어서 있다.

"휴, 덥군. 하나 마시겠나?"

셔츠 차림의 형사가 손에 든 비닐 주머니를 열어 보였다. 안에는 캔 커피가 몇 개 들어 있었다.

"아니요, 괜찮습니다."

"그러지 말고 하나 마시라고. 자네가 안 마시면 우리도 마시기가 뭣하니까."

"그럼……"

슈헤이는 안을 들여다보며 캔 하나를 꺼냈다. 그러자 형사들도 캔 커피를 하나씩 집어 들었다.

"마쓰야에서는 생맥주도 파나?"

셔츠 차림의 형사가 묻는다.

"맥주는 병맥주뿐입니다. 그리고 히다에서 들어오는 지역 맥주가 있고요."

"호오, 그거 맛있겠는데. 아, 어서 마셔."

네, 라고 대답한 슈헤이는 커피 캔을 땄다. 이제 겨우 6월인데 한여름 같은 무더위가 계속되고 있다. 차가운 커피가 온몸으로 스며드는 느낌이었다.

양복 차림의 두 형사 중 키가 작고 나이가 좀 들어 보이는 쪽이 커피를 한 모금 마신 후에 말했다.

"닌교야키(팥이 든 인형 모양의 카스텔라풍 과자—옮긴이)를 샀다던데."

하마터면 커피를 뿜어낼 뻔한 슈헤이는 눈을 껌벅거리며 형사의 얼굴을 바라보았다.

"네?"

"사흘 전 낮에 이 길 끝에 있는 가게에서 닌교야키를 샀잖아."

형사가 슈헤이의 눈을 빤히 들여다보며 다시 그렇게 말했다.

슈헤이는 심장의 고동이 빨라지는 것을 느꼈다. 형사가 이렇게까지 대놓고 묻는 데는 거짓말할 도리가 없다.

그는 고개를 끄덕였다.

"샀어요."

"몇 시쯤 사러 갔지?"

"4시 조금 전이었을 거예요."

"그래, 몇 개나 샀어?"

"열 개요. 팥이 든 거 일곱 개 하고 안 든 거 세 개요."

"상자에 담아서?"

"아니요. 투명 플라스틱 용기에 담아 왔어요."

"누구, 선물할 사람이라도?"

"아니요."

슈헤이는 고개를 저었다. 다이지와 한 약속이 뇌리를 스쳤
다. 그는 입술을 핥았다.

"제가 먹으려고 샀어요."

"열 개를 다?"

키 작은 형사가 눈을 부라렸다.

"점심때 좀 먹고, 남은 건 밤에 먹었어요."

그 말에 양복 차림의 다른 형사가 피식 웃었다.

"과연 젊긴 젊군."

"그러니까, 그걸 다 먹었단 말이야?"

키 작은 형사가 또 물었다.

"네."

"플라스틱 용기는 어떻게 했어?"

"버렸는데요."

"어디다?"

"그러니까, 그게⋯⋯."

슈헤이는 혼란스러웠다. 뭐라고 대답하면 좋을지 점점 곤혹스러워졌다.

"기억이 안 나는데요. 아마 그⋯⋯, 어딘가 쓰레기통에 버렸을 텐데."

"자네는 그 집에서 먹고 자면서 일한다고 들었는데, 자네 방에 있는 쓰레기통인가?"

"그럴지도⋯⋯ 하, 하지만 다른 쓰레기통일 수도⋯⋯."

"기억을 잘 되살려 봐. 어떻게든 그걸 좀 찾아내 주면 도움이 되겠는데."

"용기를, 말인가요?"

"그래."

형사가 슈헤이의 눈을 뚫어져라 바라보았다.

슈헤이는 눈을 내리깔았다. 일이 참 곤란하게 됐다 싶었다. 닌교야키를 다이지에게 전해 주었다고 말하면 끝날 일이지만, 그랬다가는 다이지가 가만히 있지 않을 것이다. 잘못하면 목이 달아날지도 모른다.

그런데 다음 순간 그에게 좋은 생각이 떠올랐다. 슈헤이가 고개를 들었다.

"쓰레기를 오늘 아침에 버렸는데요."

형사들의 얼굴에 낭패의 빛이 어렸다.

"오늘 아침에? 다른 쓰레기들하고 같이?"

"네. 오늘이 재활용 쓰레기를 버리는 날이라서."

그것은 사실이었다. 쓰레기를 버리는 것도 슈헤이의 일이다. 형사들의 질문에 당황해서 그 점을 까맣게 잊고 있었다.

양복 입은 두 형사는 난감한 표정으로 서로를 마주 보았다. 셔츠 차림의 형사만 어쩐 일인지 느긋한 얼굴로 거리를 바라보고 있다. 슈헤이의 시선을 느낀 그가 빙글 웃으며 말했다.

"커피, 마시지."

"아, 예."

슈헤이는 캔에 남은 커피를 쭉 들이켰다. 안 그래도 목이 타던 참이었다.

"잘 알겠어. 바쁜데 미안하군."

키 작은 형사가 말했다.

"수사에 협조해 줘서 고맙네."

그러면서 셔츠 차림의 형사는 비닐 주머니의 입구를 벌려 슈헤이에게 내밀었다.

"그거 내가 버리지."

"아, 고맙습니다."

슈헤이는 쥐고 있던 빈 캔을 비닐 주머니 속에 넣었다.

형사와 헤어져 가게로 돌아오니 요리코가 현관 앞에서 기다리고 있었다.

"뭐래, 무슨 일이야?"

그녀가 수상쩍다는 표정으로 물었다.

순간적으로 적당한 거짓말이 떠오르지 않았다. 슈헤이가 우물쭈물하자 요리코가 먼저 이렇게 물었다.

"닌교야키 얘기 아니었어?"

놀란 슈헤이가 고개를 끄덕거렸다. 형사들이 미리 그녀에게 용건을 알려 준 듯했다.

"너, 사흘 전에 닌교야키 샀다며? 그걸 어떡했냐고 물은 거 아니야?"

"맞아요."

"그래서, 뭐라고 대답했는데?"

슈헤이는 형사들에게 말한 내용을 그대로 되풀이했다. 그럴 수밖에 없었다.

근무 시간에 먹을 걸 사러 갔다고 한마디 할 줄 알았는데 요리코는 아무 말도 하지 않았다. 대신 이렇게 물었다.

"그것 말고는, 또 뭘 물었어?"

"그뿐이었어요."

"그래? 알았어. 그럼 가서 일해."

"네. 저……, 그런데 무슨 일 있었어요? 왜 형사들이 제게 그런 걸⋯⋯."

그러자 요리코는 잠시 망설이는 듯한 표정을 짓다가 입을 열었다.

"사흘 전 밤에 고덴마초에 있는 아파트에서 살인 사건이 있었대. 그래서 그걸 수사한다나 봐."

"고덴마초⋯⋯, 그런데 왜 저한테?"

"그 집에서 먹다 남은 닌교야키가 발견됐대. 그래서 닌교야키를 사 간 손님을 조사하고 있는 거래."

"네에⋯⋯."

슈헤이는 갑자기 입안이 마르는 것을 느꼈다. 몸마저 화끈거렸다. 그러나 낭패한 기색을 보일 수는 없었다.

"그런데 제가 샀다는 건 어떻게 알았을까요?"

슈헤이가 가칠한 목소리로 중얼거렸다.

"글쎄다, 자세한 건 가르쳐 주지 않으니까. 아무튼 넌 관계없겠지?"

슈헤이는 황급히 고개를 저었다.

"전 전혀 모르는 일이에요."

"그렇다면 신경 쓸 필요도 없지, 뭐. 자, 꾸물대지 말고 일이나 해. 손님들이 불편해하시겠다."

요리코의 말투가 다시 엄격해졌다.

"죄송합니다."

슈헤이는 목을 움츠리고 주방으로 걸어갔다.

런치 타임이 끝나고 잠시 틈이 생기자 슈헤이는 몰래 신문을 뒤져 보았다. 그저께 저녁 신문에 그 사건에 관한 기사가 실려 있었다. 기사에 따르면 피해자는 고덴마초에 사는 마흔다섯 살의 독신 여성으로, 집에 있다가 목이 졸려 살해당했다고 한다. 경찰은 현장 상황으로 보아 면식범의 소행인 듯하며 범행 시간은 비교적 이른 저녁 시간일 가능성이 높은 것으로 보고 있다고 한다.

닌교야키에 대해서는 한마디도 쓰여 있지 않았다. 슈헤이는 아직 공식적으로 발표되지 않은 수사상의 비밀일지도 모르겠다고 생각했다.

겨드랑이 밑으로 땀이 흘렀다. 형사들의 얼굴이 떠올랐다.

다이지에게 애인이 있다는 사실을 슈헤이는 알고 있었다. 선배들이 뒤에서 수군덕거리는 소리를 들은 것이다. 게다가 그녀가 사는 곳이 고덴마초 부근이라고 했다. 전에 그 근처에서 다이지를 본 사람이 있다고 했다.

다이지가 슈헤이에게 닌교야키를 사다 달라고 부탁한 것은 그때가 처음이 아니었다. 지금까지 몇 차례 그런 적이 있었다. 다이지는 닌교야키를 받아 들자마자 어딘가로 사라지곤 했다. 역 쪽은 아니었다. 그 반대쪽이다. 그대로 10분만 걸어가면 고덴마초다.

애인에게 갖다 주려는 거겠지, 슈헤이는 늘 그렇게 상상했다. 그러던 차에 이런 사건이 터진 것이다.

단순한 우연이라면 좋겠지만 그러기에는 일치하는 점이 너무 많다. 게다가 형사들이 자신을 찾아온 것도 영 마음에 걸렸다. 닌교야키를 사 가는 손님은 하루에도 수없이 많을 것이다.

피해자가 혹시 다이지의 애인인 것일까. 그렇다면 범인은……. 불길한 상상이 꼬리를 물었다. 하지만 슈헤이는 누구와도 의논할 수 없었다. 요리코는 물론이고 선배들에게도 말할 수 없다. 다이지 본인에게 물어볼까도 생각했지만 이내 고개를 저었다. 주인을 의심하느냐고 화를 낼 것 같았다.

마음이 뒤숭숭해 일이 손에 잡히지 않았다. 그날 밤 그는 사소한 실수를 연발해서 선배와 주방장에게 잔소리를 들었다.


3


셔츠 차림의 형사가 '마쓰야'에 다시 나타난 것은 다음 날 밤이었다. 단, 이번에는 셔츠 차림이 아니라 거무스름한 재킷을 걸치고 있었다. 게다가 손님으로 온 것이었다. 그를 자리로 안내한 후 슈헤이는 예약자 명단을 확인했다. 형사의 성은 가가였다.

"유령이라도 본 얼굴이네."

슈헤이가 물수건을 가져가자 가가가 재밌다는 듯 웃으며 말했다.

"아니면 박봉의 형사가 이런 가게에 와서 그런가."

"아니에요, 별말씀을."

슈헤이는 고개를 숙였다.

"그럼 우선, 그 히다 지방 맥주부터 마셔 볼까."

가가 형사는 메뉴도 보지 않고 말했다. 어제 나눈 대화를 기억하고 있는 것이다.

'마쓰야'의 저녁 메뉴는 기본적으로 코스 요리뿐이다. 먼저 밑반찬 몇 가지와 맥주를 내간 후 전채를 내갔다. 가가 형사가 메뉴를 보여 달라고 했다.

"여주인 추천 정종 코스라는 게 있군. 이걸로 하지."

"알겠습니다."

"그런데 말이야."

일어서 나가려는 슈헤이에게 가가 형사가 불쑥 말을 던졌다.

"자네, 단것 좋아하나?"

아니요, 라고 대답하려던 슈헤이는 황급히 고개를 끄덕였다. 닌교야키 열 개를 혼자서 다 먹었다고 대답했던 일이 생각난 것이다.

"네, 비교적…… 좋아합니다."

"흐음, 그런데 무설탕을 골랐어?"

"무설탕요?"

"캔 커피 말이야."

그리고 가가 형사는 맥주잔을 비웠다.

"자네, 무설탕 커피를 골랐잖아."

슈헤이는 가슴이 철렁 내려앉았다. 아닌 게 아니라 그때 그는 무설탕 커피를 골랐다. 평소의 습관이 드러난 것이다.

"커피는…… 설탕 안 들어 있는 게 좋아요."

"흐음, 그래."

가가는 빈 잔을 테이블에 내려놓았다.

"그럼 이제 정종을 부탁할까."

곧 가져오겠노라 말하고서 슈헤이는 자리를 떴다.

'뭐야, 저 형사. 그게 뭐 어쨌다는 거야. 캔 커피 하나 가지고 뭘 그래.'

하지만 슈헤이는 식은땀을 흘리고 있었다.

가가 형사가 단순히 밥이나 먹으러 온 게 아니라는 것은 확실했다. 형사는 닌교야키를 혼자서 다 먹었다는 슈헤이의 말을 의심하고 있는 것이다. 그래서 이것저것 물어볼 요량으로 일부러 온 것이다.

누구에게 도움을 청할 수도 없고, 슈헤이는 형사가 있는 방으로 음식을 나를 수밖에 없었다.

"아키타 현의 정종 '로쿠슈'입니다."

슈헤이가 한 홉들이 조그만 술병을 기울여 가가 앞에 놓인 사기잔에 술을 따르며 말했다.

"활성 순곡주라고 해서, 두 번 발효된 것이라 기포가 있습니다."

가가는 그 술을 한 모금 마시더니 "맛있군." 하고 말했다.

"샴페인하고 비슷한데. 제조 방법도 비슷한가?"

"아마, 그럴 겁니다. 순곡주에 효모를 섞어서 다시 발효시키니까요."

"샴페인은 효모 외에도 소량의 당분을 섞는데, 이 술은?"

"……잠시 기다려 주십시오."

"아니, 됐어. 나중에 알려 줘도 괜찮아. 그보다 자네, 고덴마초 사건 아나?"

갑자기 핵심을 건드리는 질문이 튀어나오자 슈헤이는 자신도 모르게 눈을 크게 떴다. 그것을 본 가가는 만족스럽게 웃었다.

"아는 모양이로군."

"네……. 그런데 그게 무슨?"

"여주인에게 들었겠지만, 현장에 닌교야키가 남아 있었어. 피해자는 그걸 먹던 도중 살해된 것으로 보이고. 위 속에서 소화가 덜 된 닌교야키가 나왔거든. 또 테이블 위에 놓여 있던 플라스틱 용기에도 닌교야키가 몇 개 남아 있었고. 그런데 그걸 누가 사 왔는지 알 수가 없단 말이야."

"본인이 산 거 아닐까요?"

"그렇지 않아. 실은 피해자가 살해되기 전, 그 집에 보험사 영업 사원이 다녀갔어. 그 사람 말에 따르면 누가 준 것인데 하나 드시라며 닌교야키를 권했다는 거야. 즉 피해자가 닌교 야키를 누군가에게 받았다는 얘기지."

"네……."

뭐라 대꾸할 말이 생각나지 않았다.

"용기에 가게 이름이 인쇄된 종이가 붙어 있어서 어디서 산 것인지는 금방 밝혀졌어. 물론 그것만으로는 아무것도 알 수 없지. 닌교야키를 사는 손님이 하루에도 수십 명은 될 테니까 말이야. 단, 피해자의 집에 남아 있던 닌교야키에는 특징이 있었어. 팥이 들어 있는 것과 그렇지 않은 것이 섞여 있더군. 종이 상자에 든 상품은 그렇게 섞여 있는 경우도 있지만 플라스틱 용기에 든 상품은 그런 경우가 없어. 다만, 주문을 하면 그렇게 넣어 주기는 한다더군. 그래서 사건 당일 그렇게 주문한 손님이 있는지 확인해 봤어. 몇 명 있었다고 점원이 그러더군. 아쉽게도 그 손님들을 일일이 기억하지는 못했지만 '마쓰야'의 수련생만은 기억하고 있었어."

가가는 슈헤이의 가슴을 손가락으로 가리켰다.

"자주 사러 온다고 하던데."

네에, 라고 애매하게 대답하면서 슈헤이는 그제야 형사가 자신을 찾아온 이유를 납득했다. 아닌 게 아니라 지금까지 다이지의 심부름으로 몇 번인가 닌교야키를 사러 간 적이 있었다.

슈헤이가 멀거니 서 있는데 선배인 가쓰야가 통로에서 얼굴을 들이밀었다. 후배가 돌아오지 않자 상황을 살피러 온 듯했다.

"죄송합니다. 조금 이따가 다시 오겠습니다."

슈헤이는 가가에게 고개를 살짝 숙이고 나서 얼른 그 자리를 빠져나왔다.

"뭐하는 거야?"

가쓰야가 수상쩍다는 듯 물었다.

"손님이 계속 말을 붙여서……."

"그럴 때는 적당히 하고 나와야지. 한 손님에게 그렇게 시간을 빼앗기면 어떻게 해."

"죄송합니다."

그러고 싶은 마음이야 굴뚝같았지, 라고 생각하며 슈헤이는 주방으로 갔다.

그 후로도 가가 형사의 방에 술과 요리를 몇 번 날랐지만 가가는 그 이상 말을 걸어오지 않았다. 혼자만의 식사를 즐기는 것처럼 보였다.

그러자 이번에는 슈헤이 쪽이 오히려 불안해졌다. 저 형사가 대체 무슨 꿍꿍이속으로 찾아왔을까, 그저 식사를 즐기기 위해서 왔을 리는 없을 텐데, 그런 생각이 머릿속을 맴돌았다.

"소송채 페이스트에 육수를 섞어 굳힌 것입니다. 위에 뿌린 것은 어란 가루고요."

접시를 내려놓으며 슈헤이는 가가의 표정을 살폈다. 그러나 가가는 "이거 보기 드문 요리인걸." 하고 서둘러 젓가락을 갖다 댈 뿐이었다. 그것을 본 슈헤이가 돌아서 나오려는 순간이었다.

"지문이 세 개 검출됐어."

가가의 말에 "넷?" 하며 슈헤이가 돌아보았다. 그의 얼굴을 응시한 채 가가는 요리를 입에 넣었다.

"재미있군. 페이스트로 만들었는데 소송채 맛이 제대로 나니 말이야. 하긴, 당연하다면 당연한 일이지만."

"지문이…… 뭐라고요?"

가가는 대답을 미룬 채 거드름을 피우듯 술잔을 입으로 가져갔다.

"세 종류야, 닌교야키가 담긴 플라스틱 용기에서 나온 지문이. 하나는 피해자의 것. 또 하나는 닌교야키 집 점원의 것으로 판명됐어. 그리고 나머지 하나. 아마도 피해자의 집으로 닌교야키를 가져온 자의 것이리라는 게 경찰의 생각이야. 상황으로 볼 때 그자가 범인일 가능성이 높지."

범인, 이라는 말에 슈헤이의 가슴이 요동쳤다. 자신의 볼이 굳어지는 것을 느꼈지만 그걸 감출 연기력은 없었다.

"제, 제가 산 닌교야키가 아닙니다."

말하는 목소리가 떨렸다.

"응. 자네는 전부 먹었다고 했으니까. 그렇지?"

슈헤이는 고개를 몇 번이나 위아래로 끄덕거렸다.

"젊으니까 일하는 중에도 간식이 필요하겠지. 그런데 여주인은 자네가 그 시간에 가게 밖에서 물을 뿌리고 있었다던데, 닌교야키를 사다가 어디에 둔 거지? 가게 사람들에게 들키면 곤란할 테고, 그런 옷을 입고 있으니 넣어 둘 만한 주머니도 없잖아."

"그건, 그러니까, 그, 자전거 바구니에……."

"자전거?"

"자전거를 가게 옆 골목에다 세워 두는데, 그 바구니에 넣어 두었습니다. 그리고 물을 다 뿌린 다음에 가지고 가게로 들어갔어요."

그 상황을 상상하고 있는지 가가는 눈길을 딴 데로 돌린 채 한동안 말이 없었다. 이윽고 얼굴을 든 그의 입가에 희미하게 미소가 떠올랐다.

"그렇군. 몰래 먹기도 쉽지 않을 테니까."

"이제 됐습니까?"

"그래, 내가 자네를 불러 세운 것도 아니잖나."

그렇게 말하고서 가가는 젓가락을 쥔 손을 들어 올렸다.

"그런데 마지막으로 좋은 거 하나만 더 가르쳐 주지. 플라스틱 용기에 묻어 있던 세 번째 지문 말인데, 자네 것과 일치하지 않아."

슈헤이의 눈이 휘둥그레졌다.

"제 지문요? 아니, 어느 틈에……."

"그야 뭐, 방법은 여러 가지지."

가가 형사가 히죽거렸다.

짚이는 데가 있었다. 슈헤이는 인상을 찌푸렸다.

"그 캔 커피……."

어째 자꾸 권하더라니. 무설탕을 고르고 자시고 하기 전에 형사들에게는 다른 목적이 있었던 것이다.

"치사하게."

슈헤이가 자신도 모르게 중얼거렸다.

"형사니까 어쩔 수 없어."

가가 형사는 잔에 남은 술을 마저 비웠다. 그러고 나서 마지막으로 디저트를 내갈 때까지 가가 형사는 아무 말도 건네지 않았다. 슈헤이 역시 눈조차 마주치려 하지 않았다.

가가 형사가 돌아간 후 그릇을 주방으로 나르는데 요리코가 슈헤이를 불렀다.

"니혼바시 서의 형사가 이것저것 묻는 것 같던데?"

"그 사람, 니혼바시 서 형사인가요?"

"듣자 하니 최근에 이쪽으로 왔다더라고. 그건 그렇고, 뭘 그렇게 물었어?"

슈헤이는 잠시 망설이다가 숨김없이 다 말하기로 했다. 닌교야키를 다이지에게 전했다는 말만 하지 않으면 괜찮을 거라고 생각했다.

"흐음, 그런 일이었구나. 그것 때문에 일부러 식사하러 왔단 말이지."

"어떻게 하면 좋죠?"

"어떻게 하기는, 뭐. 네 지문이 나온 것도 아니라면서. 그럼 별문제 없잖아? 미안해, 불러서. 일이나 계속해."

요리코가 휙, 몸을 돌렸다.


4


주방에서 설거지를 하고 있는데 다이지가 불쑥 나타났다. 술은 마시지 않은 얼굴이다.

"슈헤이, 일 그만 하고 나 좀 따라와 봐."

"네, 어딜 가는데요?"

"어디면 어때서. 따라오면 알아. 빨리 나갈 준비나 하라고."

"아직 할 일이 남았는데……."

"사장이 괜찮다는데 뭘 그래. 하라는 대로 순순히 하면 되는 거야. 밖에서 기다릴 테니까 빨리 나와."

"아, 예."

슈헤이는 얼른 손을 닦고 주방을 나왔다.

다이지가 이렇게 불러내기는 처음이었다. 대체 어디를 같이 가자는 건가 불안해하면서 밖으로 나갔다.

"뭐야, 이 꼴이. 좀 더 멀끔한 옷은 없어?"

다이지가 슈헤이의 차림새를 보고 얼굴을 찡그렸다.

"죄송한데 이런 거밖에 없어서……."

슈헤이는 티셔츠에 청바지를 입고 있었다.

"갈아입고 올까요?"

"됐어. 그냥 가자고."

큰길로 나오자 다이지는 택시를 잡았다. 긴자로 갑시다, 라는 말을 들은 슈헤이는 얼떨결에 등을 꼿꼿이 세웠다.

"뭐야, 긴자라는 말 한마디에 그렇게 졸아서야 되겠어?"

다이지가 이죽거렸다.

"요리사가 되겠다니 어른들의 세계도 알아 둬야지."

"아, 네."

"걱정할 거 없어. 너더러 술값 내라는 소리는 안 할 테니까."

다이지는 입을 크게 벌리고 웃었다.

택시는 차들이 쉴 새 없이 오가는 길에서 멈췄다. 거리에는 회사원으로 보이는 남자들과 아무래도 물장사를 하는 듯한 여자들의 모습이 많이 보였다. 닌교초에서도 비슷한 광경을 볼 수 있지만, 이렇게 거리 전체를 메우고 있는 모습을 보기는 처음이었다.

"뭐해? 그렇게 멍하니 있지 말고 빨리 따라오라고."

다이지의 채근에 슈헤이는 얼른 그의 뒤를 쫓아갔다.

두 사람이 들어간 곳은 어느 빌딩의 6층에 있는 가게였다. 넓은 플로어에 손님들이 빼곡하게 들어차 있었다. 사방이 번쩍거리고, 손님들 틈에서 애교를 부리는 여자들의 표정도 환하게 빛났다.

'별천지군.'

슈헤이는 그렇게 생각했다.

다이지와 슈헤이는 검은 양복을 입은 남자의 안내로 테이블에 앉았다. 잠시 후, 드레스를 입은 여자가 그들에게 다가왔다. 올림머리를 한, 얼굴이 조그만 여자였다.

다이지가 슈헤이를 소개했다. 여자는 아사미라고 불러 달라고 했다.

"열일곱 살? 어머나, 그 나이에 요리사를 꿈꾸고 있다니 대단하네! 아차, 그럼 술은 안 되겠네."

여자가 위스키에 물을 타려다 말고 그렇게 말했다.

"맥주 정도야 괜찮겠지. 요리사가 될 사람이 술 한 방울 못마셔서야 재미가 없잖아."

슈헤이는 바짝 긴장했다. 이런 가게에서는 도대체 어떤 태도를 취해야 좋을지 전혀 알지 못했기 때문이다. 무슨 말을 해야 할지도 알 수 없었다.

누군가 부르는 소리에 아사미가 자리에서 일어섰다. 그러자 다이지가 슈헤이를 향해 손짓했다.

"잠깐 이리 좀 와 봐."

슈헤이가 옆자리에 앉자 다이지가 귀에 대고 속삭였다.

"저 아사미라는 여자, 내 여자야. 네가 사 오는 닌교야키를 먹는 여자."

"네에?"

슈헤이는 놀라서 다이지의 얼굴을 쳐다보았다.

"마누라에게 얼핏 들었는데, 니혼바시 서의 형사가 너한테 닌교야키에 대해서 이것저것 물었다면서? 걱정하지 마. 살인 사건과는 아무 관계 없으니까."

"딱히 걱정은……."

"괜히 딴청 부릴 필요 없어. 뻔하잖아. 죽은 여자가 내 이거 아닌가 의심하고 있지?"

다이지가 새끼손가락을 세워 보였다.

"하긴, 묘한 우연이기는 하지. 아사미도 사건이 발생한 그 아파트에 살거든."

"그래요?"

"응. 그래서 기분이 찝찝하기는 해. 하지만 상관은 없어. 그러니까 걱정하지 마."

슈헤이가 고개를 끄덕였다. 다이지가 거짓말을 하고 있다는 생각은 들지 않았다.

"그렇다면 형사들이 왜 저를 찾아왔을까요?"

"나도 그걸 모르겠단 말이야. 하기야 형사라는 작자들은 아무 관계 없는 사람들까지 끈질기게 물고 늘어지니까."

그때 아사미가 돌아왔다.

"뭘 그렇게 쑥덕거려요?"

"남자끼리 하는 얘기야. 그보다 아사미, 내 숨겨 둔 아들은 잘 있겠지?"

다이지의 말에 슈헤이의 입이 절반쯤 벌어졌다. 그 모습을 곁눈질하면서 아사미가 푸흣 웃었다.

"그럼요, 잘 있죠. 아빠 빨리 보고 싶다고 칭얼거리고 있어요."

"그래? 그럼 안부 좀 잘 전해 줘."

슈헤이는 어른들의 농담을 통 이해할 수 없었다.

자기 앞에 맥주잔이 놓이자 슈헤이는 그것을 손에 들고 한 모금 마셨다. 맥주를 처음 마셔 보는 것은 아니지만, 긴자의 클럽에서 마시는 맥주는 맛이 씁쓸했다. 이런 게 어른의 맛이로군, 하고 생각했다.

5

카운터의 오른쪽 맨 끝자리, 그러니까 자기가 늘 앉는 자리에 앉아 요리코는 후, 긴 한숨을 내쉬었다. 일주일이 무사히 끝났다는 안도감과 기모노를 벗어던진 해방감이 뒤섞인 한숨이다.

웨이터가 옆으로 다가왔다. 요리코는 생긋 웃으며 말했다.

"늘 마시던 걸로."

젊은 웨이터는 알겠다는 표정을 짓고 물러갔다. 토요일 밤이면 요리코는 혼자서 호텔 지하에 있는 이 바에 온다. 닌교초에도 분위기 좋고 오래된 바는 많지만, 토요일 밤 정도는 아는 얼굴과 마주치고 싶지 않다.

"오래 기다리셨죠."

웨이터가 그녀 앞에 내려놓은 것은 작은 잔에 담긴 진 비터

스였다. 달짝지근한 칵테일은 좋아하지 않는다.

잔을 들었을 때였다. 바로 옆에서 사람의 기척이 느껴졌다.

"과연, 전통 있는 요릿집 여주인답게 독한 술을 드시는군요."

목소리에서 상대의 얼굴이 떠올랐다. 자주 듣던 목소리는 아니지만 인상에 남는 울림 좋은 소리다.

돌아보니 예상했던 얼굴이었다.

"잠깐 앉아도 될까요?"

가가 형사가 웃는 얼굴로 말했다.

그러세요, 요리코도 미소로 답했다. 가가는 검은 재킷 차림이었다.

"기네스."

가가가 웨이터에게 청했다.

"술을 마시려는 걸 보니 근무 중은 아닌가 봐요."

"물론입니다. 사건에 관한 수수께끼가 하나 풀려서 축배를 들고 싶었어요."

"어머나, 혼자서요? 동료들은?"

그러자 가가는 고개를 살래살래 저었다.

"다 같이 축하할 정도의 일은 아닙니다. 잃어버렸던 강아지를 겨우 되찾았을 뿐이니까요."

"강아지? 강아지가 살인 사건과 관련이 있나요?"

"모르겠어요. 그 강아지가 범인이 아니란 건 확실하지만."

요리코는 진지하게 말하는 형사의 얼굴을 빤히 바라보았다.

"서장님도 가끔 마쓰야에 오세요. 며칠 전에도 어떤 분과 함께 오셨던데."

"그래요? 전에 있던 곳의 서장님도 그랬지만, 경찰서장이란 사람들은 술자리를 좋아하나 봅니다. 관할 지역의 유명 요릿집에 관해서는 인터넷보다 상세히 알고 있죠."

후후후, 요리코가 웃었다.

"그날 서장님이 그런 말씀을 하셨어요. 이번에 좀 재미난 형사를 다른 서에서 데려왔다고요. 어떻게 재미있느냐고 물었더니, 머리는 좋은데 삐딱하고 고집이 세다고 그러시더라고요. 그거 가가 형사님 얘기죠?"

"흠, 글쎄요."

가가 앞에 기네스 맥주잔이 놓였다. 그는 잔을 들어 올리고 "오늘도 수고 많으셨습니다."라며 건배 자세를 취하더니 그대로 잔을 입으로 가져갔다.

"가가 형사님도요."

요리코도 그렇게 말하고 잔을 기울였다.

갑자기 가가 형사가 후, 숨을 내쉬었다.

"기모노도 잘 어울리지만 이런 양장도 잘 어울리는군요. 양쪽 다 성숙한 여인의 모습을 멋지게 연출해 내시네요."

"농담 마세요."

"농담하는 거 아닙니다. 비아냥거리는 거라면 몰라도."

가가 형사의 말에 요리코가 갑자기 잔을 내려놓았다.

"그게 무슨 뜻인가요?"

"그런 성숙한 여인에게도 어린애 같은 면이 있다는 말입니다. 사소한 장난을 칠 정도의 유치함은 남아 있다고요."

"가가 씨."

요리코가 형사 쪽으로 몸을 돌려 앉았다.

"하고 싶은 말이 있으면 탁 까놓고 하세요. 나도 도쿄 토박이라 인내심이 많은 편은 아니거든요."

"아, 미안합니다. 그럼 본론으로 들어갈까요. 물론 고덴마초 사건에 관한 얘기입니다."

"그 사건이 저와 무슨 관련이라도 있다는 건가요?"

"아아, 차근차근 얘기합시다. 사건 현장에 닌교야키가 남아 있었다는 말은 지난번에 했습니다. 그런데 그걸 누가 샀느냐가 의문이었죠. 플라스틱 용기에는 세 사람의 지문이 찍혀 있었습니다. 피해자와 닌교야키 가게 점원, 그런데 나머지 하나가 누구의 것인지 알 수 없었어요."

"그 얘기는 슈헤이에게 들었어요. 슈헤이의 지문은 아니라면서요."

"그렇습니다."

"알 수가 없네요. 그런데 왜 가가 씨가 우리 가게 주변을 맴도는지. 닌교야키를 사 간 손님이 한둘이 아닐 테고, 팥이 든 것과 안 든 것을 같이 주문한 손님도 슈헤이 하나가 아닐 텐데요. 그렇다면 다른 데 가서 알아보시는 게 맞지 않나요?"

"그 점에 관해서는 지금부터 설명드릴 겁니다. 방금 말씀하신 대로 슈헤이 군만 팥이 든 것과 안 든 것을 섞어서 주문한 건 아니었어요. 지문도 그의 것이 아니었고요. 그래서 경시청 사람들도 슈헤이 군에게는 관심을 보이지 않았죠. 사실 애초부터 그 사람들은 닌교야키를 산 사람을 범인으로 보지 않는 모양이더군요."

"네?"

요리코가 어안이 벙벙한 듯 입을 반쯤 벌렸다.

"피해자의 집 여기저기서 지문을 지운 흔적이 발견됐습니다."

가가는 흥미롭다는 듯 그렇게 말하고 흑맥주를 꿀꺽 들이켰다.

"그건 또 무슨 소리죠?"

"다시 말해 범인은 자신의 손이 닿았을 만한 곳을 모두 닦아 냈습니다. 만일 닌교야키를 가져온 사람이 범인이라면 플라스틱 용기에 묻은 지문을 놓칠 리 없죠. 그런데 용기에는 지문을 닦아 낸 흔적이 없었습니다."

"아, 그런 얘기였군요."

요리코는 고개를 끄덕이고서 다시 가가의 가무잡잡한 얼굴을 들여다보며 말했다.

"그럼 가가 씨는 왜 그렇게 닌교야키에 집착하는 거죠? 사건과 관련이 없다면 누가 샀든 관계없잖아요."

"하지만 그래서는 안 되는 게 경찰 수사라는 겁니다. 왜 그것이 거기에 있을까, 그걸 하나하나 밝혀 나가다 보면 진상이 해명되는 결과를 불러오기도 하거든요. 직접적인 관련은 없다 해도 말입니다."

요리코의 잔이 비어 있었다. 그녀는 웨이터를 불러 같은 것으로 한 잔 더 주문했다.

"슈헤이는 자기 혼자서 닌교야키를 다 먹었다더군요. 일하는 시간에 사다 먹다니 말도 안 되는 짓이지만."

"그렇게 비난하시면 그가 불쌍합니다. 슈헤이 군은 먹지 않았어요."

가가 형사가 단정적으로 말했다.

"어떻게 그런 식으로 단정하실 수 있죠? 이상하네요."

"지금 절반쯤은 진심으로 궁금해하시는 거죠? 슈헤이 군이 산 닌교야키가 왜 피해자의 방에서 발견됐는지."

가가의 말에 요리코는 살짝 낭패한 기색을 보였다. 자신의 심중을 꿰뚫은 말이었기 때문이다. 그러나 그녀는 금방 자세를 가다듬었다.

"아까도 말했지만, 하고 싶은 말이 있으면 솔직하게 하세요."

그녀의 눈을 가만히 바라보던 가가는 천천히 고개를 끄덕였다.

"알겠습니다. 그럼 결론부터 말씀드리죠. 현장에 있던 닌교야키는 슈헤이 군이 산 게 맞습니다. 그걸 어떻게 단언할 수 있느냐, 실은 닌교야키 한 개에 어떤 표시가 있었기 때문이죠. 어떤 표시인지는 마담이 잘 아실 겁니다."

요리코가 침을 꿀꺽 삼켰다. 그녀는 가가의 시선을 외면했다.

"감식반이 의아해하더군요. 왜 이런 게 들어 있나 하고 말이죠. 저도 그 얘기를 들었을 때 무척 놀랐습니다. 고추냉이가 든 닌교야키가 있다니."

종업원이 진 비터스를 갖고 와 요리코 앞에 놓았다. 그녀는 잔을 손에 들고서 가가 형사를 향해 미소지었다.

"재미있을 것 같군요. 방해하지 않을 테니 천천히 설명해보세요."

"그러죠. 저도 같은 걸로 한 잔 더 하겠습니다."

그러면서 그는 맥주잔을 카운터에 내려놓았다.

요리코가 핸드백에서 담배와 라이터를 꺼냈다. 그녀는 이 바에서만 담배를 피운다. '마쓰야'의 여주인이 된 후로 사람들 앞에서는 피우지 않는다.

　"현장에 남아 있던 닌교야키 중 하나에 고추냉이가 들어 있었습니다. 버라이어티 프로그램의 복불복 게임처럼 말이죠. 그것도 칼집을 내어 고추냉이를 집어넣은 후 다시 전분 풀로 그 자국을 메운 듯하더군요. 굳이 말할 필요도 없지만, 가게에서는 그런 닌교야키를 팔지 않습니다. 따라서 누가 나중에 그런 재주를 부린 것이라는 얘기죠. 그게 피해자 자신인지, 피해자에게 닌교야키를 갖다 준 사람인지, 아니면 제삼자인지, 그것을 추리하는 데 도움이 되는 과학적 정보가 있었습니다. 감식반에서 분석한 결과, 고추냉이가 들어 있는 닌교야키는 다른 것들보다 오래된 것이었습니다. 구체적으로 말하자면 수분이 날아가 약간 딱딱해진 상태였죠. 감식반에서는 구운 지 하루 정도 지나지 않았을까 추측하더군요. 즉 범인은, 아 물론 고추냉이를 넣은 사람을 말하는 것입니다만, 갓 사온 닌교야키에 고추냉이를 넣은 것이 아니라 미리 그런 닌교야키를 준비해 놓았다가 바꿔치기한 것입니다. 그렇다면 닌교야키를 이틀에 걸쳐 두 번 산 셈이 되는 거죠. 그래서 가게에 가서 확인해 봤습니다. 팥이 든 것과 그렇지 않은 것을 섞어서 산 손님 중에 전날에도 왔던 사람은 없는지. 점원은 그런 손님은 없었던 것 같다고 했습니다. 단, 한 가지 흥미로운 사실을 가르쳐 주더군요."

두 잔째 기네스 맥주가 가가 앞에 놓였다. 그는 혀만 축이듯 맥주를 한 모금 살짝 머금은 후 입 주위에 묻은 거품을 손등으로 훔치면서 요리코를 보았다.

"마쓰야의 수련생이 사러 오기 전날 그 여주인도 왔었다고 말이죠. 역시 관록 있는 가게의 여주인은 다르더군요. 닌교초에서 모르는 사람이 없더라고요."

요리코는 짧아진 담배를 재떨이에 비벼 껐다.

머리 좋은 형사네. 왜 니혼바시 서 같은 데서 썩고 있는지는 모르겠지만 아마 지금까지 갖가지 실적을 남겼을 거야, 요리코는 그렇게 생각했다.

'할 수 없지, 포기다.'

숨겨 봐야 소용없을 것 같았다.

"그랬군요. 형사님의 목표는 슈헤이가 아니라 저였군요."

"그에게도 얘기를 들어 볼 필요는 있었습니다. 물론 그가 바깥사장님 대신 샀을 거라는 짐작은 이미 했지만요. 왜냐하면 그 시간에 한가한 사람은, 죄송하지만, 바깥사장님밖에 없거든요. 그래도 언제 닌교야키를 바꿔치기했는지는 슈헤이 군의 얘기를 들어 보지 않고서는 알 수 없었습니다."

"그래서, 알아냈나요?"

"그런 것 같습니다."

가가는 고개를 끄덕였다.

"슈헤이 군은 사다 놓은 닌교야키를 사장님께 전할 때까지 골목에 세워 둔 자전거 바구니에 넣어 두죠. 그런 습관을 사전에 알고 있었다면 바로 옆에 가게 뒷문이 있으니까 닌교야키 하나쯤 바꿔치기하는 건 일도 아니죠."

그리고 가가는 뭔가를 탐색하는 듯한 눈초리로 요리코를 바라보았다.

"고추냉이를 집어넣은 사람은 마담이죠?"

"지금 와서 아니라고 해 봐야 소용없겠죠?"

"아니라고 하신다면 지문을 채취하는 수밖에 없습니다. 그걸 플라스틱 용기에 남아 있는 세 번째 지문과 대조하게 되겠죠."

요리코는 한숨을 내쉬며 두 번째 담배에 불을 붙였다.

"대단하시네요, 가가 씨. 당신 말이 다 맞아요. 하지만 그게 죄는 아니잖아요."

"그야 물론 그렇죠."

가가는 고개를 끄덕였다.

"그저 귀여운 장난일 뿐이죠. 사장님이 바람을 피우니까 그 상대를 위협하려고 그런 거죠?"

풋, 웃는 요리코의 입에서 하얀 연기가 흘러나왔다.

"거기까지 조사했으면 상대 여자에 대해서도 잘 알겠네요."

"상대를 찾는 건 그리 어렵지 않았습니다. 단골 가게 몇 군데를 돌아보면 끝나는 일이었어요. 그리고 이 세상에는 입이 가벼운 사람이 널려 있으니까요. 상대의 이름은 아사미 씨, 맞나요? 긴자에서 일하고 있더군요. 게다가 이번 살인 사건의 피해자와 같은 아파트, 같은 층에 살고 있었습니다."

"못된 여자예요. 그런데도 그 바보 같은 양반이 그런 데 약해서. 그 여자, 아이가 있죠?"

"네. 한 살 정도 됐다던가."

"우리 남편의 아이라고 한 모양이에요. 그래서 괴로워하기라도 하면 이해하겠는데, 그 천치는 어떻게 된 일인지 신이 나서 틈만 나면 아이 얼굴을 보러 가요. 용돈도 주는 것 같고. 아무리 사람이 좋아도 그렇지."

"그 말씀은?"

요리코는 진 비터스를 한 모금 마시고 어깨를 으쓱해 보였다.

"거짓말이에요. 그 사람 아이가 아니에요. 얼마 전에 사립 탐정을 고용해서 알아봤어요. 그 여자, 일하러 갈 때마다 우에노에 사는 남자에게 아이를 맡기는데, 그 남자 아이죠."

"그렇다면 아사미 씨는 왜 그 남자와 살지 않는 거죠?"

"그야, 그렇게 되면 우리 그 양반에게 돈을 뜯어낼 수 없으니까요. 언젠가는 들통이 나겠지만, 그때까지 우려낼 수 있을 만큼 우려내자는 속셈 아니겠어요."

"하아, 그렇군요."

가가가 머리를 긁적거렸다.

"그래서 경고하기 위해 닝교야키에 고추냉이를?"

그의 물음에 요리코가 배시시 웃었다.

"그토록 대단한 가가 씨도 그 점에 관해서는 잘못 알고 계
시군요. 하기야 그러는 것도 무리가 아니죠."

"아닙니까?"

"난 말이죠, 그 바보 같은 양반 먹으라고 고추냉이를 넣은
거예요. 보세요, 팥이 든 게 일곱 개, 안 든 게 세 개였잖아요.
그 양반은 팥을 싫어해요. 그래서 자기 먹으려고 팥이 안 든
걸 섞어서 주문하는 거예요."

"그래서 팥이 없는 쪽에 고추냉이를……."

요리코가 고개를 끄덕이며 재떨이에 재를 떨었다.

"그 양반도 아마 알고 있을 거예요. 자기 아이가 아니란 것
쯤. 그 양반, 아이를 만들 수 없는 몸이거든요."

맥주잔을 든 가가의 손이 움찔 흔들렸다.

"네, 정말입니까?"

"옛날에 병원에서 진단을 받았으니까 틀림없어요. 그런데
그 여자에게는 그런 말을 하지 않았나 봐요. 자기에게 의지하
는 여자를 버릴 수 없다는 심정도 있겠지만, 그보다는 사실이
아니라 해도 숨겨 둔 자식이 있다는 기분을 느끼고 싶었을 거
예요. 그 양반, 한량 행세를 하고 있지만 실은 소심한 남자예

요. 그 여자와도 기껏해야 한두 번 관계를 가진 정도일 거고요."

가가는 후우 하고 길게 숨을 토해 냈다.

"그래서, 약이 올라서 그러신 겁니까?"

"네, 속이 좀 상하더군요. 마누라를 감쪽같이 속이고 있다고 생각하는 것 같아 매운맛을 보여 주려고 고추냉이를……. 가가 씨 말마따나 어린애 같은 장난이었죠."

"그런데 사장님은 아직도 매운맛을 못 본 셈이로군요. 고추냉이가 든 닌교야키가 있었다는 것도, 또 자기가 애인에게 주었던 닌교야키가 살인 현장에서 발견되었다는 것도 모르고 있으니."

"후후. 그건 그렇고, 그 닌교야키가 왜 그런 곳에 있었을까요? 아무리 생각해도 모르겠네."

그러자 가가는 씁쓸한 미소를 띠고서 수염이 엷게 돋은 턱을 비볐다.

"실은 아사미 씨에게 얘기를 들었습니다. 그녀가 닌교야키를 피해자에게 줬다는군요. 그렇지만 누구에게 받은 것인지는 밝히지 않았어요. 가게에 자주 오는 손님이라고만 하더군요."

"왜 그걸 다른 사람에게 주었대요?"

"그게……."

가가는 말하기 껄끄럽다는 듯 얼굴을 찡그렸다가 입을 열었다.

"싫어한답니다."

"뭐라고요?"

"전통 과자를 싫어한답니다. 팥이 들었든 안 들었든 닌교야키는 먹지 않는대요. 그런데 무슨 얘기를 하다가 맞장구를 칠 요량으로 좋아한다고 말했더니 노상 들고 오는 바람에 처치 곤란이라나요. 그래서 그날은 귀찮은 나머지 현관 앞에서 받아 든 그대로 가서 같은 층에 사는 여자에게 주었답니다. 비닐 봉투째로 말이죠. 그러니 용기에 그녀의 지문이 없었던 거죠. 사장님이나 슈헤이 군의 지문이 없었던 것과 같은 이유입니다."

"어머나, 기가 막혀서. 그것 보세요. 그런 사소한 일에도 속고 있잖아요."

요리코가 손으로 관자놀이를 누르며 말했다.

"게다가 닌교야키를 갖다 주기만 했지, 집 안에는 들어가지도 못했잖아요. 내 참, 그런 멍청한 남편과 앞으로도 몇십 년을 같이 살아야 하다니, 생각만 해도 머리가 지끈거리네. 슈헤이에게 두 번 다시 닌교야키를 사다 주지 말라고 해야지."

"슈헤이 군에게는 미안하게 됐네요. 너무 괴롭히지 않았나 반성하고 있습니다. 그래도 슈헤이 군, 참 대단하네요. 사장님 부탁이었다는 말은 끝내 하지 않았어요."

"꽤 쓸 만한 아이예요. 요리 솜씨야 얼마든지 갈고닦을 수 있는 거지만 입이 무거운 것은 손님을 상대할 사람에게는 큰 재산이죠."

"그럼, 마쓰야를 짊어질 미래의 요리사를 위해 건배할까요."

"그때까지 그 바보 양반 때문에 가게가 망하지 않으면 좋으련만."

요리코는 한 손을 들어 웨이터를 불렀다.

3

사기그릇 가게 며느리

1

"왜 흰색 이가 생선 접시가 여기 있는 거야. 여기는 검은색 비젠('이가'와 '비젠' 모두 일본의 유서 깊은 도자기 산지─옮긴이)으로 죽 맞춰 놓았는데. 만날 이 모양이라니까. 똑같은 말을 몇 번이나 해야 알아먹을는지, 원."

스즈에가 선반에 진열된 식기의 위치를 바꾸면서 투덜거린다. 나오야는 신문을 세워 얼굴을 가리고 못 들은 척했다. 회사에서 돌아오자마자 어머니의 푸념을 듣는 건 딱 질색이다.

손님이라도 오면 좋을 텐데, 라고 생각하지만 행인 중에 가게 앞에서 걸음을 멈추는 사람은 아무도 없다. 이렇게 더운 날에는 그저 구경만 하더라도 냉방이 잘된 가게를 고르고 싶은 게 사람 마음이다. 그런데 이 가게는 문이 활짝 열려 있고 뒤쪽에서 낡은 선풍기 하나만 돌아가고 있을 뿐이다.

"에어컨 정도는 있어야지. 이래서야 어디 손님이 들어오겠어."

며칠 전, 마키도 그렇게 말했다. 작년 가을에 시집온 그녀로서는 이 집에서 처음 맞는 여름이다.

"문을 열어 놓는데 그런 게 있어 봐야 무슨 소용이 있겠냐."

그때 스즈에는 그렇게 말했다. 물론 나오야 쪽을 보고서다. 두 사람은 얘기를 나눌 때조차 서로의 얼굴을 쳐다보지 않는다.

"문을 닫으면 되잖아요. 유리문이니까 밖에서도 다 보일 텐데. 그럼 시원한 공기도 빠져나가지 않을 거고."

마키 역시 나오야의 얼굴을 보면서 말했다.

그건 그래, 하면서 나오야가 고개를 끄덕이자 스즈에도 잠자코 있지 않았다.

"유리문을 닫아 놓으면 손님이 선뜻 들어올 수 있겠어? 게다가 우리는 문밖에도 상품을 진열하는데 그건 다 어쩌고. 전부 가게 안에다 들여놓고 유리문을 꼭 닫자는 거냐? 그랬다가는 야나기사와 상점, 가게 접었느냐고 할 거다."

"모처럼 손님이 들어와도 이 더운 가게에서 어디 느긋이 구경이나 하겠어요? 금세 나가 버리지."

"그렇지 않다. 냉방이 되어 있다고 다 좋아하는 건 아니야. 우리 가게 풍경 소리를 들으면 마음까지 시원해진다는 손님도 있어."

"나이 든 손님들이나 그렇죠."

"우리 같은 가게는 나이 든 손님이 중요해."

두 여자는 나오야를 사이에 두고 옥신각신했다. 누구 편도 들 수 없는 그로서는 고개를 움츠리고 끙끙거리는 도리밖에 없다. 하지만 결코 그대로는 끝나지 않는다. 결국은 양쪽에서 동시에 "뭐라고 말 좀 해 봐."라고 다그치는 소리를 듣게 된다.

"거참."

나오야는 머리를 긁적거리며 두 여자의 비위를 맞추기 위해 웃음을 날린다.

"생각해 볼게. 그러니까 저…… 일단은 밥부터 먹자고."

그 후, 두 여자는 말이 없다. 답답한 분위기 속에서 묵묵히 밥을 먹는다.

이것이 요즘 야나기사와 집안의 풍경이다.

무슨 수를 써야겠다고 생각하지만 나오야는 묘안이 떠오르지 않았다. 회사 선배에게도 털어놓고 의논해 보았지만 "그거 힘들어."라는 대답뿐이었다.

"고부간의 문제는 남자 힘으로 어떻게 할 수 있는 게 아니야. 녹록지 않다고. 자네가 할 수 있는 건 각자의 말을 들어 주는 것, 그저 묵묵히 들어 주는 것뿐이야. 절대 반론을 제기해서는 안 돼. 그건 불에 기름을 붓는 꼴이니까. 다 듣고 나서 그렇구나, 지당한 말이다, 하는 표정을 지으면서 기회를 봐서 내가 전하겠다고 대답하는 거야. 그리고 이게 가장 중요한 포인트인데, 진짜로 전하면 안 돼. 어떻게 되었느냐고 나중에 추궁을 당하겠지만, 그때는 그냥 견디면 돼. 여자들의 분노의 화살이 자네를 향하도록 하는 것, 해결책은 그뿐이야."

"말도 안 돼."

나오야가 어처구니없다는 듯 그렇게 말하자 선배는 그의 어깨를 툭툭 치면서 이렇게 말했다.

"그렇게 젊고 예쁜 마누라를 얻었으니 그 정도는 참아야지."

아무래도 주위 사람들은 고부간의 문제로 고민하는 나오야를 동정하기보다 마키와 결혼한 것을 약간 시샘하는 듯했다.

나오야는 롯본기의 클럽에서 마키를 만났다. 마키는 그곳에서 일하는 호스티스였고 나오야는 친구와 함께 그곳에 놀러 간 손님이었다.

그때 마키는 파란색 미니 원피스를 입고 있었는데 그게 가무잡잡한 피부와 잘 어울렸다. 미인형은 아니지만 애교 있는 눈망울이 인상적이었다. 말솜씨도 좋고, 재미없는 나오야의 얘기를 눈을 동그랗게 뜨고 진지하게 들어 주었다. 명랑하고 표정도 풍부하며 구슬이 구르듯 까르르르 웃었다.

클럽에서 나올 즈음 나오야는 이미 마키에게 푹 빠져 있었다. 다음 날도, 그다음 날도 나오야는 혼자 그 클럽을 찾았다. 월급은 많지 않지만 부모 집에 사는 덕에 생활비가 거의 안 들었던 그는 나이에 비해 모아 놓은 돈이 꽤 많았다. 마키에게는 그 돈을 헐어 쓸 만한 가치가 충분히 있다고 생각했다.

"너 말이야, 쥐꼬리만 한 월급이나 받는 주제에 클럽에 있는 여자에게 열을 올리면 어쩌겠다는 거야. 관두라고, 어차피 감당 못해. 그럴 시간과 돈이 있으면 유흥가에나 가자고."

처음에 나오야와 함께 그 클럽에 갔던 친구는 눈살을 찌푸리며 그렇게 충고했다. 하지만 나오야에게는 쇠귀에 경 읽기였다. 사람들에게 의논해 봐야 똑같은 소리만 할 거라고 생각한 나오야는 사람들 몰래 클럽을 드나들었다.

그런데 그런 나오야에게 이번에는 마키가 충고했다.

"야나기사와 씨, 이렇게 술 마시러 자주 오면 돈이 남아나겠어요? 혼자서 오니 회사 접대비로 충당할 수도 없을 텐데."

"괜찮아, 걱정 말라고. 이래 봬도 나, 모아 둔 돈 꽤 있어."

"아무리 그래도 이런 식으로 하다 보면 금방 바닥날 텐데."

"그럼 어떡하란 말이야. 여길 와야 마키를 만날 수 있는데."

나오야로서는 상당히 용기를 내서 한 말이었다. 그런데 말한 보람이 있었는지 마키가 "그럼 쉬는 날에 데이트 해요."라고 대답하는 게 아닌가.

처음에는 놀리는 줄 알았는데 그게 아니었다. 언제 데이트할 거냐고 문자가 온 것이다.

첫 데이트 장소는 디즈니랜드였다. 햇살 아래에서 본 마키는 클럽에 있을 때보다 어린애 같고 한결 건강해 보였다. 그런데 그때 마키에게서 실은 나이를 세 살이나 속였다는 고백을 들었다. 그녀는 스물하나가 아니라 스물네 살이었던 것이다. 그 정도라면 속일 필요도 없었다고 나오야는 생각했지만 그녀는 그 세 살 차이에 손님은 물론 클럽 쪽의 대우도 달라진다고 말했다.

물론 나오야로서는 세 살쯤 아무 상관 없었다. 그녀와 데이트할 수 있는 것만으로도 하늘을 나는 기분이었다.

그 후로 몇 번인가 데이트를 하면서 나오야는 어떻게 해서든 그녀를 독차지하고 싶은 마음이 생겼다. 연인이 되고 싶은 것은 물론이고, 더는 클럽에서 일하게 하고 싶지 않았다.

어느 날 그는 마키에게 클럽을 그만두었으면 좋겠다고 솔직하게 말했다. 그러자 마키는 난감한 표정을 지었다.

"하지만 나, 달리 할 수 있는 일이 없는데……. 새삼스럽게 사무를 보기도 그렇고, 월급도 지금만큼 받을 수 없을 거야. 그럼 집세조차 내기 힘들어."

고탄다에 있는 그녀의 집을 나오야도 몇 번 가 본 적이 있는데, 아닌 게 아니라 평범한 여사원은 집세를 내기도 벅찰 것 같았다.

"그럼……."

잠시 틈을 둔 후에 그는 딱히 그날 할 생각은 아니었던 대사를 읊었다. 결혼해서 함께 살자며 프러포즈하고 만 것이다.

마키는 놀란 표정을 지었다가 수줍게 웃더니 결국 눈물을 흘리며 나오야의 목을 껴안았다. 장소가 오다이바의 테라스라서 주위에 사람이 많았는데도 그녀의 눈에는 들어오지 않는 듯했다.

그리고 며칠 후, 그는 스즈에에게 마키를 인사시켰다. 그때는 그런대로 분위기가 괜찮았다. 스즈에는 마키가 술집에서 일했다는 점에 다소 거부감을 보였지만 결혼을 반대하지는 않았다. 이 정도라면 잘해 나갈 수 있겠다고 나오야는 확신했다.

어머니와 함께 살면서 가게 일도 거들어야 한다는 데 대해 마키는 전혀 싫은 내색을 하지 않았다. 어머니가 여자 혼자 몸으로 장사하고 있다는 얘기를 진즉에 들었기 때문에 청혼을 받았을 때부터 각오하고 있었다는 것이다.

석 달 후 그들은 레스토랑을 빌려 결혼식을 올렸다. 결혼식에 온 나오야의 동료들은 신부 친구들의 면면을 보고 경탄을 금치 못했다. 거의가 현직 호스티스이니 그럴 만도 했다.

모든 것이 순조롭게 돌아가는 듯했다. 마키도 즐겁게 가게 일을 도왔다.

그런데 생각지도 못한 일로 먹구름이 끼기 시작했다.

발단은 걸레였다.

삭년 말, 나오야가 회사에서 돌아오니 스즈에가 부루퉁한 얼굴로 가게에 앉아 있었다. "마키는?" 하고 묻자 모르겠다는 것이었다. 말투도 퉁명스러웠다.

무슨 일이 있었나 싶어 방으로 가 보니 마키가 손에 걸레를 쥐고 울고 있었다. 나오야가 무슨 일이냐고 묻자 그녀는 쥐고 있던 걸레를 그의 앞에 펼쳐 보였다.

"이것 좀 봐."

그것을 보는 순간 아뿔싸, 하는 생각이 들었다. 무슨 일이 일어났는지 순식간에 이해됐다.

그 걸레는 타월을 잘라 겹쳐서 꿰맨 것이었는데, 문제는 바로 그 타월이었다. 하얀 바탕에 헬로 키티 캐릭터가 그려져 있는 그 타월이 어떤 것인지 나오야는 잘 알고 있었다. 초등학생 때부터 키티 팬이었던 마키는 관련 상품을 수집하고 있었고 타월은 그 가운데 하나였던 것이다. 그녀가 제 손으로 자르고 꿰맸을 리 없으니 당연히 스즈에가 그랬다는 얘기였다.

나오야는 그 걸레를 들고 스즈에에게 가서 도대체 왜 이런 짓을 했는지 따졌다.

"왜는 무슨 왜야. 연말에 대청소하려면 걸레가 많이 필요해서 만들었지."

"그런 말이 아니라, 왜 하필 이 타월로 만들었냐고요. 다른 타월도 얼마든지 있는데."

"아니, 걸레 만드는데 무슨 타월이면 어때서 그래. 웬만큼 썼다 싶은 타월이 좋단 말이다. 그런 게 딱이야."

"하지만 이건 마키가 아끼는 타월이라고요. 그걸로 걸레를 만들면 어떡해요."

"그래서 내가 새 타월을 쓰면 되지 않느냐고 했어. 선물로 받은 것도 있고. 새 타월 쓰면 기분도 좋을 거 아니야."

"그런 문제가 아니라니까. 마키는 이 캐릭터를 좋아한단 말이에요. 이 키티 그림이 중요한 거라고."

"아, 시끄러워! 키티인지 뭔지 모르겠지만 고양이 그림 하나를 가지고. 다 큰 어른이 그까짓 타월 한두 장 때문에 이렇게 소란을 떨어."

스즈에는 잘못했다는 의식이 없었다. 그러니 사과할 마음도 없는 게 당연했다. 거기서 마키가 깨끗이 포기해 주었다면 문제가 없었겠지만, 고집 센 그녀가 쉬이 양보할 리 없었다. 그녀는 스즈에가 사과할 때까지 먼저 말을 걸지 않겠노라고 나오야에게 선언했다. 그 말을 전해 들은 스즈에 역시 꿈쩍도 하지 않았다. 좋을 대로 하라는 것이었다. 순풍에 돛 단 듯하던 신혼 생활은 이렇게 하여 단박에 풍랑을 만난 꼴이 되었다.


2


마키가 슈퍼마켓 주머니를 들고 들어왔다. 티셔츠에 청바지 차림으로. 그 청바지는 무릎 근처가 해어져 있었는데, 물론 디자인이 그런 것이지만 스즈에의 눈에 탐탁할 리 없었다. 바지 꼴이 그게 뭐냐며 한바탕 소동을 일으킨 게 이 주일 전이었다.

"아, 더워."

마키가 손바닥으로 얼굴을 부치며 들어왔다.

"슈퍼마켓에서 나오니까 바로 땀이 솟더라고."

"수고했어."

나오야는 선풍기를 그녀 쪽으로 돌렸다.

"바람 한 점 없는 날씨야."

땀으로 젖은 목덜미에 선풍기 바람을 쐬면서 마키가 말한다.

"그러니까 저 잘난 풍경도 안 울리고 말이야."

"어……, 그래."

굳이 안 해도 될 말을, 나오야는 그렇게 생각하지만 마키가 스즈에 들으라고 한 소리임은 물론이다.

"나는 전표 정리나 해야겠다."

스즈에가 자리에서 부스스 일어서며 말한다.

"물건들 제자리 찾아 정리하느라고 허리가 휠 지경이야. 오늘 밤에는 상점가 모임도 있어서 눈코 뜰 새가 없는데, 괜한 일거리를 만드는 사람이 있으니 성가시기 짝이 없네."

그 말에 마키의 눈썹이 실룩거렸다. 스즈에는 그녀 쪽에는 눈길도 주지 않은 채 샌들을 벗고 안쪽으로 사라졌다.

"뭘 정리했다는 거야?"

"생선 접시 자리가 어쩌고저쩌고하던데. 흰색 이가 접시가 검은색 비젠 자리에 놓여 있다나."

마키는 못 먹을 것이라도 먹은 듯한 표정으로 혀를 찼다.

"하양이니 까망이니, 그런 게 무슨 상관이야. 나는 눈에 잘 띄게 하려고 일부러 생각해서 그런 건데."

"그야 뭐, 사람마다 취향이 다르니까."

"당신, 나 하고 싶은 대로 해도 된다고 했잖아."

"그래. 하지만 오늘은 어머니 체면 좀 세워 줘."

나오야는 두 손을 마주 비비며 말했다.

마키는 입술을 비죽 내밀더니 새삼스럽게 나오야를 똑바로 바라본다.

"그건 그렇고, 어떻게 할 거야, 에어컨? 주문하기도 전에 한 여름 오겠다."

또 그 소리. 나오야는 귀를 틀어막고 싶어진다.

"음, 지금 생각하는 중이야."

"생각할 게 뭐가 있다고 그래, 이렇게 더운데. 아니면 뭐야, 어머니 의견을 따르겠다는 거야?"

"그런 게 아니고……."

얼버무릴 말이 생각나지 않아 곤혹스러워하고 있는데 "계십니까?"라는 남자의 목소리가 들렸다. 누군가가 들어온 것이다.

살았다, 고 나오야는 생각했다.

"네, 어서 오세요."

들어온 사람은 검은 티셔츠 위에 파란색 얇은 셔츠를 걸친 서른 살 조금 넘어 보이는 남자였다. 남자 손님 혼자서 오는 경우는 흔치 않다.

"저, 야나기사와 씨 맞습니까?"

남자가 나오야와 마키의 얼굴을 번갈아 보면서 물었다.

"그런데요."

나오야가 대답했다.

"야나기사와 마키 씨가 어느 분이죠?"

"전데요."

마키가 대답하자 남자는 함박웃음을 짓더니 바지 주머니에서 명함을 꺼냈다.

"이런 사람입니다. 협조 좀 해 주시겠습니까?"

그가 건넨 명함을 본 마키가 눈을 동그랗게 떴다.

"경찰이세요?"

"뭐?"

나오야가 놀라자 마키가 그에게 명함을 건넸다. 명함에는 니혼바시 경찰서 가가 교이치로라고 쓰여 있었다.

"혹시 미쓰이 미네코라는 여성을 아십니까?"

가가 형사가 물었다.

"미쓰이 씨요? 아니요, 모르겠는데요."

나오야는 마키를 보았다. 그녀는 잠시 생각에 잠긴 듯한 표정을 짓더니 입을 열었다.

"혹시 고덴마초에 사는 사람인가요?"

"네, 그렇습니다."

가가 형사가 고개를 위아래로 흔들었다.

"아시는군요?"

"가끔 오시는 분이에요. 그분에게 무슨 일이 생겼나요?"

그러자 가가 형사는 약간 긴장한 표정으로 두 사람의 얼굴을 번갈아 보며 말했다.

"돌아가셨습니다. 이틀 전에요."

"네에?"

마키가 깜짝 놀라 소리를 질렀다. 그리고 "어쩌다……."라고 중얼거린다.

"저희 쪽에서는 살인 사건으로 보고 있습니다. 목이 졸린 상태로 발견돼서요."

"살인!"

나오야가 마키를 보았다. 그녀도 입을 쩍 벌리고 있다.

"가끔 오신다고 하셨는데, 구체적으로 어느 정도 간격이었습니까, 매주, 혹은?"

"아니요."

마키가 고개를 저었다.

"한 달에 한 번, 대개 그 정도였어요."

"최근에는 언제 오셨습니까?"

"그게 언제였더라……."

마키는 계산대 옆에 놓여 있는 조그만 스탠드식 달력을 보았다.

"아마 일주일 전쯤이었을 거예요."

"그때 그분의 모습을 기억합니까?"

"기억은 나는데, 별다른 점은 없었어요."

"얘기도 나누셨겠죠?"

"네, 몇 마디."

"무슨 얘기를 나누셨는지, 실례가 되지 않는다면 알려 주셨으면 하는데요."

"무슨 얘기랄 게……. 젓가락을 사러 오셨어요. 누군가에게 선물할 거라면서. 그런데 찾으시는 물건이 품절이어서 결국 못 사고 가셨어요."

"누구에게 선물할 건지는 못 들으셨습니까?"

"거기까지는……."

"그 찾으셨다는 물건, 지금도 없습니까?"

"다녀가신 후에 바로 주문했는데 아직 안 들어왔어요. 카탈로그라면 있지만."

가가 형사의 눈이 반짝 빛난 듯했다.

"보여 주실 수 있습니까?"

"네."

마키는 계산대 옆에 끼여 있는 카탈로그를 펼쳐 형사에게 보여 주었다.

"이거예요."

나오야도 옆에서 들여다보았다. 부부 젓가락 세트였다. 남성용은 검은색이고 여성용은 붉은색이었다. 그리고 양쪽 모두 천연 조개를 박아 넣어 만든 벚꽃무늬가 있었다.

"예쁘군요."

가가 형사가 감탄한 듯 말했다.

"인기 상품이라서 결혼 시즌에는 잘 팔리죠."

마키가 거침없이 대답하는 것을 보면서 나오야는 '장사에 꽤 익숙해졌군.' 하고 생각했다. 그래 봐야 스즈에가 들으면 "흥, 1년도 채 안 된 주제에 잘도 주절거리는군." 하며 핀잔이나 줄 게 뻔했지만.

가가 형사는 고맙다며 마키에게 카탈로그를 돌려주었다.

"저, 형사님."

나오야가 참지 못하고 끼어들었다.

"그 손님이 우리 가게에 들렀다는 게 그 사건과 뭔가 관련이 있는 겁니까?"

"아니요, 아닙니다."

가가 형사가 손을 휘휘 저었다. 그는 이미 환한 표정으로 돌아와 있었다.

"미쓰이 씨가 최근에 들른 가게들을 돌아보고 있는 것뿐입니다. 부인, 혹시 그 밖에 생각나는 건 없습니까?"

글쎄요, 하며 마키가 애매하게 고개를 기울였다. 나오야는 형사가 왜 이렇게 집요하게 묻는지 궁금했다.

"혹시 생각나는 게 있으시면 아까 드린 명함 뒤에 제 휴대 전화 번호가 적혀 있으니 그리로 전화 주십시오. 사소한 일이라도 괜찮습니다."

가가 형사가 마키를 똑바로 보면서 말했다.

"알겠어요."

"일하시는데 폐가 많았습니다."

가가 형사는 다시 한 번 두 사람의 얼굴을 번갈아 보고 가게를 나갔다.

3

나오야는 신문을 뒤져 살인 사건에 관해 자세히 알아보았다. 죽은 사람은 미쓰이 미네코라는 여자였다. 나오야는 주말에만 가게를 보는 정도이기 때문에 그 여자에 대해서는 전혀 아는 바가 없었다.

"꽤 예쁜 여자였어. 마흔다섯 살로는 보이지 않던데. 난 삼십 대인 줄로만 알았어. 살해당하다니, 끔찍하네."

젓가락을 입으로 가져가면서 마키는 착잡한 투로 말했다.

"좋은 사람이었는데. 아이스크림을 들고 온 적도 있었어."

오늘 밤은 스즈에가 상점가 모임에 나간 덕에 단둘이 저녁을 먹고 있다. 나오야로서는 오랜만에 맛보는 여유로운 기분이었다. 맥주마저 달게 느껴졌다.

"그건 그렇고, 형사가 왜 우리 가게를 찾아왔을까?"

"아까 그 사람이 말했잖아. 미쓰이 씨가 최근에 들렀던 가게들을 돌아보고 있다고."

"그게 아니라 그 사람이 우리 가게에 왔었다는 사실을 어떻게 알았느냔 말이야. 그 여자 본인이 지난주에 우리 가게에 왔었다고 다른 사람에게 말한 걸까? 신문에는 혼자 사는 여자라고 돼 있던데."

"영수증이 나온 거 아닐까?"

"언제 영수증? 지난주에는 결국 못 샀다면서."

그러자 마키는 잠시 생각하는 표정을 짓다가 자신이 알 바아니라는 듯 어깨를 으쓱했다.

"모르겠다. 아무러면 어때, 우리와 관계도 없는 일인데."

"그야 그렇지만."

나오야는 무절임을 입에 넣고 맥주를 쭉 들이켰다. 그 순간 문득 떠오르는 것이 있었다.

"그 형사, 당신 이름을 말했어."

"뭐?"

"야나기사와 마키가 누구냐고 물었잖아. 그래, 틀림없어!"

"그랬나?"

"맞다니까. 이상하지 않아? 그저 가게를 돌아보고 있는 거라면 마키라는 이름이 어떻게 나올 수 있겠어. 진짜 이상하다니까."

"글쎄, 그건 나도 모르겠네."

마키는 다 먹은 그릇을 치우기 시작했다.

"그 형사가 당신 이름을 어떻게 알았을까? 미쓰이라는 여자의 집에 마키라고 쓰여 있는 뭔가가 있었다는 얘긴가?"

"모른다니까. 그걸 왜 자꾸 나한테 물어."

"흠⋯⋯."

나오야가 팔짱을 끼는데 "나 왔다." 하는 목소리가 들렸다. 스즈에가 돌아온 모양이었다. 순간 나오야의 머릿속에서 살인 사건에 대한 생각은 달아나 버렸다. 마키 쪽을 살피니 그녀는 싱크대 앞에서 설거지를 하고 있다.

"아이고, 아저씨들이 붙잡아서 혼났네."

스즈에가 자기 어깨를 한 손으로 주무르면서 들어왔다.

"홈페이지가 어쩌고저쩌고하는데, 무슨 소린지 통 알아들을 수가 있어야지. 하긴, 아저씨들도 잘 모르는 눈치더라만."

"애쓰셨어요. 저녁은요?"

"간단히 먹기는 했는데…… 오차즈케나 먹을까."

그렇게 말하면서 식탁 의자에 앉은 스즈에는 무절임이 놓여 있는 것을 보고는 못마땅하다는 듯 눈살을 찌푸렸다.

"이건 뭐냐?"

"마키가 담갔답니다. 꽤 맛있어요."

"저리 치워라. 내가 이가 안 좋다는 거 알면서. 딱딱한 음식은 피하고 있는데, 일부러 이런 걸 만들다니."

"어머니!"

나오야가 얼굴을 찡그려 보였지만 스즈에는 태연한 표정으로 차를 따르기 시작했다. 다음 순간 마키가 다가와 무절임이 담긴 접시를 말없이 가져가서는 냉장고에 넣더니 그대로 쿵쾅쿵쾅 계단을 올라간다. 나오야는 한숨을 쉬었다. 스즈에가 옆에 놓여 있는 신문을 들더니 말했다.

"아니, 이건 그제 신문 아니냐. 이게 왜 아직도 여기 놓여 있어. 쟤는 어떻게 된 아이가 집 안 정리 하나 제대로 못하니."

"아니에요, 제가 일부러 꺼내 온 거예요. 확인할 게 있어서. 어머니, 고덴마초 사건 아세요?"

"고덴마초 사건?"

고개를 갸우뚱하는 스즈에게 나오야는 낮에 형사가 찾아 왔다는 얘기를 했다. 하지만 형사가 마키의 이름을 언급했다 는 사실만은 덮어 두었다. 왠지 말하지 않는 게 좋을 것 같아 서였다.

"그러고 보니 기사미야의 주인도 그런 말을 하던데. 형사가 왔었다고 말이야."

"기사미야에도요?"

'기사미야'는 에도 시대부터 이어져 내려오는 칼 전문점으 로 가위나 부엌칼, 족집게 등을 취급하는 곳이다. 상품은 모 두 전속 장인이 직접 손으로 만든다. 판매뿐 아니라 칼을 갈 아 주기도 한다.

"그 여자가 살해당하기 직전에 기사미야에 왔었다더라. 그 뭐였더라? 그래, 주방 가위를 샀다지 아마."

"주방 가위요? 그래서요?"

"그걸 사 갈 때의 상황을 형사가 꼬치꼬치 캐묻더래. 그 여 자가 평소에도 자주 오는 손님이었냐, 뭘 하려고 산다는 말은 없었느냐."

"그래서 뭐랬대요?"

"처음 보는 손님이라고 했대. 왜 사는지야 알 수 없지 않냐고 했다던가……."

"별걸 다 묻네요."

"그리고 그 주인 말로는, 주방 가위라는 게 아무 데서나 쉽게 살 수 있는 건데도 굳이 수제품을 사려 한 걸 보면 상당히 까다로운 사람일 텐데 그래 보이지는 않더라는 말도 했어."

"흠."

미쓰이 미네코라는 여자가 주방 가위를 샀으면 샀지 거기에 무슨 의미가 있을까 하고 나오야는 생각했다. 그게 살인 사건과 관련이 있을 거라는 생각은 도무지 들지 않지만, 경찰도 나름대로 이유가 있겠지, 라고 해석하는 수밖에 없었다.

"마흔다섯 살이라더라, 죽은 여자."

스즈에가 차를 홀짝 마시고는 말했다.

"아직 젊은데 딱하게도 됐지. 언제 무슨 일을 당할지 모르는 게 사람이라더니……. 그저 목숨이 붙어 있을 때 가능한 한 즐겁게 사는 도리밖에 없어."

"어머니는 즐겁게 살고 계시잖아요. 다음 주에도 노래 모임 분들이랑 여행 가신다면서요. 이세라고 했죠?"

"이세 신궁에 참배하고 시마에 갈 거다. 난 시마 쪽이 더 기대되더라. 지금 전복이 제철이란다."

"그거 잘됐네요."

스즈에는 살인 사건보다 이세와 시마 관광에 대해 얘기하고 싶은 눈치였다. 그걸 알아챈 나오야는 얼른 엉덩이를 들었다. 그녀에게 붙들려 하염없이 얘기를 듣고 있다간 나중에 마키에게 무슨 잔소리를 들을지 알 수 없기 때문이다.


4


나오야는 종합 건설업체의 고객 센터에서 일한다. 지금은 주택 입주 후의 애프터서비스가 주된 업무다. 도요초에 지은 단독 주택의 세 번째 달 점검을 끝낸 그는 회사로 돌아가는 길에 집에 들러 보기로 했다. 닌교초 거리에 라이트밴을 세운 그는 밖에서 가게 안을 살펴보았다. 스즈에가 전화 통화를 하고 있다. 마키는 보이지 않았다.

"팸플릿이 있으면 보내 주면 고맙겠어. 어떤 물건이 있으려나. ……이세 새우라는 게 있다고? 호호, 별게 다 있네. 그리고 ……마스자카 소고기? 그건 또 뭐지…… 응, 아아, 그럼 금방 살 수 있겠네. 그래, 잘 알았어요. 고마워요."

이쪽으로 등을 보이고 있는 스즈에는 나오야가 들어갔는데도 알아차리지 못한 듯했다. 전화를 끊고 나서야 나오야를 본 그녀는 화들짝 놀랐다.

"아니, 네가 이런 시간에 웬일이냐?"

"근처에 왔다가 잠시 들렀어요. 여행에 관해 상의하시는 거예요?"

"응, 그렇지, 뭐."

"네, 그런데……."

"걔는 미장원에 갔다. 이번에는 또 무슨 색으로 물을 들이고 올지."

스즈에가 입가를 비틀며 말한다.

나오야는 자기가 없는 동안 두 사람이 어떤 식으로 의사소통을 하는지, 그게 신기할 따름이었다. 쳐다보지도 않고 얘기하는데 미장원에 갔다는 건 어떻게 알까.

"아, 어서 오세요."

스즈에가 갑자기 나오야의 어깨 너머를 보며 상냥하게 웃었다. 뒤돌아보니 어제 그 형사가 서 있다. 손에 작은 봉투가 들려 있었다.

"어제는 실례가 많았습니다."

"성함이…… 가가 씨라고 했던가요?"

"네. 기억하시는군요."

스즈에가 누구냐는 표정으로 나오야를 쳐다보았다. 그는 "어제 말씀드린 형사님이에요."라고 대답했다.

"기사미야에 왔다는 그 형사?"

스즈에가 가가를 보며 물었다.

"벌써 소문이 났나요? 그렇다면 얘기가 쉽겠군요. 피해자가 주방 가위를 사 갔다는 얘기도 들으셨습니까?"

"들었지요. 그게 왜요?"

그러자 가가는 살짝 미소를 짓더니 잠시 틈을 두었다가 입을 열었다.

"이 댁에도 주방 가위가 있습니까?"

"예?"

나오야와 스즈에가 동시에 외쳤다.

"있기야 있죠."

스즈에가 대답했다.

"죄송하지만, 좀 보여 주실 수 있습니까?"

"그야 어렵지 않지만, 대체 뭐 때문인데요?"

그러자 형사는 머쓱한 표정으로 머리를 긁적였다.

"저 같은 관할 서 형사가 하는 일은 의미가 있는지 없는지 모를 일들뿐입니다. 주방 가위가 문제 될 경우 조금이라도 관련이 있을 만한 사람들에게 닥치는 대로 주방 가위를 보여 달라고 하는 식이죠. 폐를 끼쳐서 정말 죄송합니다."

형사가 그렇게 저자세로 말하자 스즈에도 이해했는지 "잠시 기다리세요." 하고는 안으로 사라졌다.

"여러 가지로 힘드시겠습니다."

"말도 마십시오."

나오야의 말에 가가가 쓴웃음을 지었다.

잠시 후 스즈에가 주방 가위를 들고 돌아왔다. 나오야도 간혹 본 적이 있는 것이었다.

"특별할 것 없는 보통 주방 가위예요. 그것도 기사미야에서 파는 것과는 영 다른데."

스즈에는 그렇게 말하며 주방 가위를 내밀었다.

"비교적 새 것이로군요. 최근에 사셨습니까?"

"2년 정도 됐어요. 이런 물건은 쉬이 낡는 게 아니라서."

잘 봤습니다, 라며 가가는 주방 가위를 스즈에에게 돌려주었다.

"오늘은 부인이 안 보이네요."

주위를 두리번거리며 가가 형사가 물었다.

"외출했답니다. 미장원에 갔대요."

"그렇군요. 아 참, 센베이 드시겠습니까?"

가가는 들고 있던 종이봉투에서 센베이를 꺼냈다.

"드세요, 이거. 이틀 전에 산 것이긴 하지만."

그는 스즈에에게 센베이를 내밀었다.

"아마자케요코초에 있는 가게에서 파는 거로군요. 전에는 곧잘 먹었는데 요즘은 이가 시원치 않아서……."

그리고 스즈에는 나오야를 보며 말을 이었다.

"애네들은 먹을 테니 받아 두죠. 고마워요."

"이는 관리를 잘하셔야 합니다. 자, 그럼 이만. 실례가 많았습니다."

밖으로 나가는 가가 형사를 나오야가 따라 나갔다.

"저, 잠깐만요. 물어보고 싶은 게 있는데, 잠시 괜찮을까요?"

나오야가 그렇게 묻자 가가는 당황한 표정을 지으면서도 입가에 미소를 머금었다.

"저한테 말입니까?"

"네. 어제부터 좀 신경 쓰이는 게 있어서요."

"하하. 그럼 시원한 거라도 하실까요?"

가가가 한 손으로 턱을 비비며 말했다.

둘은 셀프서비스 찻집에 들어가 거리가 내려다보이는 2층 테이블 자리에 마주 앉았다.

나오야는 마키의 이름을 어떻게 알았느냐고 형사에게 단도직입적으로 물었다. 가가는 아차 싶은 얼굴로 테이블을 탁 쳤다. 그러나 그 표정이 어둡지는 않았다.

"그랬죠. 맞아요, 제가 부인의 이름을 말했어요. 그때는 이렇게 얽힐 줄 몰라서 좀 방심했나 봅니다. 그런데 그걸 지적하다니, 상당히 날카로우시군요."

"얽히다니, 뭐에 말입니까? 무슨 뜻이죠?"

나오야가 몸을 가가 쪽으로 가까이 들이밀었다.

"우리 집사람이 그 사건과 무슨 관련이라도 있다는 겁니까? 주방 가위를 보여 달라느니 하는 게 아무리 생각해도 이상하더라고요. 숨기지 말고 말씀해 주세요."

나오야가 일방적으로 추궁하자 가가는 진정하라는 듯이 손을 저었다.

"별로 대단한 일은 아닙니다. 알았어요, 말씀드리죠. 발단은 피해자의 집에 있었던 주방 가위였습니다."

"또 주방 가위입니까?"

"단, 그 가위는 산 지 얼마 안 된 새것이었어요. 기사미야의 포장지에 싸인 채였으니까요. 그런데 그걸 본 저는 의아한 생각이 들었습니다. 왜냐. 피해자의 집에는 주방 가위가 이미 있었거든요. 게다가 그다지 오래된 것도 아니고요. 그런데 왜 또 샀을까. 누구에게 선물할 요량으로 샀을지 모르겠다고도 생각해 보았지만, 그 가위에는 가격표가 그대로 붙어 있었습니다. 남에게 선물할 때는 보통 가격표를 떼지 않습니까."

그렇죠, 라며 나오야가 고개를 끄덕했다.

"그러다가 피해자의 컴퓨터에서 흥미로운 메시지를 발견했습니다. 휴대 전화로 보낸 것인데, 발송 시각을 보니 살해되기 직전이더군요."

가가는 주머니에서 수첩을 꺼냈다.

"이런 내용이었습니다. '샀습니다. 6,300엔입니다. 다음에 가게로 가져갈게요.' 처음에는 주방 가위와 관련이 있으리라고는 생각지 못했어요. 그렇게 비싼 가위가 있다는 걸 몰랐으니까요. 그런데 기사미야에 가서 보니 주방 가위의 가격이 딱 6,300엔이더라고요. 그리고 메일 수신인을 조사해 보았더니, 그게……."

"야나기사와 마키……."

"그렇습니다."

가가는 고개를 끄덕였다.

"피해자의 영수증 가운데 야나기사와 상점 것이 있어서 그 가게의 딸이거나 부인일 거라고 짐작한 겁니다. 그리고 그 메일 말인데요, 안타깝게도 부인은 받지 못했어요. 부인의 휴대전화는 컴퓨터에서 보낸 메시지는 거부하도록 설정되어 있는 것 같더군요. 피해자가 부인에게 메시지를 보낸 것이 처음이었던 거죠. 그래서 친해진 것도 최근일 거라고 생각했습니다."

"그럼 마키가 그 미쓰라는 여자에게 주방 가위를 사다 달라고 부탁했다는 말씀입니까?"

"그렇게 판단했기 때문에 어제 댁의 가게로 찾아갔던 겁니다. 그런데 부인께서는 그런 얘기를 전혀 내비치지 않더군요. 얽혀 있다는 건 그런 뜻입니다."

"그럼 왜 그때 본인에게 확실히 물어보지 않았습니까?"

나오야가 그렇게 따져 묻자 가가는 뭔가 의미 있는 듯한 미소를 떠올리더니 아이스커피 잔을 입으로 가져갔다.

"속내를 드러내지 않는 게 형사들의 방식입니다. 상대가 무언가를 감추고 있다고 느끼면 한동안 상황을 그저 지켜보는 거죠. 뭔가 말 못할 사정이 있는가 싶기도 했고요. 집안 사정이라든지."

집안 사정이라는 말이 나오자 나오야의 머릿속을 번뜩 스치는 것이 있었다.

"아!"

"왜요?"

"아, 아무것도 아닙니다."

나오야는 빨대로 아이스티를 쭉 빨아들였다.

"알 수 없는 것은 부인이 왜 미쓰이 씨에게 부탁했을까 하는 점입니다. 기사미야는 가까워서 언제든지 갈 수 있는 곳인데 말이죠. 그리고 또 하나, 부인은 왜 새 주방 가위가 필요했을까요? 아까 보니까 댁의 주방 가위에는 별다른 문제가 없더군요. 이런 점들에 관해 부인의 설명을 꼭 듣고 싶었습니다. 어쩌면 남편 분에게는 말할 수 없는 일일지도 모르고 해서."

"그런 거였군요."

"혹시 뭐 짚이시는 거라도?"

가가의 질문에 나오야는 한숨을 쉬었다.

"얘기를 듣다 보니 생각나는 게 있어요. 그런데 사실대로 말하자니 우리 집안의 치부를 드러내는 것 같고, 그렇다고 말을 안 하자니 괜한 의심을 살 것 같고."

"할 수 있는 범위 내에서만 말씀해 보시죠."

"알겠습니다. 그래요, 말씀드리죠. 남부끄러운 일이지만, 지금 우리 집에 약간의 문제가 있습니다."

무슨 뜻이냐는 표정의 가가 형사에게 나오야는 마키와 스즈에 간의 갈등에 대해 털어놓았다. 실은 누군가에게 말하고 싶은 심정이기도 했다.

"이른바 고부간의 문제라는 거로군요. 그런데 그게 주방 가위와 무슨 관계가 있다는 겁니까?"

"형사님도 아실지 모르겠지만, 여자들은 참 골치가 아파요. 둘 다 부엌에서 일하면서도 예컨대 같은 부엌칼을 쓰려 하지 않아요. 그래서 어떤 조리 기구는 아내용과 어머니용이 따로 있습니다."

"하하하, 그렇군요."

가가는 무슨 말인지 알겠다는 듯 고개를 끄덕거렸다.

"그래서 주방 가위도 부인 혼자 쓰려고 새로 산 것이로군요."

"그럴 겁니다. 하지만 그 사실을 어머니나 제게는 알리고 싶지 않아 다른 사람에게 부탁한 거겠죠. 또 기사미야 사람들은 마키의 얼굴을 아니까 어머니에게 뒷말을 할 가능성도 있고."

"그런 거였군요. 알겠습니다. 말씀해 주셔서 감사합니다. 그런데 그 정도로 사이가 좋지 않나요?"

"최악이에요."

나오야가 입술을 일그러뜨리며 말했다.

"다음 주에 어머니가 여행을 떠나시는데, 어머니가 안 계신 동안만큼은 잠잠할 거라고 기대하고 있습니다."

"여행이라면, 어디로 가시는데요?"

"이세와 시마 쪽으로요. 전복을 드실 거라는 둥 벌써부터 들떠 계시는데, 그 소리를 들은 마키가 자기는 아무 데도 못 갔다면서 퉁퉁 부어 있어요."

"전복이라……."

그렇게 중얼거리며 가가 형사는 먼 곳을 바라보는 듯 아련한 눈빛을 했다.


5


그 후 이틀이 지난 밤이었다. 나오야가 집에 돌아오니 마키와 스즈에 간에 한바탕 싸움이 벌어져 있었다. 물론 그렇다고 맞붙어 싸우는 것은 아니다. 스즈에는 앉은뱅이 상이 있는 거실에서 부루퉁한 얼굴로 텔레비전을 보고 있었고 마키는 부부 침실에서 울고 있었다.

"대체 무슨 일이야?"

나오야가 아내에게 물었다.

"나, 잘못한 거 없어. 그냥 방을 정리하려고 했을 뿐이라고."

마키가 훌쩍거리며 하소연했다.

"우편물을 살짝 건드렸을 뿐인데 어머니가 불같이 화를 내잖아."

그녀의 말에 따르면 재봉 도구를 꺼내려는데 안에 우편물이 들어 있었다고 한다. 받는 사람은 야나기사와 스즈에로 되어 있었다. 그걸 무심결에 보고 있는데, 남의 우편물을 함부로 본다며 스즈에가 소리를 질렀다고 한다.

"열어 본 건 아니지?"

"안 봤어. 그걸 내가 왜 봐."

내 참. 나오야는 투덜거리며 계단을 내려갔다. 스즈에는 여전히 불만이 가득한 얼굴이었다.

"어머니, 우편물을 좀 건드린 정도로 뭘 그렇게 화를 내세요. 참 이상하시네."

나오야의 말에 스즈에는 그를 매섭게 노려보았다.

"넌 무슨 말을 그렇게 쉽게 하니. 아무리 가족이라도 프라이버시라는 게 있는데."

"그래도 내용물은 보지 않았다고 하잖아요."

"그런 문제가 아니야. 멋대로 건드리지 말라는 거지."

"그래도 나쁜 뜻이 있는 건 아니었잖아요. 듣자 하니 재봉 도구 속에 들어 있어서 뭔가 싶어 봤을 뿐이라는데."

"그게 마음에 안 든다는 거야. 평소에는 바느질도 안 하는 아이가."

"제 셔츠 단추가 떨어져서 달려고 했대요."

"흥, 할 줄도 모르는 주제에."

"그래도 연습해서 많이 좋아졌어요. 아무튼 그런 데다 우편 물을 넣어 둔 어머니가 잘못이에요."

그러면서 문득 고개를 돌리는데 테이블 위에 회색 봉투가 놓여 있었다.

"이게 문제의 봉투인가요?"

나오야가 손을 뻗으려는 찰나 스즈에가 휙 낚아챘다.

"너도 안 돼. 말했잖아, 프라이버시라는 게 있다고."

"그 정도로 남에게 보이고 싶지 않은 거면 좀 더 잘 숨기셨 어야죠."

"남들이 들으면 무슨 소린가 하겠네. 그런 게 아니라는데 도. 아무튼 난 아무 잘못 없다."

스즈에는 벌떡 일어나 자기 방으로 들어가더니 장지문을 탁 닫았다.

휴우. 나오야는 한숨을 쉬었다. 배는 고픈데 저녁을 먹을 분위기가 아니었다. 오차즈케나 먹을까. 그는 머리를 긁적이며 중얼거렸다.


6


스즈에가 여행을 떠나는 날이 내일로 다가왔다. 평소보다 조금 일찍 퇴근해 닌교초 역을 빠져나오던 나오야는 뒤에서 부르는 소리에 걸음을 멈췄다. 돌아보니 가가 형사가 그가 있는 쪽으로 걸어오고 있었다.

"마침 잘됐네요. 지금 댁으로 찾아뵈려던 참인데."

"아직도 뭐가……."

"별건 아닙니다만, 귀띔이라도 해 드리는 게 좋겠다 싶은 일이 있어서요. 시간 좀 내 주실 수 있습니까?"

"지금요?"

"잠깐 가 볼 데가 있습니다. 오래 걸리지 않을 겁니다."

가가 형사는 그렇게 말하더니 나오야의 대답도 듣지 않은 채 앞장서서 걷기 시작했다.

그들이 도착한 곳은 '기사미야' 앞이었다. 유리문은 닫혀 있었지만 가게 안에는 불이 켜져 있었다. 유리 진열장 너머로 머리가 하얗게 센 주인이 보였다. 가가 형사가 유리문을 열자 주인이 반색을 한다.

"아이고, 이거 날마다 수고가 많으십니다, 형사님. 아니, 야나기사와 씨도?"

"안녕하세요."

나오야가 그에게 인사했다. 물론 어린 시절부터 잘 아는 사람이다.

'기사미야'는 L자형 유리 진열장 하나가 전부인 조그만 가게다. 진열장 안에는 살짝 닿기만 해도 베일 듯 날이 선 손톱깎이와 자그만 칼들이 마치 귀금속처럼 반짝거리며 진열되어 있다.

벽에도 유리 선반이 있는데, 그곳에는 파는 상품이 아니라 에도 시대부터 내려오는 전통적인 칼 종류가 전시되어 있다. 말하자면 이 가게는 소규모 칼 박물관이라고도 할 수 있다.

"어르신, 그 물건 좀……."

가가가 그렇게 말하자 주인은 싱글거리며 뒤쪽 진열장에서 가위 하나를 꺼내 왔다. 길이가 10센티미터 정도 되는 그 가위는 끝이 뾰족한 여느 가위와는 달리 둥그스름하게 마무리되어 있다.

"이게 뭐죠?"

나오야가 물었다.

"부인이 사려고 했던 건 바로 이 가위였어요, 주방 가위가 아니라. 그런데 살해된 미쓰이 씨가 주방 가위로 착각해 그만 엉뚱한 것을 사 간 겁니다."

"네? 그게 무슨 소리죠?"

나오야가 미간을 찌푸렸다.

"어르신, 이 가위를 뭐라고 합니까?"

가가 형사가 물었다.

"이렇다 할 정식 명칭은 없어요. 우리는 그저 식사용 가위라고 부르죠."

"식사용 가위?"

나오야가 고개를 갸우뚱한다.

"부인도 아마 그 이름으로 미쓰이 씨에게 부탁했을 겁니다. 그런데 식사용 가위라니까 미쓰이 씨가 당연히 주방 가위일 거라고 착각했던 거죠."

"흔히들 그렇게 착각해요."

주인이 말하며 벙글거렸다.

"이건 대체 뭐하는 가위입니까?"

나오야가 주인 쪽을 보며 물었다.

"이렇게 품에 넣고 다니다가, 식사 중에 딱딱한 음식이 나온다든지 하면 꺼내 쓰는 거야. 오징어나 문어처럼."

"그리고 전복."

옆에서 가가 형사가 하는 말을 듣고 나오야는 "아!" 하고 외마디 소리를 질렀다. 가가는 웃으면서 고개를 끄덕였다.

"그래요. 어머님이 이가 안 좋으시죠? 그런데 이번 여행에서 전복을 드실 거라고 기대가 크시잖습니까. 그래서 부인이 이 식사용 가위를 선물하려고 한 겁니다."

"설마……"

"어제 이 가게에 식사용 가위를 사러 온 여자 분이 있었습니다. 주인어른께 그런 손님이 오면 바로 알려 달라고 부탁해 놓았던 터라 저도 즉시 달려왔죠. 그리고 다행히 그분의 얘기를 들을 수 있었습니다. 예상했던 대로 그분은 부인의 친구였어요. 부인의 부탁을 받고 식사용 가위를 사러 왔다고 하더군요. 어머님이 내일 여행을 떠나시니 부인도 마음이 급했겠죠. 아마 지금쯤 그 친구 분이 식사용 가위를 부인에게 전했을 겁니다."

"마키가 어머니를 위해서……"

"야나기사와 씨, 여자란 복잡하기 짝이 없어요. 사이가 나쁜 것처럼 보여도 사실 그 속은 정반대일 경우가 왕왕 있죠. 물론 그 반대의 경우도 있고요. 형사 노릇 하면서 제일 힘들다고 느끼는 게 여자 심리를 헤아리는 겁니다."

"그럼 가가 씨는 그걸 가르쳐 주기 위해서 저를 여기로?"

"주제넘은 참견이었는지는 모르겠습니다만."

아니에요, 라며 나오야는 고개를 저었다.

"전후 사정을 알게 되어 다행입니다. 안심도 되고요. 그런데 마키에게는 뭐라고 말하면 좋을지."

"야나기사와 씨는 아무것도 모르는 척하면 되지 않을까요? 아, 그리고 전복 말인데요."

가가 형사가 집게손가락을 세웠다.

"어머님이 기대하고 계시는 건 아마도 전복 스테이크일 겁니다. 시마는 그걸로 유명하거든요. 그런데 그건 회와 달리 매우 부드러워요. 이가 안 좋은 사람도 충분히 먹을 수 있죠."

"아, 그런가요."

"물론 이런 정보도 부인에게는 비밀로 하는 것이……."

그러면서 가가는 세우고 있던 집게손가락을 입술에 갖다 댔다.


나오야가 집에 돌아와 보니 가게 문은 이미 닫혀 있었다. 마키는 부엌에 서서 요리의 간을 보고 있고 스즈에는 테이블에서 전표를 정리하고 있었다. 다녀왔습니다, 그가 그렇게 외치자 어서 오너라, 라고 스즈에만 대답했다. 마키는 등을 돌리고 선 채였다. 또 한바탕했는지도 모르겠다. 이런 상태라면 마키가 애써 준비한 식사용 가위도 스즈에에게 내밀기 껄끄럽지 않을까 염려스러웠다.

옷을 갈아입으려고 2층에 올라가니 복도에 여행 가방이 나와 있었다.

스즈에가 꾸려 놓은 것이겠지만 혹시나 식사용 가위를 받았나 하고 가방을 살짝 열어 보았다. 세면도구 세트와 갈아입을 옷이 든 비닐 주머니가 보였다.

그러나 식사용 가위는 보이지 않았다. 나오야는 마키가 아직 건네지 않았나 보다고 생각했다.

가방을 닫으려고 하는데, 가방 안주머니에서 비죽이 고개를 내민 봉투가 눈에 들어왔다. 며칠 전 스즈에가 숨겼던 바로 그 봉투였다. 궁금해진 나오야는 봉투를 꺼내 보았다. 그것은 이세 시마의 기념품 가게에서 보낸 우편물이었다. 봉투 속에 팸플릿이 들어 있었다. 내용을 본 나오야는 저도 모르게 씩 웃고 말았다. 이세 시마 한정 헬로 키티 캐릭터 용품이라고 쓰여 있었기 때문이다. 이세 새우 헬로 키티 마스코트, 마스자카 소고기 헬로 키티 휴대 전화 고리 같은 상품의 사진이 실려 있었다.

그 형사 말이 맞았군, 하고 나오야는 생각했다. 마키가 어떤 식으로 식사용 가위를 스즈에에게 건넬지 걱정할 필요가 없을지도 모르겠다. 그녀들에게는 그녀들 나름의 의사소통 수단이 있으니까.

4

시계포의 개

1

에어컨을 켜 놓았는데도 겨드랑이가 땀에 젖었다. 손끝에
신경을 집중하다 보면 늘 이렇게 된다. 그래서 요네오카 아키
후미는 여벌 티셔츠를 가게에 준비해 두었다. 일이 마무리되
면 갈아입어야지, 그는 핀셋을 움직이며 그렇게 생각했다.

1밀리미터짜리 나사를 구멍에 집어넣은 다음 숨을 후 내쉬
는데 가게 문이 열렸다. 손님이 타이밍을 잘 맞췄다고 생각했
다. 세밀한 작업 중에 들어오면 그쪽에 신경을 빼앗겨 부품을
잃어버리는 경우도 있기 때문이다.

들어온 사람은 티셔츠 위에 반소매 셔츠를 걸친 남자로 조
그만 서류 가방을 옆구리에 끼고 있었다. 나이는 아키후미보
다 조금 위, 그러니까 삼십 대 중반 정도 됐을까. 탄탄한 몸매
에 얼굴에도 군살이 없었다. 미소를 띠고 있어 그나마 안심이
었지만 노려보면 무서울 것도 같은 인상이다.

"어서 오세요."

아키후미가 인사하자 남자는 겸연쩍은 듯 웃으며 손을 내

젓더니 그 손을 바지 뒷주머니로 가져가며 말했다.

"죄송하지만 시계를 사러 온 게 아니고…… 이런 사람입니다."

남자가 내민 명함을 본 아키후미는 저도 모르게 긴장하고 말았다. 남자는 니혼바시 경찰서의 가가라는 형사였다.

"무슨 일이시죠?"

"아, 예. 좀……."

그는 그렇게 말끝을 흐렸다. 아키후미에게는 자세히 말하고 싶지 않다는 투다.

"여기 데라다 겐이치라는 분, 계시죠?"

"네. 가게 주인이신데요."

가게 이름이 '데라다 시계포'였다.

"그런 것 같더군요. 지금 계십니까?"

"안에 계세요. 불러 드릴까요?"

"네, 부탁합니다."

가가 형사가 하얀 이를 내보이며 말했다.

가게 뒤편에는 조그만 작업장이 있다. 그리고 그 안쪽은 집의 거실이다. 겐이치는 작업장에서 팔짱을 끼고 분해 중인 괘종시계를 바라보고 있었다. 입은 여덟팔자로 꾹 다문 채였다.

"스승님."

"톱니야."

"네?"

"톱니의 이가 빠져 버렸어. 그것도 두 개나."

그러면서 겐이치는 손가락으로 그 부분을 가리켰다.

아키후미는 겐이치가 가리킨 부분을 보며 고개를 끄덕였다. 복잡하게 얽혀 있는 톱니 중 하나가 겐이치 말대로 이가 빠져 있었다.

"이건 별로 어렵지 않잖아요."

그러자 겐이치가 커다란 눈동자를 굴려 아키후미를 올려다보았다.

"어째서?"

"그렇게 작은 톱니도 아니니까 빠진 이를 납땜해서 붙이면 되지 않을까요? 제가 하겠습니다."

"이런, 바보 같은 놈."

낮은 목소리로 겐이치가 말했다.

"빠진 이를 어떻게 붙이든 그건 상관없어. 문제는 왜 빠졌냐는 것이지."

"그야 오래 사용하다 보니 약해져서 그런 거 아닐까요?"

"그걸 알면서 어떻게 어렵지 않다는 소리가 나와. 두 개가 빠졌으면, 그 두 개를 붙인다 한들 다른 톱니가 또 빠지지 않는다는 보장이 있어? 아니면, 빠지면 또 납땜을 하면 된다고 생각하는 건가?"

"……톱니바퀴 전체를 교체해야 할까요?"

"최소한 그렇게라도 해야지."

겐이치는 다시 괘종시계로 눈을 돌렸다.

그제야 아키후미는 겐이치가 심각한 표정을 짓고 있는 이유를 알 수 있었다. 골동품 시계는 부품을 구할 수 없기 때문이다. 그러니까 톱니바퀴를 아예 새로 제작해야 한다는 얘기다.

아키후미는 손님이 이 괘종시계를 들고 왔을 때를 기억했다. 그 손님은 돈을 많이 들이고 싶지 않다는 뜻의 말을 했었다. 그런데 톱니바퀴를 새로 제작하려면 수리비가 많이 든다. 게다가 겐이치의 말투로 짐작건대 그는 다른 톱니바퀴에도 신경이 쓰이는 듯하다.

또 손님과 옥신각신하겠군, 그렇게 생각하니 아키후미는 우울해졌다.

"아 참, 그렇지. 실은 경찰에서 누가 왔습니다. 스승님을 뵙고 싶다는데요."

아키후미는 가가 형사에게 받은 명함을 보여 주었다.

"경찰? 무슨 일이지?"

글쎄요, 아키후미가 고개를 갸웃했다.

"설마, 그 망나니가 무슨 짓을 저지른 건 아니겠지."

겐이치가 꾸물꾸물 자리에서 일어섰다.

겐이치의 뒤를 따라 아키후미도 가게로 돌아왔다. 가가 형사는 작업대 위에 놓여 있는 탁상시계를 들여다보고 있었다. 좀 전까지 아키후미가 수리하고 있던 시계였다.

"제가 데라다입니다만."

겐이치가 형사를 보며 말했다.

"바쁘실 텐데 죄송합니다. 실은 좀 여쭤 보고 싶은 게 있어서요."

"뭡니까?"

"혹시 미쓰이 미네코라는 여성을 아십니까?"

"미쓰이 씨? 글쎄요……, 손님인가?"

겐이치는 눈썹 바깥쪽을 긁적거렸다.

아키후미가 손님 중에 그런 이름은 없었다고 생각하는데 가가 형사도 고개를 저었다.

"아니요. 아마 아는 분일 겁니다. 이 사람인데요."

가가 형사가 서류 가방에서 사진을 꺼내 보여 주었다.

겐이치는 돋보기를 끼고 사진을 받아 들었다.

"아아, 그래요. 본 적이 있는 사람이군요. 그런데 어디서 봤더라?"

"6월 10일 저녁 6시쯤 어디에 가셨습니까?"

"6월 10일?"

겐이치는 벽에 붙어 있는 달력을 보았다.

"10일이라면 이틀 전인데."

"스승님."

옆에서 아키후미가 끼어들었다.

"6시쯤이면 돈키치를 데리고 산책하시는 시간이잖아요."

"아, 그래. 맞아, 산책. 개를 산책시켰지요. 늘 5시 반쯤 나섭니다."

그 말을 들은 가가 형사의 눈에 부드러운 미소가 번졌다.

"산책하는 도중에 누군가 만나지 않았습니까?"

"누굴 말입니까?"

그러고 나서 겐이치는 입을 크게 벌리더니 다시 사진을 내려다보았다.

"맞아, 그 사람이야."

"이제 생각나셨습니까?"

"생각났어요. 산책하다가 가끔 만나는 사람입니다. 그러고 보니 미쓰이 씨라고 했던 것도 같고."

"미쓰이 미네코 씨입니다. 한자로는 이렇게 쓰죠."

가가는 메모지 한 장을 내보였다. 거기에는 볼펜으로 '三井 峯子'라고 쓰여 있었다.

"만나신 게 틀림없죠?"

"틀림없어요. 그래 봐야 인사나 나눈 정도였지만."

겐이치는 사진을 가가에게 돌려주었다.

"어디쯤에서 만나셨습니까?"

"그게……."

설명을 시작하려던 겐이치는 갑자기 말을 멈추고 무언가를 살피는 듯한 눈빛으로 형사를 보았다.

"저, 대체 뭐에 대해 수사하는 겁니까, 내가 그 사람을 만난 게 문제가 되는 거요?"

"그런 건 아닙니다. 단순히 확인하는 것뿐이에요. 미쓰이 씨를 어디에서 만났는지만 가르쳐 주시면 됩니다."

"그거야 어렵지 않지만……, 숨길 일도 아니고. 공원이에요."

"공원이오? 어느 공원입니까?"

"하마초 공원이었어요. 개를 산책시키는 코스지요. 하마초 공원은 메이지자 조금 못미처에 있는……."

겐이치가 설명하려는 것을 가가 형사는 쓴웃음을 지으며 가로막았다.

"잘 아니까 설명하지 않으셔도 됩니다. 그런데 그때 미쓰이 씨는 혼자였습니까?"

"음, 혼자였어요. 그 사람은 늘 혼자였던 것 같은데."

"어떤 얘기를 나누셨나요?"

가가 형사가 주머니에서 수첩을 꺼냈다.

"얘기랄 것도 없어요. 그저 인사나 나누는 정도였지."

"미쓰이 씨가 그 후에 어디로 갈 거라든지, 그런 말은 하지 않았습니까?"

"글쎄……."

겐이치는 다시 팔짱을 끼고 고개를 갸우뚱했다.

"못 들은 것 같아요. 그 사람도 그냥 산책하러 나온 걸로 보였는데."

"복장은 어땠습니까, 짐 같은 건 들고 있지 않았나요?"

"복장이라, 그런 건 기억이 안 나요. 큰 짐은 들고 있지 않았던 것 같은데. 자신은 없어요."

두 사람의 대화를 옆에서 듣고 있던 아키후미는 하마터면 웃음을 터뜨릴 뻔했다. 겐이치가 여자의 차림새 따위를 기억할 리 없다. 아내가 투피스 차림으로 동창회에 나가는 것을 배웅하고도 슈퍼마켓에 장 보러 간 줄 아는 사람이다.

"그럼, 미쓰이 씨의 모습은 어땠습니까?"

가가 형사가 실망하는 기색도 없이 다시 물었다.

"모습이라면?"

"어떤 것이든 상관없습니다. 눈에 띄는 점은 없었습니까?"

"특별히 그런 것은 없었어요. 기뻐하는 것처럼 보이기는 했지만."

"기뻐하는 것처럼요?"

가가 형사가 의아하다는 표정을 지었다.

"음, 기뻐한다는 것은 좀 이상하군. 즐거워한다고 하는 게 나오려나. 그래요, 산책을 즐거워하는 것처럼 보였어요."

"흐음, 그렇군요."

가가는 고개를 끄덕이며 수첩을 주머니에 도로 집어넣었다.

"바쁘신데 실례가 많았습니다."

"다 된 겁니까?"

"네. 그런데……."

가가 형사가 작업대 위에 놓인 시계를 보며 말했다.

"이 시계, 무척 특이하군요. 숫자판이 세 개나 있고."

"아, 그거요. 신기하죠?"

삼각기둥 모양의 그 시계는 세 면에 모두 숫자판이 붙어 있
었다.

"이 숫자판들이 전부 똑같은 시각을 가리킵니까?"

가가가 물었다.

"그래요. 세 숫자판의 바늘이 똑같이 움직입니다."

"똑같이요?"

"시간이 어긋날 때도 똑같이 어긋납니다. 멈출 때도 함께
멈추고요."

"하아, 거참 굉장하군요."

가가는 다시 한 번 시계를 들여다보고 나서 겐이치와 아키
후미를 번갈아 보며 머리를 숙였다.

"협조해 주셔서 감사합니다."

그리고 그는 시계포를 나섰다.

"저 사람 대체 뭐야. 묘한 형사로군."

겐이치가 그의 뒷모습을 멀뚱히 바라보았다.


2


형사가 나가고 얼마 지나지 않아 시마코가 돌아왔다. 장바구니와 흰 비닐 봉투를 양손에 든 채였다. 몸집이 크고 살이 투실투실한 그녀가 그러고 있으면 아주 듬직해 보인다. 아키후미는 뒤에서는 데라다 부부를 '덩치 부부'라고 부른다.

시마코는 "찹쌀떡 사 왔으니까 차 마십시다."라고 말하고는 안으로 사라졌다.

몇 분 후에 부르는 소리가 들리자 아키후미는 뒤편 작업장으로 갔다. 작업대 옆 조그만 테이블에 찹쌀떡과 유리잔이 놓여 있었다. 유리잔에는 보리차가 담겨 있다. 데라다 시계포는 매일 오후 3시에 티타임을 갖는다. 아키후미가 이곳에서 일하기 시작했을 무렵부터 계속된 습관이었다.

"그러고 보니 고덴마초에서 살인 사건이 있었다고 신문에 났다더라고요."

형사가 왔었다는 소리를 듣고서 시마코가 그렇게 말했다.

"'신문에 났다더라고'라니, 당신이 직접 읽은 게 아니고?"

겐이치가 묻는다.

"슈퍼마켓에서 다른 부인네들이 하는 소리를 들었어요."

"흥, 그렇겠지."

"뭐예요, 그 빈정거리는 태도가? 나도 신문 정도는 읽는다고요."

티격태격하는 부부를 무시하고 아키후미는 최근 신문을 들춰 보았다. 기사는 금방 찾을 수 있었다. 아닌 게 아니라 고덴마초에서 살인 사건이 벌어진 듯했다. 피해자는 혼자 사는 마흔다섯 살의 여자였다. 그 여자의 이름이 미쓰이 미네코라는 것을 알고서 아키후미는 저도 모르게 소리를 질렀다.

겐이치에게 기사를 보여 주자 그는 아랫입술을 쑥 내밀고 미간을 찡그렸다.

"흐음, 그 사람이 그렇게 되었단 말이지. 거참, 별일이 다 있군."

"어떤 사람인데요?"

시마코가 묻는다.

"자세한 건 몰라. 자주 마주치다 보니 인사를 나누게 된 것뿐이라고."

"마흔다섯에 혼자 살다니 어떻게 된 거지. 왜 그 나이가 되도록 결혼을 안 했을까."

"아니야, 자식은 있다고 들은 것 같은데."

"어머, 그래요? 그럼 남편이 죽었나?"

"글쎄, 자세한 건 모른다고 했잖아."

"일은 하고 있었나 모르겠네."

"거참, 궁금한 것도 많네. 모른다고 몇 번을 말해야 알아듣겠어."

"당신에게 물은 게 아니라 일은 하고 있었나 혼자 중얼거린 것뿐이에요."

"정신 사납게 혼자 중얼거리지 말라고."

"정말 안됐네. 마흔다섯 살이면 나와 비슷한 나이인데."

시마코는 기사를 보면서 고개를 살래살래 흔들었다.

"당신은 쉰이 넘었잖아. 뭐가 비슷하다는 거야?"

"반올림하면 비슷하지 뭘 그래요. 자식은 몇 살이나 됐나, 가나에보다 조금 밑이려나……"

시마코의 입에서 가나에라는 이름이 나오자 아키후미는 허겁지겁 찹쌀떡을 입에 집어넣었다.

"가나에가 뭐 어쨌다는 거야."

아니나 다를까, 겐이치의 목소리가 한층 불쾌한 기색을 띠었다.

"내가 뭐 어쨌대요? 그냥 자식 나이를 얘기했을 뿐인데."

"그놈과는 관계없는 일이잖아. 집 나간 녀석 얘기는 왜 해."

"이름 석 자 말한 걸 가지고 왜 그래요."

"시끄러워. 나는 그 녀석 얘기는 듣고 싶지 않다고."

아키후미의 예상대로 분위기가 험악해졌다. 불똥이 자신에게 튀지 않길 바라며 그는 허겁지겁 찹쌀떡을 마저 입에 넣고 보리차를 꿀꺽 마셨다.

가가 형사가 다시 찾아온 것은 이튿날 저녁 7시가 넘어서였다. 때마침 겐이치가 돈키치를 산책시키고 돌아오는 참이었다. 가게 문은 벌써 닫았고, 아키후미는 돌아갈 채비를 하고 있었다.

"미쓰이 미네코 씨를 만난 곳이 하마초 공원이라고 하셨는데, 틀림없습니까?"

그렇게 묻는 형사의 표정이 어제보다 다소 심각해 보였다.

"틀림없습니다."

겐이치가 대답했다.

"잘 생각해 보십시오. 누구든 착각할 수 있습니다. 다시 한번 그때 일을 떠올려 보세요. 그곳이 틀림없는 하마초 공원이었는지."

"형사님도 참 집요하군요. 착각이 아닙니다."

"그렇습니까."

그러나 가가는 납득이 가지 않는다는 표정이었다.

"그보다, 내가 그날 미쓰이 씨를 만났다는 사실을 형사님이 어떻게 안 겁니까? 난 그게 더 마음에 걸리는데."

"아, 제가 말씀드리지 않았나 보군요. 미쓰이 씨의 컴퓨터에 쓰다 만 메일이 남아 있었습니다. 거기에 고부나초의 시계포 주인을 만났다고 쓰여 있더군요."

"호, 메일에……"

"그리고 그때 미쓰이 씨가 혼자였다고 하셨는데, 그 점도 틀림없습니까? 잘 생각해 보십시오."

"혼자였어요. 혹시 동행이 있었는지도 모르겠지만, 저는 보지 못했습니다."

"그렇군요. 그리고 장소는 하마초 공원이었다."

가가 형사가 날카로운 눈빛으로 겐이치를 보았다.

"그래요, 하마초 공원이 맞아요."

겐이치도 가가 형사를 쏘아보았다.

"산책에서 돌아오신 게 몇 시쯤이죠?"

"7시쯤인가……"

"알겠습니다. 실례했습니다."

그리고 가가 형사는 돌아갔다.

"그 형사 참 이상한 소리도 다 하는군."

혼잣말로 중얼거리고 겐이치도 안으로 들어갔다.

유리문이 열리는 소리에 고개를 든 아키후미는 퍼뜩 놀랐다. 가가 형사가 또 서 있었기 때문이다. 오늘로 사흘 연속이다. 지금까지와 다른 점이 있다면 검은색 재킷을 입고 있다는 것뿐이었다.

"또 오셨어요."

"죄송합니다. 아무래도 이해가 안 되는 일이 있어서."

"스승님이 오늘은 밤이나 돼야 돌아오신다고 했는데."

그러면서 아키후미는 겐이치가 지인의 기일이라서 늦을 거라고 했다.

"그래요? 그럼 어쩌지……."

말과 달리 가가 형사는 별로 난감한 표정이 아니었다.

"좀 있으면 5시 반인데, 슬슬 개를 산책시켜야 하지 않나요? 아님, 오늘은 사모님이 데리고 가실 건가?"

"사모님은 장 보러 나가셨어요. 개는 제가 산책시킬 겁니다."

"가게는 어떻게 하고?"

"닫고 가야죠. 이 시간 이후에는 손님이 거의 없어서 6시가 넘으면 대개 문을 닫고 수리 작업에 전념하거든요. 오늘은 5시 반에 닫아도 된다고 하셨어요."

"그렇군요. 그럼 한 가지 부탁이 있는데, 저도 함께 가면 안 될까요?"

"개를 산책시키는 데에 말입니까? 안 될 거야 없지만, 늘 가는 코스를 걷는 것뿐인데요."

"그 '늘 가는 코스'를 알고 싶어서 그래요. 부탁드립니다."

가가 형사가 간청하자 아키후미는 어정쩡하게 고개를 끄덕였다.

5시 반이 되어 아키후미는 가게 셔터를 내리고 뒷문으로 돈키치를 데리고 나왔다. 모퉁이를 돌아 집 앞으로 나가자 기다리고 있던 가가 형사가 개를 지그시 내려다보았다.

"시바 견이로군요. 몇 살이나 됐나요?"

"아마도 여덟 살쯤 됐을 겁니다."

돈키치는 가가를 힐금 올려다보더니 이내 흥미를 잃은 듯고개를 돌렸다. 겐이치는 툭하면 무뚝뚝한 개라며 투덜거리지만, 실은 누구보다도 이 개를 귀여워했다.

돈키치가 걸음을 내디디자 아키후미는 목줄을 잡고 뒤따라갔다. 어느 길로 가는지는 돈키치가 더 잘 알고 있는 듯했다.

"돈키치라, 참 재미있는 이름이네요. 사장님이 지은 건가요?"

나란히 걸으며 가가 형사가 물었다.

"아뇨, 따님이 지었어요. 애당초 개를 키우자고 한 것도 따님이었죠."

"아, 따님이 있나요?"

괜한 소리를 했나 보다고 아키후미는 생각했다. 하지만 상대는 형사다. 가족 사항쯤 얼마든지 알아볼 수 있으니 숨겨봐야 별 의미가 없을 것이다.

"얼마 전에 결혼해서 분가했어요. 지금은 료코쿠에서 삽니다."

"그렇군요. 그 따님이 이름을 지었군요."

"사실 따님이 지은 이름은 돈키였어요. 그런데 스승님이 그런 서양식 이름은 우리 집에 어울리지 않는다며 돈키치라고 부르기 시작하신 것이 어느 사이 그 이름으로 정착된 겁니다. 제 생각에도 돈키보다는 돈키치가 더 어울리는 것 같아요."

돈키치는 킁킁거리고 길 냄새를 맡으며 앞으로 나아가다가 때로 생각났다는 듯이 오줌을 찔끔 누었다. 더운지 혀를 볼품 없이 축 늘어뜨린 모습이었다.

니혼바시 초등학교 앞을 지나 조금 가다가 왼쪽으로 꺾었다. 닭 요리로 유명한 가게가 나왔다. 그대로 가다가 닌교초 거리를 건너 아마자케요코초로 접어드는 것이 평소의 코스다. 하마초 공원은 좀 더 가면 있다.

그런데 닌교초 거리를 건너자 돈키치가 갑자기 그 자리에 멈춰 섰다. 그리고 두리번거리며 망설이는 몸짓을 보인다.

"아니, 왜 이러지."

아키후미가 중얼거렸다.

"길이 다른 것 아닐까요?"

"아뇨, 이쪽이 맞을 텐데요."

아키후미가 목줄을 잡아당기면서 아마자케요코초를 걷기 시작하자 돈키치도 순순히 따라왔다. 그리고 여태까지 그랬던 것처럼 앞서 걷기 시작했다.

한동안 걸어가자 도로 분리대를 겸한 좁고 길쭉한 공원이 나타났다. 하마초 숲길이다. 입구에는 벤케이(헤이안 시대의 유명한 무신—옮긴이) 상이 서 있다. 돈키치가 거기에 오줌을 누려 하자 아키후미가 목줄을 잡아당겨 못하게 했다.

"그 삼각기둥 시계, 흥미롭더군요."

뜬금없이 가가 형사가 그렇게 말했다.

"삼면의 숫자판이 고장 나는 것도, 바늘이 멈추는 것도 언제나 똑같다면서요? 숫자판이 세 개라는 건 기계도 세 벌 있다는 얘기일 텐데, 어떻게 그 셋이 똑같이 움직이는 건지."

그 말에 아키후미가 하하하, 소리 내어 웃었다.

"신기하죠? 저도 처음에는 몰랐어요. 그런데 분해해 보고 놀랐습니다. 옛날 사람들, 발상이 대단하다 싶었죠."

"어떤 장치인지는 가르쳐 줄 수 없는 건가요?"

"글쎄요, 어째야 할지."

그때 앞쪽으로 메이지자가 보였다. 조금만 더 가면 하마초 공원이다.

"데라다 시계포는 언제 시작된 건가요?"

가가 형사가 이번에는 또 다른 질문을 했다.

"스승님의 아버님 때였다고 합니다. 그때는 가게가 지금보다 좀 더 가야바초에 가까운 곳에 있었다는데 화재로 타 버려서 지금의 고부나초로 옮겨 왔답니다."

"그럼 노포라고 할 수 있겠군요."

가가의 말에 아키후미가 씁쓸하게 미소지었다.

"스승님은 노포라는 표현을 싫어하세요. 니혼바시에는 몇백 년이나 이어져 내려오는 가게가 많잖아요. 게다가 다른 가게들과 달리 우리 가게에는 특별한 명물이 있는 것도 아니고, 파는 물건들은 다른 회사에서 들여온 것인 데다 주 수입원은 손님들이 갖다 맡긴 시계를 수리하는 것이니까요."

"하긴, 기술을 파는 가게라는 소문은 들었어요. 특히 옛날 시계를 수리하는 솜씨는 천하일품이라고 하던데요."

"스승님 솜씨는 정말 대단해요. 어떤 시계든 다 고치시죠. 체구는 그렇게 큰 분이 손놀림이 얼마나 섬세하신지. 저 같은 건 몇 년이 지나도 못 따라갈 거예요."

"그런데 아키후미 씨는 어떻게 데라다 시계포에?"

"별 이유는 없어요. 그저 어린 시절부터 시계를 좋아했어요. 그것도 배터리로 움직이는 것이나 전자시계가 아니라 태엽이나 진자로 움직이는 기계식 시계를요. 옛날 시계의 내부를 처음 보았을 때, 그 세밀함에 감동했죠. 그래서 나도 그런 일을 하고 싶다고 생각했습니다."

"훌륭하군요."

가가 형사가 고개를 끄덕거렸다.

"데라다 시계포도 후계자가 생겨서 안심이겠어요."

"전 아직 멀었어요. 하지만 기계식 시계를 고칠 수 있는 장인이 점점 줄어들고 있으니까 열심히 해야겠다는 생각은 하죠. 그런데 정작 그런 시계는 세상에서 없어져 가고 있으니 앞으로 어떻게 될지 모르겠어요."

"걱정 마세요. 그래도 좋은 것은 남는 법이니까."

가가 형사가 힘주어 말했다.

메이지자 앞을 지나 하마초 공원으로 들어섰다.

조각돌이 무늬를 그리고 있는 부지를 가로질러 잔디밭으로 다가갔다. 개를 데리고 온 사람들이 벌써 몇 명 모여 담소하고 있었다. 그들이 데리고 있는 개들은 모두 고급 견종이었다.

"여기가 저녁때면 개 데리고 산책 나온 사람들이 모여드는 장소예요."

아키후미가 조그만 소리로 말했다.

"그런 것 같군요. 개를 좋아하는 사람들의 모임터라고 들었어요."

가가 형사가 대답했다. 아무래도 미리 조사를 한 듯했다.

푸들을 데리고 온 백발의 노부인이 "안녕하세요?"라고 인사를 건넸다. 아키후미도 "안녕하셨어요?"라고 인사했다. 과연 훈훈한 광경이었다. 그런데 그 노부인이 가가 형사를 보더니 '어!' 하는 표정으로 안경 속의 눈을 크게 떴다.

"어제는 감사했습니다."

가가 형사가 노부인에게 머리 숙여 인사했다.

"그 후에 누군가 찾아냈어요?"

"아니요, 아직 찾질 못해서 고생하고 있습니다."

"저런, 형사님이 수고가 많구먼."

노부인이 그렇게 말하고 사라지자 아키후미가 가가에게 물었다.

"찾질 못하다니, 뭘 말입니까?"

"이분요."

가가 형사가 사진을 꺼내 보여 주었다. 어제 본 미쓰이 미네코의 사진이었다.

"이분을 보았다는 사람을 못 찾았어요."

"네, 그게 무슨 뜻이죠?"

"그제 제가 데라다 겐이치 씨에게 물었을 때, 6월 10일 저녁 6시쯤 이 하마초 공원에서 미쓰이 미네코 씨를 만났다고 했잖아요. 같이 들으셨죠?"

"네."

"그래서 어제저녁에 여기 와서 애견가들에게 물어보았죠. 이런 여성을 본 일이 있느냐고요. 그런데 봤다는 사람이 아무도 없었어요. 물론 데라다 겐이치 씨가 돈키치와 온 적이 있다는 건 다들 기억하고 있더군요. 돈키치가 인기가 많은 것 같았어요."

"이름이 특이해서겠죠."

"그러고 있는데 데라다 씨와 돈키치가 오기에 얼른 숨었어요. 가게로 찾아간 것은 그 후였고요."

"그래서 그런 시간에 오신 거군요."

가가 형사가 겐이치에게 혹시 착각한 게 아니냐고 몇 번이나 물었던 이유를 알 것 같았다.

"그래서 말인데, 골치가 좀 아파요. 어째서 데라다 겐이치 씨 외에는 아무도 미쓰이 미네코 씨를 보았다는 사람이 없는지 말이죠."

"미쓰이 미네코라는 사람도 개와 함께였나요?"

"미쓰이 씨는 개를 키우지 않았어요."

"그럼 스승님만 우연히 그분을 만난 거 아닐까요? 개 주인들이 모이는 쪽에는 가지 않은 거겠죠."

"그렇다면 또 다른 의문이 생기죠."

가가는 주머니에서 조그맣게 접힌 종이쪽지 한 장을 꺼내더니 그것을 펼쳐 아키후미에게 보여 주었다.

거기에는 프린터로 뽑은 듯한 글자로 '방금 돌아왔어요. 늘 가는 광장에서 강아지 머리를 쓰다듬어 주고 있다가 오늘도 고부나초의 시계포 아저씨를 만났습니다. 우리 둘 다 참 착실하군요, 라면서 웃었어요.'라고 쓰여 있었다.

"강아지 머리를 쓰다듬어 주고 있다가, 라고 쓰여 있는데, 그 강아지가 주인 없는 개일 것 같지는 않아요. 즉, 미쓰이 씨는 데라다 겐이치 씨를 만나기 전까지 강아지를 데리고 있는 누군가와 함께 있었다는 얘기죠."

"아하, 그렇군요."

아키후미는 개 주인들이 모여 있는 곳을 바라보았다.

"그럼 강아지를 데리고 있던 그 사람이 10일에는 여기 왔지만 어제와 오늘은 안 온 거 아닐까요?"

"나도 그런 생각을 하긴 했어요. 아무튼 지금까지는 그런 사람을 찾지 못했습니다. 개 주인들도 다 모른다고 하고. 아까 그 노부인이 그러는데, 사람끼리는 친하지 않아도 이 공원에 산책 오는 개들은 대개 서로 안다더군요."

그럴지도 모르겠다고 아키후미는 생각했다. 가끔 이렇게 돈키치를 산책시킬 때마다 그들의 눈길을 느꼈던 것이다.

"형사님도 참 힘드시겠어요. 그렇게 자잘한 일까지 조사해야 하니."

"세상에 힘들지 않은 일이 어디 있겠습니까. 그리고 때로는 조사하는 게 즐거울 때도 있어요."

"그럴 때도 있어요?"

"예를 들어서,"

가가 형사는 무슨 대단한 얘기라도 하려는 것처럼 잠시 틈을 두었다가 입을 열었다.

"닌교야키에 왜 고추냉이가 들어 있었는가, 라든가."

"고추냉이요?"

"그 수수께끼를 풀기 위해서 오늘 저녁에는 어느 요릿집에 갑니다. 그래서 이렇게 재킷을."

"아, 그렇군요."

그렇게 대답은 했지만, 아키후미는 무슨 소리인지 도통 알아들을 수 없었다.

공원 안을 한 바퀴 빙 돌고 난 그들은 그만 돌아가기로 했다.

"망나니란 누구를 말하는 거죠?"

가가 형사가 또 불쑥 물었다.

"네?"

"그저께 가게로 찾아갔을 때, 가게 안쪽에서 데라다 씨가 그러지 않았습니까 '설마, 그 망나니가 무슨 짓을 저지른 건 아니겠지.'라고요."

"아!"

기억났다. 형사가 찾아왔다는 사실을 겐이치에게 알릴 때의 일이었다.

"들으셨어요?"

"소리가 엄청 컸는걸요. 대체 누굽니까?"

아키후미는 대충 얼버무리고 넘어갈까도 생각했으나 결국 사실대로 말하기로 했다. 형사를 상대로 잔머리를 굴려 봐야 오히려 귀찮은 일만 생길 것 같았다.

"따님의 결혼 상대예요."

"그럼, 사위?"

"그렇게 말하면 스승님이 화낼걸요."

그러면서 아키후미는 피식 웃었다.

"둘이서 도망쳤거든요."

"도망요?"

"절대 제가 말했다고 하지 마세요."

"네, 물론이죠."

가가 형사의 눈에 호기심이 번지기 시작했다.


4


데라다 부부의 외동딸인 가나에는 올봄에 고등학교를 졸업했다. 그런데 졸업식에 참석한 후 그녀는 집으로 돌아오지 않았다. 시마코의 휴대 전화로 '좋아하는 사람과 같이 살래요. 죄송해요.'라는 문자만 날린 채.

데라다 겐이치는 격노한 나머지 근처에 있는 사와무라 세이조의 집으로 쳐들어갔다. 그 집 큰아들인 히데유키가 가나에의 상대라는 것을 알고 있었기 때문이다.

가나에와 그보다 두 살 많은 히데유키는 같은 초등학교와 중학교를 나왔다. 가나에가 고등학교에 들어가고 나서도 함께 어울려 놀다가 결국은 연인 사이로 발전한 듯했다.

그런데 겐이치는 히데유키가 영 마음에 들지 않았다. 대학을 중퇴한 데다 직장도 없는 상태라는 것이 주된 이유였다. 게다가 그는 고등학생 시절에 오토바이에 빠졌다가 사람을 친 적도 있었다. 그 때문에 겐이치는 지금도 그를 폭주족 출신이라고 믿고 있다.

"누구라도 상관없지만, 그 자식만은 절대 안 돼."

겐이치는 가나에에게 그렇게 선언했다.

하지만 요즘 세상에 아버지의 그런 명령을 받아들이는 딸은 없다. 가나에는 몰래 히데유키를 계속 만났고, 끝내는 고등학교를 졸업하면 함께 살자고 약속까지 한 모양이었다.

겐이치가 그 집으로 가서 고래고래 소리 지르자 히데유키의 아버지 세이조도 가만히 있지만은 않았다. 애들이 서로 좋아서 같이 살겠다는데 뭐가 잘못이냐고 되받아친 것이다. 피가 거꾸로 솟은 겐이치가 주먹을 휘두르며 덤벼들었지만 세이조가 발을 거는 바람에 되레 보기 좋게 나자빠지고 말았다. 세이조는 유도 3단의 고수였다.

겐이치가 집에 돌아와 응급 처치를 받고 있으려니 가나에에게서 문자가 날아들었다. '꼴사나운 짓 하지 말라'는 내용이었다. 화가 머리끝까지 난 겐이치는 휴대 전화를 방바닥에 내동댕이쳤다. 그리고 시마코와 아키후미를 향해 고래고래 소리 질렀다.

"그놈은 이제 내 자식 아니야. 우리 딸이 아니라고. 당신, 그리고 너, 그놈 이름도 입에 올리지 마, 두 번 다시. 알겠어!"

아키후미의 얘기를 가가는 흥미로운 듯 듣고 있었다. 세이조가 겐이치를 거꾸러뜨리는 장면에서는 와하하하, 입을 크게 벌리고 웃기도 했다.

"그런 연유로, 따님 얘기를 하는 건 금기 사항입니다."

"그런 일이 있었군요. 그래도 료코쿠에 산다는 것은 알고 계신가 봅니다."

"사모님이 세이조 씨에게 물어보신 것 같아요."

"그럼 데리러 갈 수도 있을 텐데요."

"그렇긴 하지만, 스승님께서 절대 먼저 찾아갈 수 없다면서

으르대고 계시거든요. 이 집에 다시 들어오고 싶으면 와서 무릎을 꿇라는 거예요. 물론 남자와 헤어진다는 조건하에 말이죠."

"하아, 고집이 꽤 세시군요."

"보통 고집이 아니에요. 그러니 일에도 타협을 모르고 저만한 실력을 갖추게 되신 거겠지만요."

돈키치의 목줄을 끌면서 아키후미는 가가와 함께 왔던 길을 되짚어 걷기 시작했다. 도중에 닌교초 거리 교차로에 있는 건널목에서 신호를 기다리고 있는데 가가 형사가 왼쪽을 빤히 쳐다보았다. 표정이 진지했다.

데라다 시계포 근처에 거의 다다랐을 때, 교차로 쪽에서 택시 한 대가 신호를 기다리고 있는 것이 보였다. 뒷좌석 오른쪽에 여자 손님이 타고 있었다. 그 옆얼굴을 본 아키후미의 입에서 어, 소리가 새어 나왔다.

"사모님이네."

"네?"

가가도 택시 쪽을 바라보았다.

잠시 후 택시가 움직이기 시작했다. 그리고 몇십 미터 앞에서 멈춰 섰다.

택시비를 내는 데 시간이 걸렸는지, 아키후미와 가가 형사가 가게 앞에 도착할 즈음에야 시마코가 꾸물꾸물 택시에서 내렸다.

"사모님!"

아키후미가 그녀를 불렀다.

"아, 아키 씨. 돈키치 산책시키러 갔다 온 거야?"

그렇게 묻고 난 그녀가 가가 형사 쪽을 보더니 의아하다는 표정을 지으며 고개를 까딱했다.

"전에 말씀드린 형사님이에요."

아키후미가 말했다.

"돈키치 산책 코스를 알려 달라고 해서 함께 다녀왔습니다."

"아, 그랬어."

그런 게 무슨 도움이 되느냐고 묻고 싶은 눈치였지만 그녀는 아무 말도 하지 않았다.

"긴자에서 쇼핑하셨나 보군요."

가가 형사가 시마코의 손을 보면서 물었다. 그녀는 백화점 마크가 찍힌 쇼핑백을 들고 있었다.

"아, 네. 추석 선물을 주문하러."

"혼자서요?"

"네. 그게 뭐 이상한가요?"

"아니, 아닙니다. 긴자에는 늘 택시로?"

"늘 그런 건 아니에요. 대개는 지하철 타고 오는데, 오늘은 좀 피곤해서."

그리고 시마코는 다시 아키후미 쪽을 보았다.

"그 양반에게는 비밀이야. 보나 마나 돈을 함부로 쓴다느니 어쩌느니 트집 잡을 게 뻔하니까."

"걱정 마세요."

아키후미가 대답했다.

"그럼 저는 이만 실례하겠습니다."

그리고 가가는 시계를 보았다.

"벌써 6시 반이네. 이거 시간을 많이 뺏어서 미안합니다. 덕분에 참고가 됐어요. 고맙습니다."

그는 아키후미를 향해 고개를 숙였다.

가가의 모습이 사라진 후에 시마코가 아키후미에게 물었다.

"참고가 될 만한 걸 알려 줬어?"

"글쎄요, 별 얘기 안 했는데."

그가 고개를 갸웃거렸다.

아키후미가 가게 뒤로 돌아가 돈키치를 개집에 묶고 나서 뒷문을 통해 집 안으로 들어가 보니 시마코는 휴대 전화로 누구와 얘기를 나누는 중이었다.

"뭐, 그랬어? 아유, 그이도 참. 내가 창피해서 못살아. …… 그래, 화낸 사람은 없다고? 그렇담 다행이지만. ……정말 미안해. ……응, 알려 줘서 고마워. ……알았어, 다음에 봐."

전화를 끊은 그녀는 침울한 표정으로 "한바탕했대."라고 아키후미에게 말했다.

"한바탕이라고요? 스승님이, 친척들 모인 자리에서요?"

그러자 시마코는 입술을 비죽거리며 말했다.

"누가 쓸데없는 소리들을 한 모양이야. 서로 좋아한다는데 인정하는 게 좋지 않겠냐느니, 상대 남자가 마음에 안 든다고 반대하는 건 횡포라느니."

"화가 나실 만도 하네요."

"상대에게 맥주를 끼얹는 바람에 엉겨붙어서 치고받고 했나 봐. 그 나이에 그게 대체 무슨 짓이야."

시마코는 한숨을 푹 내쉬었다. 아키후미도 쓴웃음을 지어 보인 뒤 돌아갈 채비를 시작했다. 괜히 우물쭈물하다가는 돌아오는 겐이치와 맞닥뜨리게 된다. 불똥이 튀기 전에 퇴장해야겠다고 생각했다.

5

다음 날 아침, 아키후미가 출근해 보니 아니나 다를까 겐이치는 저기압이었다.

"이 시계 수리, 어떻게 된 거야. 손님에게 오늘까지 다 된다고 했잖아!"

겐이치가 '수리 전'이라고 적힌 상자에서 손목시계를 꺼내 들고 버럭 소리를 질렀다.

"주문한 부품이 아직 안 와서요. 손님께는 다음 주까지 기다려 달라고 말씀드려 놓았는데요."

"그래? 난 못 들었다고."

아키후미는 잘못한 게 없었지만 이럴 때는 토를 달아 봐야 소용없다.

"죄송합니다."

그는 그렇게 말하며 고개를 숙였다.

"이놈이고 저놈이고 할 것 없이······."

쯧, 혀를 차면서 겐이치는 가게 안쪽으로 들어갔다. 다음 순간이었다. 뭔가가 세게 부딪치는 소리가 났다.

"아얏! 왜 이런 데다 물건을 두는 거야, 제기랄. 무릎을 부딪쳤잖아!"

자기가 두었으면서, 하는 말을 아키후미는 속으로 꿀꺽 삼켰다.

겐이치의 기분이 조금이나마 나아진 것은 이제 슬슬 가게 문을 닫을까 하고 있을 즈음이었다.

"자, 그럼 나는 돈키치와 산책이라도 다녀올 테니 뒷마무리는 아키 자네가 알아서 해."

겐이치가 안에서 나와 몸을 쭉 펴면서 말했다.

"알겠습니다. 다녀오십시오."

겐이치가 다시 안쪽으로 사라지고 10분쯤 지났을 때였다. 갑자기 가게 문이 열렸다. 들어온 사람을 보고서 아키후미는 눈살을 찌푸렸다. 또 가가 형사였다. 그는 어제와 똑같이 검은 재킷 차림이었다.

"아직도 뭐가 남았습니까?"

그러자 가가 형사는 얼굴 앞에서 손을 가로저었다.

"아닙니다. 오늘은 하고 싶은 얘기가 있어서 왔어요."

"그러세요? 아, 그런데 스승님은 돈키치 산책시키러 나가셨는데요."

"압니다. 나가시는 걸 보고 왔으니까요. 그런데 사모님은요?"

"계세요. 불러 드릴까요?"

"네, 그래 주세요."

가가 형사가 미소를 지으며 말했다.

시마코는 저녁 준비 중이었다. 큰 소리로 부르자, 무슨 일이냐는 표정을 하고서 가게로 나왔다.

"이렇게 자꾸만 찾아와서 정말 죄송합니다. 하지만 이게 마지막이니까 안심하세요."

"대체 무슨 일인데 그래요?"

시마코가 그렇게 묻자 가가 형사가 아키후미를 돌아봤다.

"어제 공원에서 나눈 얘기를 이분들께는……."

"말씀드리지 않았습니다. 오늘 내내 스승님 심기가 불편하셔서."

"그랬군요. 차라리 잘됐습니다. 어르신께는 말씀드리지 않는 편이 나을 겁니다."

"뭔데요, 어제 나눴다는 얘기가?"

그러자 가가는 하마초 공원에서 아키후미와 나눴던 얘기를 시마코에게도 들려주었다. 다 듣고 난 그녀는 고개를 갸우뚱거렸다.

"제가 봐도 좀 이상하네요. 그럼 그 양반이 거짓말을 했다는 건가요?"

"아무래도 그런 것 같습니다."

그리고 가가는 아키후미를 보며 말을 이었다.

"주인어른 얘기로는 그날 산책을 나가신 시각이 5시 반쯤이었고 돌아오신 시각은 7시경이었다고 하더군요. 그러니까 한 시간 반 정도 걸린 셈이지요."

어, 아키후미의 입이 벌어졌다. 그 얘기는 아키후미도 함께 들은 것이었는데 그때는 딱히 의문을 품지 않았었다. 그러나 이제 와서 생각해 보니 아무래도 이상했다.

"어제 아키후미 씨와 산책 코스를 걸어 본 바로는 아무리 천천히 걸어도 한 시간 이상 걸리기 힘들겠더군요. 물론 경우에 따라 약간 다르겠지만, 그래도 30분 차이는 너무 큽니다. 무시하고 지나치기에는요."

"스승님의 산책 코스가 제가 어제 갔던 코스와 달랐다는 뜻인가요?"

"그렇다고 봐야겠지요. 아마 주인어른은 어딘가 다른 곳에 들르셨을 겁니다. 그 직후에 미쓰이 씨를 만나셨을 거고요. 그런데 그 장소를 다른 사람에게는 알리고 싶지 않아 하마초 공원에서 만났다고 거짓말을 하셨을 겁니다."

"대체 어디를 갔던 거지, 그 양반?"

그러면서 시마코가 아키후미를 보았다.

글쎄요, 라며 그 역시 고개만 갸웃거렸다.

"실은, 그 장소를 알고 있습니다. 어르신이 사실대로 얘기하고 싶어 하지 않으시는 이유도 짐작이 가고요. 물론 사건과는 아무런 관련이 없습니다. 그러니까 제 마음 같아서는 그냥 덮어 두고 싶지만, 확인도 하지 않은 채 상부에 보고할 수는 없는 노릇이라 마음은 좀 안타까워도 이렇게 여쭤 보는 겁니다. 어르신께 직접 확인해 볼까도 생각했지만 그분의 성격상 사실대로 말씀해 주실 것 같지도 않고, 그렇다고 미리 잠복했다가 추적할 수도 없고. 또 남모르는 낙을 갖고 있다는 건 참 행복한 일인데, 그 행복을 방해하는 무지한 짓은 하고 싶지 않았습니다."

가가가 말을 빙빙 돌리자 아키후미와 시마코는 서로를 마주 보았다. 그가 무슨 말을 하려는 것인지 아리송하기만 했다.

"그렇게 돌려 말하지 말고 얘기해 줘요. 그 양반이 도대체 어딜 들렀다는 거예요?"

"말씀드리기 전에 한 가지 묻겠습니다. 따님에 관한 얘긴데요, 결혼해서 료코쿠에 산다던데……."

"우리 딸이 왜요?"

시마코의 얼굴에 불안감이 퍼졌다.

아키후미도 당황스러운 표정으로 형사를 보았다. 여기서 가나에의 이름이 왜 나오냐고 묻고 싶은 듯했다.

"따님이 임신 중이죠?"

가가 형사의 말에 아키후미의 입에서 "네에?" 하는 소리가 튀어나왔다. 그러나 그다음에 나온 시마코의 반응이 그를 한 층 더 놀라게 했다.

"어떻게 그걸?"

가가 형사가 빙긋이 미소지었다.

"역시 그랬군요."

"그래요, 사모님?"

아키후미가 시마코에게 물었다.

"그 양반에게는 비밀이야."

"그럼 그동안 따님 집에 드나드셨던 거예요?"

"가끔. 난 처음부터 그 두 사람이 함께 사는 데 반대하지 않았어. 그리고 히데 군도 계약직이기는 하지만 번듯한 회사에 다니게 되었고. 아무 문제가 없는데도 저 고집불통 양반이 글쎄……."

그러다 시마코는 가가를 의식하고는 황급히 입을 가렸다.

"아이고, 미안해요. 쓸데없는 푸념이나 늘어놓고."

"아닙니다."

가가 형사는 손을 저었다.

"어제도 따님과 만나셨죠? 두 분이 쇼핑도 같이 하고. 아닙니까?"

시마코의 눈이 휘둥그레졌다.

"그건 또 어떻게?"

"어제 돌아가는 길에 사모님이 다녀오신 긴자의 백화점에 들러 아기용품 매장을 조사해 봤습니다. 그랬더니 제 예상대로 사모님과 따님으로 추정되는 여성 두 분을 기억하는 점원이 있더군요. 그래서 확신했죠. 따님이 임신을 한 모양이라고."

"내가 뭔가 얘기했나요, 딸과 함께 있었다든지?"

"아니요. 택시에 타고 계신 모습을 보니 감이 딱 오더라고요."

"택시?"

"오른쪽에 앉아 계셨죠, 뒷좌석의? 혼자서 타는 경우, 대개는 왼쪽에 앉습니다. 내리고 타기 편하니까요. 그런데 오른쪽에 앉아 계셨다는 것은 왼쪽에 누가 있었다는 얘기죠. 사모님에게는 동행이 있었고, 그 사람을 먼저 내려 준 후에 집으로 돌아오신 겁니다. 하지만 사모님은 그걸 숨기셨어요. 댁의 사정에 대해서는 이미 아키후미 씨에게 들어서 알고 있었기 때문에 그 사람이 누구인지 금방 짐작이 갔던 겁니다."

아키후미는 내심 감탄하며 가가의 얼굴을 바라보았다. 형사라는 사람들은 참 머리가 좋구나 싶었다.

"그랬군요. 하지만 아무리 그렇더라도 딸과 쇼핑을 다녀왔다는 사실만으로 아기용품 매장이라는 걸 알아차리다니 대단하네요."

"사실 따님이 혹시 임신을 하지 않았을까 하는 생각은 그 전부터 하고 있었습니다."

또 한 번 아키후미의 입에서 "네에?" 하는 소리가 흘러나왔다.

"제가 따님 얘기를 한 게 불과 하루 전인데, 그사이에 임신한 사실을 눈치챘단 말인가요?"

"자신이 있었던 것은 아니에요. 그렇지 않을까 생각했을 뿐이지."

그러자 아키후미가 팔짱을 끼고 중얼거렸다.

"알 수가 없네. 여기서 일하는 나도 가나에 씨가 임신했다는 걸 여태껏 몰랐는데 어떻게 형사님은 그런 생각을 한 거죠, 천리안이라도 되는 겁니까?"

"그럴 리가. 바로 돈키치가 가르쳐 준 겁니다."

"돈키치가요?"

"어제 산책하는 도중에 돈키치가 딱 한 번 어느 쪽으로 갈지 머뭇거린 적이 있었죠, 기억나세요?"

"네, 그랬던 것 같아요. 어디였더라……."

"닌교초 거리 교차로에서요. 아키후미 씨가 하마초 쪽으로 목줄을 끌자 결국 아마자케요코초로 들어서기는 했지만, 머뭇거린 이유가 뭘까요?"

"글쎄요."

"거기서 생각하게 된 겁니다. 요즘 어르신이 그 네거리에서 오른쪽 또는 왼쪽으로 트는 경우가 있지 않았나 하고요. 왼쪽으로 가면 닌교초 네거리가 나오죠. 그러나 그쪽은 집으로 돌아가는 방향입니다. 그렇다면 오른쪽인가, 오른쪽으로 가면 뭐가 있을까."

"아, 맞다."

이번에는 시마코가 소리를 질렀다.

"스이텐구 신사!"

"바로 그렇습니다."

가가 형사가 고개를 끄덕거렸다.

"살해된 미쓰이 미네코 씨가 남긴 메일의 내용은 '늘 가는 광장에서 강아지 머리를 쓰다듬어 주고 있다가 오늘도 고부나초의 시계포 아저씨를 만났습니다.'라는 것이었습니다. 광장이라고 해서 처음에는 공원에 있는 것만 생각했는데, 혹시 신사에 있는 광장을 말하는 건 아닐까 하는 생각이 들더군요. 게다가 스이텐구 신사에는 강아지가 있지요."

가가 형사는 휴대 전화를 꺼내 조작하더니 화면을 아키후미에게 보여 주었다. 거기 올라온 사진을 본 아키후미는 그만 입을 쩍 벌리고 말았다. 그것은 개 동상이었다. 누워 있는 엄마 개 옆에 강아지가 다소곳이 앉아 있었다.

"'고다카라 이누'라고 불리는 모자견 동상입니다. 주위에 12간지를 나타내는 반구가 빙 둘려 있는데, 자신의 띠를 쓰다듬으면 복이 들어온다고 합니다만, 대신 강아지 머리를 쓰다듬는 사람도 꽤 많아요. 하도 쓰다듬어서 강아지 머리가 반들반들 빛나죠."

"그 강아지, 나도 알아요. 나도 쓰다듬은 적이 있거든요."

시마코의 입가에 배시시 웃음이 물렸다.

"미쓰이 미네코 씨가 쓰다듬었던 것도 이 강아지 동상의 머리가 아닐까, 생각해 보았습니다. 그렇다면 또 하나의 의문이 생기죠. 어르신이 왜 그곳에 가셨을까. 스이텐구는 순산과 잉태를 상징하는 신사입니다. 자, 그럼 답은 하나죠."

"그러네요. 진짜 대단해요."

시마코는 감탄스럽다는 듯이 말하고는 고개를 살살 흔들었다. 그러다 문득 생각났다는 듯 형사를 바라보았다.

"아니, 그럼 그 양반이 가나에가 임신했다는 걸……."

"네, 알고 계신다는 뜻이죠. 아마도 따님이 걱정돼 나름대로 알아보셨던 것이 아닐까 싶습니다. 그 결과 임신한 사실도 아시게 됐고요."

"그럼 그 양반, 이제는 가나에를 용서했다는 뜻이네요. 그러면 그렇다고 솔직히 말하면 될 걸 가지고 몰래 신사에나 다니고."

"사모님, 그건 무리죠."

미간을 찌푸리고 있던 시마코는 아키후미의 말에 잠시 생각하는 듯하더니 이윽고 씁쓸한 웃음을 떠올렸다.

"그래, 그건 무리지."

"아이가 태어나면 부부가 함께 인사드리러 올 거라고 기대하고 계신 거겠죠. 그때 가서 '태어난 아이가 가여워 두 사람의 결혼을 인정한다'느니 하면서 매듭지으시려는 거 아니겠어요?"

"아키 씨 말이 맞아. 모양을 차리고 싶어 하는 사람이니까."

"제삼자가 참견할 문제는 아니지만, 아무쪼록 오늘 얘기는 못 들은 걸로 해 주시죠."

가가가 부탁했다.

"앞서도 말씀드렸지만, 어르신의 작은 비밀을 지켜 드리고
싶습니다."

그러자 시마코가 형사를 빤히 쳐다보며 말했다.

"인정도 많으시네요, 형사님."

"아닙니다, 별말씀을."

가가 형사가 쑥스러운 듯 미소지었다.

"알겠어요. 안 들은 걸로 하지요. 아키 씨도 알겠지?"

물론이죠, 라고 아키후미가 대답했다.

가가는 손목시계를 보았다.

"드릴 말씀은 이상입니다. 어르신이 산책에서 돌아오실지
모르니 저는 이만 실례하겠습니다. 협조해 주셔서 감사합니
다."

"그래요, 수고 많으셨어요."

그렇게 말하고 시마코가 머리를 숙이자 아키후미도 따라서
고개를 숙였다.

가게에서 나가는 가가 형사의 뒷모습을 눈으로 배웅한 후
시마코는 후, 하고 길게 숨을 내쉬었다.

"경찰도 여러 종류네."

시마코의 말에 아키후미도 그러게요, 하고 동의했다.

"자, 그럼 난 저녁 준비나 해야겠네."

그렇게 말하고 아키후미의 곁을 지나 안쪽 문으로 향하는 시마코의 눈에 이슬이 맺힌 것을 아키후미는 보았다. 그의 가슴에서도 뜨거운 것이 올라왔다.

그리고 잠시 후, 안쪽에서 소리가 들려왔다.

"뭐야, 아직도 저녁 준비가 안 됐어? 대체 뭘 하고 있었어!"

겐이치가 돌아온 모양이었다. 말투로 봐서 그는 시마코의 눈물 자국을 알아차리지 못한 듯했다.

"그렇게 배가 고프면 빵이라도 꺼내 드시구려. 나도 바쁠 때가 있다고요."

시마코의 다부진 목소리가 울린다.

"바쁘긴 뭐가 바빠? 보나 마나 전화로 누구랑 수다나 떨었을 거면서. 아, 배고파 죽겠어. 빨리 해."

"아유, 알았으니까 그만 좀 해요."

아키후미는 웃으면서 작업대로 돌아갔다. 그곳에는 예의 삼각기둥 시계가 놓여 있었다. 머지않아 수리가 끝난다.

그러고 보니 그 형사, 이 시계의 작동 원리를 알고 싶어 했는데.

삼면의 숫자판을 동시에 움직이는 원리는 간단하다. 보통 시계는 숫자판 뒷면에 기계 장치가 붙어 있지만 이 시계의 경우 그 장치가 바닥에 붙어 있다. 즉 태엽에 의해 작동되는 축이 삼각기둥의 중심에 서 있는 형태다. 그 축의 움직임을 톱니바퀴가 세 개의 숫자판에 전달하는 것이다.

다음에 형사를 만나면 알려 줘야지. 그리고 아키후미는 생각했다. 삼각기둥 시계의 구조는 스승님네 가족과도 같다, 각각 다른 방향을 향해 있는 것 같지만 실은 하나의 축으로 연결되어 있다, 라고.

5

케이크 가게 점원

1

"무화과 콤포트 한 개와 체리 타르트 세 개, 합해서 1,725엔입니다."

케이크를 담은 상자를 유리 진열장 너머로 내밀며 미유키가 말했다.

그러자 삼십 대 전반으로 보이는 여자 손님이 손에 쥐고 있던 2천 엔을 돈 접시에 올려놓았다. 미유키는 그 돈을 집어 금고에 넣고 대신 잔돈을 꺼내 영수증과 함께 여자 손님에게 건네며 "감사합니다."라고 말했다.

손님이 가고 난 후 그녀는 금고 옆에 놓아둔 휴대 전화에서 시간을 확인했다. 앞으로 15분만 있으면 7시다. 케이크 가게인 '콰트로'는 7시에 문을 닫는다.

허리를 구부리고 몇 개 안 남은 진열장 안의 케이크를 정리하고 있는데 유리문이 열리며 손님이 들어오는 기척이 났다. 허리를 펴며 "어서 오세요."라고 인사하던 미유키는 저도 모르게 미소를 머금었다. 단골손님이었기 때문이다.

그 여자 손님도 미소를 띠고 미유키를 바라봤다. 여느 때와 다름없는 다정한 표정이다. 눈을 가늘게 뜨고 흐뭇한 표정으로 미유키를 본다. 전에 잠깐 얘기를 나눴을 때 나이가 마흔이 넘었다고 들었는데, 매끄러운 피부하며 몸매가 실제 나이보다 훨씬 젊어 보인다.

"안녕하세요. 시간 아직 괜찮아요?"

여자 손님이 물었다.

"그럼요. 괜찮아요."

"실은 같은 아파트에 사는 이웃에게 닌교야키를 받아서 오늘은 생략할까 했는데, 이 근처에 오니까 먹고 싶어지네."

그러면서 그녀는 진열장 안을 들여다보았다. 짧은 머리 스타일 때문인지 무심한 동작 하나도 경쾌해 보인다.

"전통 과자도 나쁘지 않지만, 난 하루 일과를 끝낸 후에는 역시 케이크가 좋아. 그걸 낙으로 삼고 열심히 일하는 거나 다름없으니까."

"무슨 일을 하시는데요?"

"무슨 일을 할 거 같아요?"

"글쎄요."

미유키가 고개를 갸웃거리자 여자 손님은 장난스럽게 한쪽 눈을 찡긋했다.

"집에서 할 수 있는 일. 부업이랄까."

"아, 네."

그렇게 대꾸할 수밖에 없었다. 부업이라는 말만 들어서는 아무 이미지도 떠오르지 않는다.

"아, 어쩌나. 젤리 같은 걸 먹고 싶은데. 왜, 아몬드 푸딩 위에 패션 프루트젤리를 얹은 거 있었잖아요."

진열장을 들여다보며 여자 손님이 말했다.

"아, 그거요. 오늘은 이미 다 팔렸어요. 죄송해요."

"하기야 요즘 날씨가 하도 더우니까 모두들 찬 걸 찾겠지. 그럼, 뭘 먹나……."

그 순간 여자 손님이 들고 있는 백 속에서 휴대 전화가 울렸다. 그녀는 눈살을 살짝 찌푸리더니 전화기를 꺼냈다. 그리고 액정 화면을 본 후 고개를 기울이며 전화를 받았다.

"여보세요? ……아, 난 또 누구라고. 왜 공중전화에서? ……어머나, 불편하겠네. 아, 잠깐만."

여자 손님은 전화를 든 채 미유키 쪽을 보며 미안하다는 듯 얼굴 앞으로 손바닥을 펴 보였다.

"미안. 역시 오늘은 참아야겠어. 내일 봐요."

"네, 그러세요."

여자 손님은 미안해요, 라고 덧붙이며 가게를 나갔다. 휴대 전화로 이야기를 나누며 걸어가는 모습이 가게 안에서도 보였다.

미유키가 숨을 후, 내쉬는데 안쪽에 있는 테이블석 쪽에서 나카니시 레이코가 나왔다.

"미유키 씨, 수고 많았어. 나머지는 내가 정리할게."

"아니에요, 괜찮아요. 제가 할게요."

"무리할 필요 없어. 피곤하지 않아?"

"전혀요. 요즘 체력이 좀 좋아진 것 같아요."

"그렇담 다행이지만."

나카니시 레이코는 싱긋 웃더니 다시 정색하고 말했다.

"아까 그 손님, 아무것도 안 사고 그냥 가시던데."

"사려던 케이크가 다 팔리고 없었어요."

"그랬구나. 오늘은 늦으셨네. 항상 6시쯤 오시더니. 그럼 미유키 씨, 진열장만 정리하고 퇴근해."

"네."

다시 진열장 뒤에서 허리를 구부린 미유키는 슈크림이 남아 있는 것을 보고 저도 모르게 미소가 지어졌다. 단것을 싫어하는 겐이치도 슈크림이라면 좋아라 하며 먹는다. '콰트로'에서는 팔다 남은 케이크를 점원들이 가져가도 된다. 단, 가족 이외의 사람에게 주는 것은 엄금이다. 공짜로 얻어먹은 사람들은 절대 돈을 내고 케이크를 사 먹으려 하지 않기 때문이다.

'그러고 보니 아까 그 손님도 슈크림 잘 드시는데.' 하며 미유키는 좀 전의 여자 손님을 떠올렸다. 나카니시 레이코의 말처럼 그녀는 대개 6시쯤에 온다. 그리고 진열장에서 자기가 좋아하는 케이크를 발견하면 가게 안쪽에 마련된 테이블에서 홍차와 함께 천천히 그것을 음미한다. 미유키가 일하다가 문득 그쪽으로 시선을 돌리면 신기하게도 늘 눈이 마주친다. 그 때마다 그 여자 손님은 빙그레 웃어 보인다. 너그러움이 느껴지는 다정한 미소였다.

그녀가 어떤 사람인지에 대해 미유키는 거의 아는 바가 없었다. 처음 '콰트로'에 나타난 것은 두 달 전쯤이었다. 그 후 이삼 일에 한 번꼴로 다녀갔다. 나카니시 레이코는 그런 그녀를 보고서 "우리 가게 케이크가 어지간히 마음에 드나 보네." 하고 말했다.

'무슨 부업을 할까.'

다음에 자신이 테이블 담당일 때 좀 더 자세히 물어봐야겠다고 미유키는 생각했다.

2

줄곧 고개를 숙인 채 철골을 고정하는 볼트를 조이고 있었더니 땀이 흘러 눈으로 들어갔다. 티셔츠는 이미 푹 젖어 있다. 기요세 고우키는 목에 두른 수건으로 땀을 닦고서 작업을 계속했다. 한시바삐 무대 세트를 완성하지 않으면 본격적인 연습에 들어갈 수 없다. 다른 단원들도 주위에서 대도구를 마무리하고 의상을 고치느라 땀을 흘리고 있다. 극단 규모가 작다 보니 배우들이 잡일까지 도맡아야 했다.

상자에 들어 있는 볼트를 집으려고 손을 뻗는 순간 바지 뒷주머니에 들어 있는 휴대 전화가 울렸다. 혀를 차면서 전화기를 꺼낸 그는 액정 화면을 보고는 입술을 씰룩했다.

'무시해 버릴까.'

통화하고 싶지 않은 상대였다.

하지만 그런 마음은 상대방도 마찬가지일 것이다. 그런데도 굳이 전화를 한 것은 그럴 만한 이유가 있을 터, 내키지는 않지만 고우키는 결국 통화 버튼을 눌렀다.

"응, 나야."

퉁명스러운 목소리로 전화를 받았다.

"나다."

귀에 익은 나오히로의 목소리가 들려왔다.

"알아. 무슨 일이야? 나, 지금 바빠."

"경찰에서 연락이 올 거다. 그걸 알려 주려고."

"경찰? 나, 아무 짓도 안 했는데."

"그런 게 아니야. 미네코 일이다."

이름을 듣고서도 누구인지 얼른 떠오르지 않았다. 한동안 듣지 못한 이름이다. 고우키 스스로 입에 올린 적도 없다.

"엄마가 왜?"

고우키의 물음에 나오히로는 침묵했다.

아버지, 하고 고우키가 짜증스럽게 불렀다.

"죽었단다."

"뭐?"

"오늘 아침에 형사가 찾아왔다. 어젯밤에 시체로 발견된 모양이야."

고우키는 숨을 헉 들이쉬었다. 아무 소리도 낼 수 없었다. 미네코의 얼굴이 뇌리를 스쳤다. 환하게 웃고 있는 얼굴. 그의 기억 속에서 엄마는 여전히 젊고 기운차다.

"듣고 있는 거냐?"

나오히로가 물었다.

"어떻게 된 거야, 왜 엄마가…… 사고라도 난 거야?"

"아니, 그게 아니라……, 형사 얘기로는 살해되었을 가능성이 높단다."

고우키의 가슴께에서 심장이 펄떡거렸다. 온몸의 피가 들끓고 몸이 확확 달아올랐다.

"누구한테?"

"그건 아직 몰라. 수사가 이제 막 시작되었다는구나. 그래서 내게도 형사가 찾아왔었다."

"어디서 살해당한 거야, 엄마가 어디 있었는데?"

"자기 집인가 보더라."

"자기 집? 거기가 어딘데?"

"니혼바시다."

"니혼바시?"

"형사가 고덴마초라고 하더구나. 거기 있는 원룸 아파트를 빌려서 산 모양이다."

내가 사는 곳에서 가까운 데잖아, 하고 고우키는 생각했다. 그의 집은 아사쿠사바시에 있었다. 고덴마초까지는 직선거리로 치면 1킬로미터 남짓이다.

어째서 그런 곳에 살고 있었을까, 하는 의문이 마음속에 번졌다. 엄마가 살해됐다는 사실에 대해서는 충격이 너무 큰 탓인지 전혀 실감이 나지 않았다.

"너, 뭐 아는 거 없냐?"

"뭐라니, 뭐?"

"그러니까……, 혹시 짚이는 거 없냔 말이다."

"그런 게 있을 리 없잖아. 연락도 안 하고 살았는데."

수화기 건너에서 나오히로의 한숨 소리가 들려왔다.

"그렇겠지."

"그래서, 나더러 어쩌라고."

"어쩌라는 소리가 아니다. 경찰에서 연락이 오기 전에 먼저 알려 주려고 했을 뿐이야. 형사가 네 연락처를 묻기에."

"알았어."

"그럼, 그런 줄 알고 있어라."

"아버지."

"왜?"

"장례식은 어떻게 할 건데?"

그 질문에 나오히로는 잠시 침묵한 후 대답했다.

"우리가 생각할 일이 아니지."

"그렇군, 역시."

"그 문제에 관해서는 이쪽에서 관여하지 않을 생각이다. 저쪽에서 뭔가 얘기가 있다면 나름대로 대응은 하겠지만."

미네코의 친족이 의논을 해 오면 장례비 정도는 어떻게 해보겠다는 뜻인 듯했다. 그러시겠지, 라고 받아치고 싶은 것을 고우키는 참았다.

전화를 끊고 나서도 그는 망연히 서 있었다. 머릿속이 혼란 그 자체였다. 자신이 이제부터 뭘 해야 하는지 전혀 생각나지 않았다.

"고우키, 왜 그래?"

부르는 소리에 퍼뜩 정신을 차렸다. 극단을 이끌고 있는 시노즈카가 이쪽으로 오고 있었다.

"어머니가…… 살해당했답니다."

시노즈카가 깜짝 놀라 몸을 뒤로 젖혔다.

"뭐라고?"

"살해당했답니다. ……원룸 아파트에서."

그렇게 말하고 고우키는 그 자리에 털썩 주저앉았다.

그로부터 약 한 시간 후, 경찰에서 연락이 왔다. 그때 고우키는 묵묵히 작업을 계속하고 있었다. 동료들이 오늘은 그만 돌아가라고 했지만, 그가 남아 있겠노라고 고집을 피웠다. 개인적인 사정 때문에 작업을 미룰 수는 없다고 생각하기도 했고, 빨리 집에 가 봐야 할 수 있는 일도 없었기 때문이다. 차라리 아무 생각 없이 몸을 움직이는 편이 나았다.

그에게 전화를 건 사람은 경시청의 우에스기라는 형사였다. 가능한 한 빨리 만나고 싶다고 하기에 연습실 옆에 있는 패밀리 레스토랑으로 오라고 했다.

레스토랑에 들어서자 양복을 입은 두 남자가 그를 기다리고 있었다. 둘 다 경시청 수사 1과 소속으로, 나이가 좀 더 많은 쪽이 우에스기였다.

우에스기는 애도의 뜻을 표한 다음 그에게, 마지막으로 미네코를 만난 게 언제인지 물었다.

"재작년 말이었던 것 같습니다."

"재작년? 그렇게 오래 안 만났나?"

우에스기가 눈을 둥그렇게 떴다.

"아버지가 저에 대해 아무 말 안 했습니까?"

"대학 중퇴하고 집을 나갔다는 얘기는 들었는데."

"그게 재작년 말입니다. 그 후로는 어머니를 만나지 않았어요."

"전화로 얘기한 적도 없고?"

우에스기의 눈이 의심의 빛을 띠었다.

어째서 중년 아저씨라는 작자들은 상대가 좀 젊어 보이면 존댓말을 쓰지 않는 것일까 생각하면서 고우키는 우에스기를 쏘아보았다.

"멋대로 집을 뛰쳐나온 몸이라서."

"어머니 쪽에서도 전화를 걸지 않았고?"

"집을 나온 후 휴대 전화를 바꾸면서 번호도 바뀌었습니다. 그 사실을 부모님에게는 알리지 않았고요."

"하지만 아버지는 알고 계시던데?"

"사람을 시켜 제가 사는 곳을 조사했습니다. 소규모 극단을 모조리 뒤진 모양이더군요. 반년 정도 됐나, 모르는 남자가 불쑥 찾아와서 '중요한 얘기가 있으니까 아버지에게 연락하라'고 했어요. 그래서 전화를 걸었습니다."

"그 중요한 얘기란 게 뭐였지?"

고우키는 형사의 얼굴을 보며 한숨을 내쉬더니 대답했다.

"부모님이 이혼한다는 얘기였습니다. 좀 놀라긴 했지만, 요즘 세상에 중년 부부가 이혼하는 일이 드문 것도 아니고 해서 맘대로들 하라고 생각했죠. 내가 뭐라고 할 자격도 없고. 그쪽으로서는 아들에게 알려야 마땅하다고 생각했나 봅니다만."

"이혼 사유에 대해서는 뭐라고 설명하시던가?"

그러자 고우키는 고개를 저었다.

"별다른 설명은 듣지 못했어요. 아버지는 줄곧 집안일에는 관심이 없었고, 어머니는 집에만 처박혀 있는 걸 못 견뎌 하셨으니 두 사람을 위해서는 잘된 일이 아닐까 싶기도 했어요."

"흐음, 집에만 처박혀 있는 게 싫었다 이거지."

의미심장하게 고개를 끄덕이는 형사에게 고우키가 반문했다.

"왜 그런 걸 묻는 거죠, 부모님의 이혼과 사건이 무슨 관련이라도 있는 건가요?"

그러자 형사는 당황한 듯 손을 내저었다.

"아니, 아직 아무것도 몰라. 혹시 어머니가 어디 살고 있었는지는 아나?"

"이번 일로 처음 알았습니다. 너무 가까운 곳이라 깜짝 놀랐어요."

"바로 그래서 말인데, 그게 단순한 우연일까? 우리가 조사한 바로 미쓰이 미네코 씨는 두 달 전쯤 지금의 아파트로 이사했다는군. 자네 주소를 알고 근처로 이사 왔을 가능성은 없을까?"

"없습니다. 아버지가 제 주소를 가르쳐 줬을 리 없으니까요."

"음, 하긴. 아버지도 가르쳐 주지 않았다고 하시더군."

"그렇다면 그냥 우연 아닐까요?"

"글쎄, 어떨지."

우에스기는 석연치 않다는 투였다.

계속해서 형사들은 미네코의 교우 관계와 취미, 기호 등에 대해 물었다. 고우키는 자신이 아는 범위에서 대답했지만 수사에 도움이 되지는 않을 거라고 생각했다. 형사들도 떨떠름한 표정으로 듣고 있었다.

고우키 쪽에서도 미네코의 살해 정황 등에 대해서 물었지만 형사들은 거의 아무런 대답을 해 주지 않았다. 그저 아직은 아무것도 모른다는 소리뿐이었다. 다만 그들의 말투로 추측건대 단순한 강도 살인은 아닌 듯했다.

"마지막으로 한 가지만 더 묻지."

우에스기가 집게손가락을 세우며 말했다.

"어제저녁 6시부터 8시 사이에 어디 있었는지 말해 줄 수 있겠나?"

그 순간 고우키는 자신의 눈초리가 치켜 올라가는 것을 느꼈다.

"지금 제 알리바이를 묻는 겁니까?"

"관계자 모두에게 하는 질문이야. 대답하기 싫으면 안 해도 되고."

고우키는 입술을 지그시 깨물었다가 입을 열었다.

"연습실에 있었습니다. 극단원 아무에게나 확인해 봐도 좋습니다."

"그래? 그렇다면 다행이고."

형사가 태연하게 대꾸했다.

그날 밤 고우키는 8시쯤 귀가했다. 원래는 연습실에서 세트 제작 작업을 계속할 작정이었지만 시노즈카가 반명령조로 오늘은 그만 돌아가라고 하는 바람에 하는 수 없이 돌아가게 된 것이다.

아파트 창문이 환했다. 아미가 먼저 돌아온 것이다. 고우키가 문을 열자 "어머, 오늘은 빨리 왔네."라며 그녀가 반색하는 얼굴로 돌아보았다. 텔레비전을 보고 있었던 것 같다.

그러나 얼마 안 가 그 얼굴에 그늘이 드리우고 말았다. 고우키가 미네코 얘기를 했기 때문이다.

"그러고 보니 오늘 점장이 그런 얘기를 했어."

"어떤 얘기?"

"어제저녁에 경찰차가 엄청 많이 지나가더라고. 고덴마초라면 우리 가게에서도 가깝잖아. 하지만 설마 그런 일이 있었을 줄이야. 왜 그런 일이……."

그녀는 슬픈 듯 눈을 깜박거렸다.

"나도 모르겠어. 형사는 그저 살해됐다고만 할 뿐 아무것도 가르쳐 주지 않아."

"그래서, 어떻게 할 거야? 고우키도 장례식에는 가야 하지 않을까?"

"그야 연락이 오면 가야지. 그런데 어떨지 몰라. 과연 연락이 올까."

이혼 후 미네코가 어떻게 생활해 왔는지 고우키는 전혀 모른다. 알고 싶은 마음도 없었다. 자신이 집을 나와 내키는 대로 살고 있으니 엄마 역시 그럴 권리가 있다고만 생각했다. 게다가 그는 자기 일만으로도 벅찼다.

이부자리에 누워 있어도 좀처럼 잠이 오지 않았다. 아미도 마찬가지인지 옆에서 몇 번이나 몸을 뒤척인다. 고우키는 아예 눈을 뜨고 있었다.

아오야마 아미와는 뮤지컬을 보러 갔다가 우연히 옆자리에 앉는 바람에 알게 되었다. 나이는 그녀가 한 살 많다. 고향은 후쿠시마인데 디자이너가 되기 위해 상경했다고 한다. 지금은 아르바이트를 하면서 전문학교에 다니고 있다.

이 집은 원래 아미가 혼자 살던 집인데 고우키가 들어와 함께 살게 되었다.

그가 연극에 눈뜬 것은 대학교 1학년 때였다. 어쩌다 들어

간 소극장에서 지금 속해 있는 극단의 공연을 보고 자신이 살
길은 이것밖에 없다고 확신했다. 그 후로는 학교에도 잘 가지
않고 극단을 드나들었다. 시노즈카도 "자네에게는 뭔가가 있
어."라고 말했다.

고민 끝에 그는 학교를 그만두기로 결심했다. 물론 나오히
로는 결사반대했다. 미네코도 편들어 주지 않았다.

"기어코 그만둬야겠다면 네 마음대로 해. 단, 이제부터 일
절 도와주지 않을 테니 네 힘으로 살아가도록 해라."

마지막에 나오히로는 그렇게 말했다.

"말 안 해도 알아."

고우키는 그렇게 내뱉고 그 즉시 자기 방으로 가서 짐을 쌌
다.

"있을 데가 정해지면 연락해."

집을 나서는데 뒤따라 나온 미네코가 속삭였다.

그러나 그는 고개를 저었다.

"연락하지 않을 거야. 휴대 전화도 바꿀 거니까."

"하지만……"

그때 여보, 하고 집 안에서 그녀를 부르는 목소리가 들렸다.

"그런 놈은 그냥 내버려 둬!"

미네코는 슬픔과 곤혹스러움이 뒤섞인 표정을 지었다. 그
런 엄마를 외면한 채 고우키는 밤길로 걸음을 내디뎠다.

그 미네코가 살해당했다. 이제는 이 세상에 없는 것이다. 아무리 생각해 봐도 고우키는 실감이 나지 않았다. 텔레비전 드라마에 나오는 얘기로밖에 느껴지지 않았다.


3


다음 날 아침, 고우키는 아르바이트를 하러 가는 아미와 함께 집을 나섰다. 그녀가 일하는 찻집은 호리도메초에 있다. 고덴마초에서는 바로 코앞이다.

평소에는 아미 혼자 타는 자전거지만, 오늘은 고우키가 앞에 타고 그녀를 뒤에 앉혔다. 고우키는 전에 도쿄 역 지하에 있는 도시락 집에서 아르바이트를 한 적이 있는데, 그때도 이렇게 둘이 같이 자전거를 타곤 했다. 지금은 공연을 앞두고 있기 때문에 아르바이트를 하지 않는다.

에도 거리로 나가 남서쪽으로 향했다. 거기서 고덴마초까지는 일직선이다.

10분도 안 돼서 고덴마초 네거리에 도착했다. 거기서 고우키가 내리고 대신 아미가 앞자리에 올라탔다.

"오늘 밤은 학교에 가야 돼."

페달을 밟기 전에 그녀가 말했다. 그러니까 늦는다는 소리다.

알았어, 하고 고우키는 고개를 끄덕여 보였다.

아미는 닌교초 거리를 달렸다. 이 부근에는 은행이 많다. 근처에 일본은행이 있기 때문이라는 얘기를 들은 적이 있다. 한 블록마다 최소한 하나씩은 은행 지점이 있다.

멀어지는 아미의 등을 눈으로 쫓다가 그는 주위를 둘러보았다. 편의점이 눈에 띄자 그는 그쪽으로 걸음을 옮겼다.

편의점 안은 한산했다. 젊은 남자 점원이 샌드위치와 주먹밥 등을 선반에 진열하고 있었다. 저기요, 하고 고우키가 말을 건넸다.

"그저께 밤에 이 부근에서 사건이 있었다는데 혹시 어딘지 아세요?"

갈색으로 머리를 물들인 점원은 무표정한 얼굴로 고개를 저었다.

"그 시간에는 여기 없어서 잘 모르겠는데요."

"아, 그래요. 실례했습니다."

머리를 숙인 뒤 고우키는 편의점에서 나왔다. 이런 가게의 점원은 교대 근무를 한다는 사실을 깜박했다. 낮 근무 하는 점원과 밤 근무 하는 점원이 따로 있는 것이다.

그 후에도 고우키는 주변에 있는 몇 군데 가게를 돌아보았지만 이틀 전 사건에 관해 아는 사람은 좀처럼 나타나지 않았다. 뿐만 아니라 그가 손님이 아니라는 것을 아는 순간 모두

들 일을 방해하지 말라는 듯 성가신 표정을 지었다.

그래도 계속 묻고 다닌 보람이 있어 마침내 어느 문구점에서 도움이 될 만한 얘기를 들을 수 있었다.

"여자가 살해된 사건 말인가? 바로 저기 있는 아파트라네."

머리가 벗어진 가게 주인이 먼 곳을 가리키며 말했다.

"우리 가게에도 형사가 왔었지. 밤 9시쯤에 수상한 사람을 보지 못했느냐고 묻더라고. 우리 가게는 이미 문을 닫은 후라서 그런 사람은 보지 못했다고 대답했는데."

"그 아파트의 몇 호인지까지는 모르시죠?"

"그것까지는 몰라. 근데 혹시 사건과 무슨 관계라도 있는 건가?"

"피해자와 조금⋯⋯."

"흐음. 거참, 딱하게 됐군."

가게 주인이 진심 어린 표정으로 말했다.

문구점에서 나온 고우키는 주인이 가르쳐 준 아파트까지 걸어가 보았다. 크림색의 좁고 기다란 건물이었다. 지은 지는 그리 오래돼 보이지 않았다.

엄마가 왜 이런 곳에, 라고 그는 다시 한 번 생각했다. 고우키의 외가는 요코하마에 있다. 그래서 이혼한 후 요코하마로 돌아가 살 줄 알았는데 혼자 살고 있었다니 상상도 못한 일이었다.

하지만 한편으로 엄마라면 그럴 수도 있겠다는 생각도 들었다. 그녀가 전부터 집안일에서 해방되어 바깥세상 사람들과 어울리고 싶어 했기 때문이다.

대학에서 영문학을 전공한 미네코는 젊었을 때는 번역가가 되겠다는 꿈을 품고 있었다고 한다. 졸업하면 영국에 유학한다는 계획까지 세웠다는 것이다.

그 꿈이 깨진 것은 임신 때문이었다. 물론 상대는 기요세 나오히로였다. 그는 서른이라는 젊은 나이에 회사를 차려 성공을 거둔 상태였다.

임신 사실을 안 나오히로는 미네코에게 청혼했다. 그리고 미네코는 청혼을 받아들였다. 주위에서도 반대하지 않았다. 요즘 흔히 말하는 혼전 임신이었지만, 당시에도 그렇게 드문 얘기는 아니었나 보다. 그렇지만 아무래도 미네코는 결혼이 그리 달갑지는 않았던 듯했다. 적어도 고우키는 그렇게 생각하고 있다.

그가 중학생이었을 때, 미네코가 통화하면서 하는 얘기를 얼핏 들은 적이 있다. 상대는 학창 시절 친구인 것 같았다.

"그야 나도 한번쯤은 사회로 나가 보고 싶지. 너 아니? 나 아직 서른일곱이야. 앞으로도 내내 이렇게 살아야 한다고 생각하면 끔찍해. 너는 얼마나 좋니, 일을 계속할 수 있어서. 나도 말이야, 그때 임신만 안 했으면 이런 꼴을 하고 있지는 않앞을 거야. 아니, 그이랑 결혼도 안 했을걸. 그 임신이 잘못이었어. 하지만 그 시점에서 수술하겠다는 소리는 할 수 없잖아. 물론 아이를 키우는 것도 보람은 있지만, 그 이상은 아니야. 나, 엄마가 되기 위해서만 태어난 거 아니라고. 남편과 아들 뒷바라지만 하다 보면 내 인생은 대체 뭐냐는 생각이 들어."

'그 임신이 잘못이었어', 그 한마디는 가시가 되어 고우키의 가슴을 찔렀다.

그는 아버지 나오히로에 대해 가족을 소중하게 여기지 않는 사람이라고 생각했다. 하지만 엄마의 애정을 의심한 적은 그때까지 단 한 번도 없었다. 끼니때마다 정성스럽게 식탁을 차려 주었고, 뒷바라지에도 빈틈이 없었다. 잔소리를 좀 하는 점은 있었지만, 자식을 위하는 마음에서 그러는 것이라고 해석해 왔다.

그런데 엄마라는 역할을 하면서도 그녀의 내면에서는 불만의 씨가 타오르고 있었던 것이다. 그것은 어제오늘의 문제가 아니었다. 임신했을 때, 즉 고우키가 생명을 얻었을 때부터 시작된 것이었다.

그날 이후로 고우키는 최대한 엄마의 손을 빌리지 않도록 애썼다. 자기를 키우느라 인생을 헛되이 보냈다고 할까 봐서 였다.

물론 지금은 고우키의 생각도 조금씩 바뀌고 있다. 미네코

가 외아들에게 애정이 없었다고는 생각지 않는다. 그때 통화
하면서 한 말은 누구에게나 있을 수 있는 일시적인 권태감에
서 나온 말일 것이다. 하지만 그녀의 마음속에 인생을 다시
시작하고픈 열망이 있었던 것만은 분명했다. 그 때문에 이혼
을 하고서도 친정으로 돌아가지 않고 도심에서 홀로 생활한
것인지도 모른다.

그렇다 해도 왜 하필 이곳에. 고우키는 아파트를 올려다보
면서 고개를 갸웃거렸다. 미네코가 어떻게 살아왔는지 전부
다 아는 것은 아니지만, 그래도 그녀가 니혼바시라는 장소를
선택한 이유는 도무지 짐작이 가지 않았다.

고우키가 그 자리에서 서성이고 있는데 아파트에서 남자
셋이 나왔다. 그중 한 사람을 보고서 그는 움찔 놀랐다. 나오
히로였기 때문이다.

나오히로 역시 고우키를 보고 걸음을 멈췄다.

"아니 너, 이런 데서 뭘 하고 있는 거냐?"

그가 차가운 목소리로 물었다.

"아버지야말로 왜 거기서 나와요?"

"나는 수사에 협조하고 있는 중이다. 네 엄마의 집을 보고
왔어."

"아드님입니까?"

양복 차림의 남자가 물었다. 형사인 듯했다.

"여긴 어떻게?"

"이 주변을 돌아다니면서 물어봤습니다. 제게도 어제 형사가 찾아왔었는데 장소를 가르쳐 주지 않아서요."

"그랬군."

형사가 고개를 끄덕거리고 나오히로 쪽을 보았다.

"아드님에게는 집 안을 안 보여 줘도 됩니까?"

"그럴 필요 없습니다. 2년 가까이 제 엄마와 얘기도 안 한 녀석입니다."

"알겠습니다. 그럼 기요세 씨, 수고스럽겠지만 같이 좀 가주시죠."

"네, 그러죠."

형사들은 들을 만한 정보가 없는 인간에게는 볼일도 없다는 듯 고우키를 무시하고 걸음을 옮겼다. 나오히로도 그들을 따라가다가 문득 걸음을 멈추고 고우키를 돌아보았다.

"너 이런 데서 어슬렁거려 봐야 수사에 방해만 될 뿐이야. 얼른 가서 연극 연습이라도 해라."

그러자 고우키가 아버지를 노려보며 말했다.

"참견 마시죠."

나오히로는 그 말에 별다른 대꾸 없이 형사들을 따라갔다. 고우키는 홍, 코웃음을 쳤다.

그때였다. 저, 잠깐만요, 하는 소리가 뒤에서 들렸다. 돌아

보니 검은 티셔츠 위에 파란색 셔츠를 걸친 남자가 아파트에서 나오고 있었다. 가무잡잡하고 윤곽이 뚜렷한 얼굴이다.

"저쪽에 있는데 얘기하는 소리가 들려서 말이에요. 혹시 미쓰이 씨의 아들입니까?"

"그런데요, 누구십니까?"

"아, 저는 이런 사람입니다."

그는 바지 뒷주머니에서 경찰수첩을 꺼내 보여 주면서 가가라고 자신을 소개했다. 니혼바시 경찰서 형사과 소속이었다.

"아무래도 현장이 궁금해서 이곳에?"

"네. 집에서 가깝기도 하고."

"가까워요? 실례지만 댁이 어디십니까?"

"아사쿠사바시입니다."

"하아, 정말 가깝군요. 여기는 걸어서?"

"아뇨. 같이 사는 여자 친구가 이 근처에서 아르바이트를 하고 있어서 함께 자전거를 타고 왔습니다."

"아, 그렇군요."

가가 형사는 잠시 생각하는 표정을 짓더니 고우키를 바라보았다.

"현장, 보겠어요?"

고우키가 눈을 깜박거리며 "그래도 되나요?"라고 되물었다.

"오늘은 내가 현장 보존을 담당하고 있으니까요."

그러면서 가가는 주머니에서 열쇠를 꺼냈다.

미네코가 살던 원룸은 4층에 있었다. 6평 정도 넓이로, 싱글베드와 컴퓨터 책상, 책꽂이, 소파, 테이블 등의 가구가 놓여 있었다. 정리 정돈은 잘되어 있지만 협소하다는 인상은 지울 수 없었다. 널찍한 단독 주택에 사는 데 익숙했던 미네코가 이렇게 좁은 곳에서 용케 견뎠다 싶었다.

"엄마가 어떤 상태로 발견됐죠?"

현관에 선 채로 고우키가 물었다.

"시신은 미쓰이 미네코 씨의 친구라는 여성이 발견했습니다. 그날 함께 식사하기로 약속했다더군요. 와서 아무리 벨을 눌러도 반응이 없기에 문을 열어 봤더니 미네코 씨가 바닥에 엎드린 모습으로 쓰러져 있었다고 합니다. 처음에는 뇌졸중이라도 일으켰나 했는데, 목을 졸린 흔적이 있어서 즉시 경찰에 연락했다고 하더군요."

가가 형사는 메모도 보지 않고 거침없이 설명했다. 어제의 형사들과는 달리 사건의 개요를 숨기려 하지 않는 게 고우키로서는 의외였다.

"친구라는 여자가 누굴까."

고우키가 중얼거렸다.

"대학 시절의 친구라더군요. 번역 일을 하고 있어서 미쓰이 씨도 이혼 후에 그분의 일을 거들었다고 하던데요."

"그랬군요."

엄마는 자신의 오랜 꿈을 이뤄 가고 있었던 것이다. 이혼하고서 아무런 희망도 없이 쓸쓸하게 산 게 아니었다. 그렇게 생각하자 조금이나마 위로가 되었다.

'이 집에서 번역가로서의 첫걸음을 내디디려 했구나.'

그런 생각을 하며 다시 한 번 실내를 둘러보던 고우키의 눈이 문득 한곳에서 멈췄다. 방 한구석에 놓여 있는 잡지꽂이였다. 거기에 미네코와는 관련이 없을 듯싶은 것이 꽂혀 있었다. 그것은 텔레비전 광고에서 본 적이 있는 육아 잡지였다.

"왜 그러죠?"

가가 형사가 물었다.

"아니, 저 잡지요. 왜 저런 게 있나 싶어서."

고우키는 잡지꽂이를 가리켰다.

가가 형사가 장갑 낀 손으로 잡지를 집어 들었다.

"듣고 보니 그렇군요."

"설마 엄마가 임신했던 건 아니겠죠."

"아직까지 그런 얘기는 듣지 못했습니다."

가가 형사가 진지한 표정으로 대답하고서 잡지를 제자리에 꽂아 놓았다.

"한데 미쓰이 미네코 씨는 두 달 전쯤 여기로 이사 왔다고 합니다. 그 전에는 아는 사람 소유의 임대 아파트에 있었대요. 가마타 쪽에 있는."

"그렇군요."

"그리고 이건 시신을 발견한 친구의 말인데, 미쓰이 씨가 어느 날 갑자기 고덴마초로 이사하고 싶다고 말했답니다. 그 이유를 물었더니, 무슨 영감을 받았다고 했다던가……."

"영감이라고요?"

"네. 혹시 뭐 짚이는 거 없습니까? 미쓰이 씨가 이곳을 선택한 이유에 관해."

"글쎄요."

고우키는 천천히 고개를 저었다.

"사실 저도 놀랐거든요. 이렇게 가까운 곳에 살고 있을 줄 꿈에도 몰랐으니까."

"아사쿠사바시에 산다고 했죠. 그것과 관련이 있다는 생각은?"

"어제도 다른 형사가 똑같은 질문을 했지만 그건 아니라고 생각합니다. 제가 아사쿠사바시에 산다는 걸 엄마가 알았을 리 없어요. 단순한 우연일 겁니다."

"그래요……."

"엄마가 여기로 이사 온 게 사건과 관계가 있다고 생각하세요?"

"아니, 그 점에 대해서는 아직 뭐라 말할 수 없어요. 하지만 지인들이 하나같이 미쓰이 씨가 이곳을 선택한 이유를 짐작도 못한다는 건 아무래도 좀 마음에 걸리는군요."

"저희 외가에도 다녀오셨죠?"

"다른 형사가 갔다 왔는데, 이렇다 할 답은 얻지 못한 모양입니다."

가가 형사의 말에 고우키는 고개를 갸우뚱하고 잠시 생각에 잠겼다.

"이제 됐습니까?"

가가 형사가 물었다. 현장을 확인하니 속이 좀 후련하냐는 의미인 듯했다.

"네."

고우키는 집 밖으로 나왔다. 가가 형사도 뒤따라 나와 문을 잠갔다.

"저, 형사님."

가가가 윤곽이 뚜렷한 얼굴을 고우키 쪽으로 돌렸다.

"왜요?"

"엄마는 남들에게 원한을 살 만한 사람이 아니에요. 유족이라면 다들 그렇게 말하겠지만, 엄마는 정말 그렇습니다."

그 말을 들은 가가 형사는 얼굴에 미소를 띠었다. 그러나 그 눈빛은 고우키가 움찔하리만큼 날카로웠다.

"하지만 당신은 지난 2년 동안의 어머니에 대해서는 아무것도 모르잖습니까. 아닌가요?"

"그건 그렇지만……."

고우키가 말을 잇지 못하자 가가의 눈에서 날카로운 빛이 사라졌다.

"지금 그 얘기, 수사에 참고하도록 하죠. 하지만 원한을 살 만한 까닭이 없는 사람도 살해당하는 세상이에요. 어쨌든 범인은 반드시 잡도록 하겠습니다. 약속드리죠."

무슨 근거로 그렇게 장담하는지는 알 수 없었지만, 가가 형사의 말은 믿음직스러웠다. 잘 부탁합니다, 하고 고우키는 머리를 숙였다.


4


사건 발생으로부터 닷새가 지났다. 그동안 수사가 어떤 식으로 진행됐는지 고우키는 전혀 알 수 없었다. 경찰에서는 물론이고 나오히로에게서도 아무런 연락이 없었다.

고우키에게 연락한 유일한 사람은 미네코의 친오빠, 즉 외삼촌이었다. 그가 어젯밤에 고우키에게 전화를 걸어, 시신을 돌려받을 날짜가 겨우 정해져서 장례를 치르기로 했다는 소식을 전했다. 그 역시 수사가 어떻게 전개되고 있는지는 전혀 모르는 눈치였다.

"네 엄마가 어떻게 살았는지는 우리도 잘 모른다. 인생을 새로 시작하고 싶다기에 간섭하지 않는 게 좋겠다고 생각했는데."

외삼촌의 말투에는 이혼해서 혼자 된 여동생을 그냥 내버려둔 것에 대한 변명이 섞여 있었다.

그러던 차에 가가 형사가 연습실로 찾아왔다. 마침 한 차례 연습이 끝나고 쉬고 있을 때였다.

두 사람은 복도에 있는 긴 의자에 나란히 앉았다.

"배우라 그런지 대단하군요. 어머니가 그렇게 되셨는데도 변함없이 연습을 계속하다니."

가가 형사가 감탄스럽다는 듯 말했다.

"달리 할 수 있는 일이 생각나지 않아서요. 그래도 내일부터는 요코하마에 있는 외가에 가서 빈소를 지키고 장례 절차도 거들려고 합니다."

그리고 고우키는 형사의 얼굴을 보았다.

"그런데 수사는 어떻게 돼 가고 있습니까. 뭐, 밝혀진 거라도 있나요?"

"네, 여러 가지로. 특히 사건 당일 미쓰이 미네코 씨의 행동에 대해서는 꽤 자세히 알게 됐습니다."

가가는 차분하게 대답했다.

"다만 한 가지, 미쓰이 씨의 행동 중에 묘한 부분이 있더군요."

"그게 뭐죠?"

"미쓰이 씨는 살해되기 직전에 메일을 쓰고 있었던 것 같습니다. 쓰다 만 상태의 메일이 발견됐어요."

그리고 가가는 수첩을 펼쳤다.

"'늘 가는 광장에서 강아지 머리를 쓰다듬어 주고 있다가 오늘도 고부나초의 시계포 아저씨를 만났습니다. 우리 둘 다 참 착실하군요. 라면서 웃었어요.', 이런 글이었습니다."

"그래서요?"

"조사해 본 결과, 흥미로운 점이 발견됐어요. 미쓰이 씨가 머리를 쓰다듬었다는 강아지는 진짜 강아지가 아니라 동상이었습니다."

"동상요?"

"스이텐구 신사 아시죠? 순산과 잉태를 기원하는 사당 말입니다."

"들어 본 적은 있습니다."

"그곳에 모자견 동상이 있는데, 강아지 머리를 쓰다듬으면 복이 들어온다는 얘기가 있습니다. 이 글의 내용으로 봐서 미쓰이 미네코 씨는 스이텐구에 다녔던 것 같아요."

"엄마가 왜 그런 곳에……."

"미쓰이 씨 집에 육아 잡지가 있었죠? 아무래도 미쓰이 씨 주위에 임신한 여성이 있지 않았나 싶어요. 그것도 아주 가까운 사이였을 겁니다. 그렇지 않고서야 그렇게 매일같이 가서 참배할 리 없지 않겠어요. 그런데 말이죠, 아무리 찾아봐도 그럴 만한 여성을 찾을 수가 없어요. 고우키 씨 아버님께도 여쭤 보았지만 전혀 모르겠다고 하시더군요."

"저도 마찬가지예요. 몇 번이나 말하지만, 2년 동안 엄마를 만나지 않았어요. 얘기를 나눈 적도 없고요."

"네, 역시 그렇군요."

가가가 아쉽다는 듯이 고개를 끄덕거렸다.

"엄마가 메일을 쓴 상대에게 물어보면 뭔가 알아낼 수 있지 않을까요?"

"물론 물어봤습니다. 실은 그 상대가, 이혼 당시 미쓰이 씨가 절차를 의뢰한 변호사였어요. 그런데 그 변호사는 미쓰이 씨가 매일 산책 나간다는 사실은 알고 있었지만 행선지가 스이텐구 신사였다는 것은 모르더군요. 그리고 미쓰이 씨 역시 메일에서 정확한 장소를 말하지 않고 일부러 광장이라는 애매한 표현을 사용하고 있었어요. 그런 연유로 그 변호사 역시 미쓰이 씨 주변에 임신한 여성이 있는 줄 몰랐다고 합니다."

"그것참, 알 수가 없군요."

엄마는 대체 무슨 생각을 하면서 어떤 나날을 보냈던 것일까. 친엄마임에도 지금껏 그토록 무관심했던 것을 고우키는 새삼스럽게 후회했다.

"좀 더 조사해 보겠습니다. 바쁘신데 폐를 끼쳐 죄송합니다."

가가 형사가 허리를 굽혔다.


다음 날 고우키는 요코하마에 있는 외가로 향했다. 빈소를 지키기 위해서였다.

부검을 했다는 미네코는 겉으로 봐서는 평소와 별다를 게 없었다. 목에 하얀 스카프를 두른 것은 목을 졸린 흔적이 남아 있기 때문일 것이다.

고우키는 왠지 외가 친척들 앞에서 고개를 똑바로 들 수 없었다. 혼자 살게 된 엄마를 돌아보지 않은 자신에게도 약간의 책임은 있다는 생각이 들었기 때문이다.

하지만 친척들 중에 그를 책망하는 사람은 없었다. 오히려 엄마를 잃은 그에게 위로의 말을 건넸다. 다만 그들도 나오히로에 대해서는 못마땅해하는 눈치였다.

사건의 단서가 될 만한 것을 알고 있는 사람은 아무도 없었다. 미네코의 최근 상황에 대해서는 모두가 무지했다.

고우키는 미네코 주변에 임신한 여성이 있었던 것 같다는 얘기를 꺼냈다. 그 사실에 대해서도 아는 사람이 없었다.

누군가 빈소에서 자야 한다기에 고우키가 그러기로 했다.

향이 꺼지지 않도록 하는 것이 주된 임무였다. 그러나 실제로는 모기향처럼 뱅글뱅글 돌아가는 모양의 향이 밤새도록 꺼지지 않고 탄다고 한다.

모두가 돌아간 후 혼자 남은 고우키는 철제 파이프 의자에 앉아 제단의 영정을 물끄러미 쳐다보았다. 미네코가 이쪽을 향해 웃고 있었다. 친구와 여행하면서 찍은 사진인 듯했다.

갑자기 속에서 무언가가 치밀어 올랐다. 눈시울이 뜨끈해졌다. 이상한 일이지만, 시신을 보고서도 실감하지 못했던 엄마의 죽음이 이렇게 영정을 바라보는 가운데 비로소 사실로 느껴지게 된 것이다.

그때 주머니에서 휴대 전화가 울렸다. 그는 호흡을 가다듬고 전화를 받았다. 아미였다.

"안 그래도 내가 하려던 참인데."

고우키는 아미에게 오늘 밤은 여기서 잘 거라고 알려 주었다.

"알았어. 몸조심하고."

"걱정 마. 별일 없지?"

"아니, 있었어. 오늘 가게로 형사가 찾아왔어. 가가라고 하던데."

고우키는 저도 모르게 전화기를 꽉 움켜쥐었다.

"가게라면, 구로차야 말이야?"

구로차야는 아미가 일하는 찻집이었다.

"응. 그런데 이상한 걸 묻던데."

"뭘 물었는데?"

"엄마가, 그러니까 고우키의 엄마가 우리 가게에 오지 않았느냐고."

"우리 엄마가?"

고우키는 뜻밖이라는 듯 반문했다.

"아니, 그 형사 대체 무슨 생각을 하는 거야? 그런 일이 있을 수 있겠어? 엄마는 내가 어디 사는지도 모르는 데다 아미랑 같이 사는 것도 알았을 리 없는데."

"그런데 굉장히 끈질기게 묻더라고. 사진까지 보여 주면서. 점장에게까지 확인하던데."

"점장은 뭐래?"

"본 적 없다고 했어. 그랬더니 그제야 겨우 수긍하고 돌아갔어. 왜 그러는 걸까?"

"나도 모르겠어. 다음에 만나면 물어볼게. 다른 일은 없었어?"

"응, 그것뿐이야."

"알았어. 그럼 내일 장례식 끝나고 돌아갈게."

전화를 끊은 고우키는 고개를 갸우뚱했다. 그리고 제단에 있는 영정으로 눈길을 돌렸다.

미네코의 미소가 왠지 좀 알쏭달쏭해 보였다.

외삼촌이 진두지휘를 잘해 준 덕분에 장례 절차는 순조롭게 진행되었다. 문상객도 거의 예상한 숫자와 맞아떨어져 예정된 시간에 끝낼 수 있었다.

발인 후 고우키는 친척들과 함께 화장터로 향했다. 그런데 뜻하지 않은 인물이 그곳에서 기다리고 있었다. 가가 형사였다. 그는 이목을 고려해서인지 검은 넥타이를 매고 있었다.

"이런 데까지 찾아와서 미안해요. 한시 빨리 전하고 싶은 게 있어서."

가가는 그렇게 말했다. 화장이 끝날 때까지는 시간이 꽤 걸린다. 형사도 그걸 노리고 왔을 것이다. 고우키는 상당히 중요한 용무일 것이라고 짐작했다.

두 사람은 건물 밖으로 나왔다. 잘 가꾸어진 정원에 벤치가 있어 그곳에 앉았다.

"실은 미쓰이 미네코 씨가 고덴마초로 이사한 이유가 밝혀졌어요."

가가가 그렇게 운을 뗐다.

"당사자가 돌아가셨기 때문에 확인할 수는 없지만, 아마 틀림없을 겁니다."

"어떤 이유였죠?"

"혹시 후지와라 마치코라는 분, 알아요? 한자로는 이렇게 쓰는데."

가가 형사가 수첩을 펼쳐 고우키 쪽으로 내밀었다. 藤原眞智子라고 쓰여 있었다.

"어디선가 들어 본 것 같은데……."

"후지와라 씨는 미쓰이 미네코 씨의 대학 친구입니다. 미쓰이 씨가 이혼하기 전에 몇 번인가 댁으로 놀러 간 일도 있다던데요."

아아, 하며 고우키는 고개를 끄덕였다.

"그러고 보니 가끔 놀러 오는 아줌마가 있었는데 엄마가 그 아줌마를 마치코라고 불렀던 것 같아요."

"맞아요."

가가 형사가 고개를 끄덕이고 말을 이었다.

"미쓰이 씨의 컴퓨터를 조사해 본 결과, 메일을 주고받은 상대는 별로 많지 않았어요. 대개는 휴대 전화 문자를 이용한 것 같더군요. 그래서 메일을 주고받은 상대를 일일이 조사해 봤습니다. 그런데 딱 한 사람이 연락이 잘 되질 않았어요. 그 사람이 바로 후지와라 씨였습니다. 남편의 일 때문에 시애틀에 가 있기 때문이었어요. 다행히 오늘 아침에 통화가 됐습니다. 물론 후지와라 씨는 사건에 대해 전혀 모르고 있었어요. 범인에 대해서도 짚이는 바가 없다고 하고요. 단, 미쓰이 씨가 고덴마초로 이사한 이유라면 안다고 했습니다."

"어떤 이유였답니까?"

"그게, 역시 고우키 씨 때문이었다는군요."

"저 때문에요?"

"후지와라 씨는 올 3월에 시애틀에 갔는데, 떠나기 얼마 전에 니혼바시를 지나다가 우연히 아는 사람을 봤대요. 그게 바로 고우키 씨였답니다."

가가는 잠시 고우키의 얼굴을 바라보다가 말을 이었다.

"고우키 씨가 자전거를 타고 가더래요. 뒤에 젊은 여성을 태우고. 그런데 얼마 안 가서 고우키 씨가 뒤에 탄 사람을 내려 주고 가 버리는 바람에 후지와라 씨는 어쩔 수 없이 그 젊은 여성을 뒤쫓아 갔다고 합니다. 가다 보니 그 여성이 아직 개점 전인 찻집으로 들어가더래요. 후지와라 씨는 그 일을 곧바로 미쓰이 씨에게 알렸어요. 미쓰이 씨가 아들을 찾고 있다는 걸 알고 있었으니까요. 미쓰이 씨가 고덴마초로 이사한 건 바로 그 직후였어요. 그러니 당신을 찾기 위해서 그랬다고 생각하는 게 타당하지 않을까요."

고우키는 가가의 말이 몹시 당혹스러웠다. 미네코가 자신을 찾고 있을 거라고는 생각조차 못했기 때문이다. 그러나 생각해 보면 당연한 일이다. 남편과 헤어진 그녀에게 고우키는 유일한 가족이 아닌가.

"그렇다면 왜 제게 연락하지 않았을까요? 아미가 일하는 곳을 알고 있으니 그녀에게 물어보면 될 일인데."

"물론 미쓰이 씨도 처음에는 그럴 생각이었을 겁니다. 그런데 그녀를 보고서 마음이 바뀐 거죠."

"네, 그게 무슨 말씀입니까?"

"후지와라 씨는 미국으로 간 후에도 미쓰이 씨와 몇 번 메일을 주고받았어요. 고덴마초로 이사했다는 것도 메일을 통해 알았다고 하더군요. 그래서 모자가 곧 만나게 될 줄 알았대요. 그런데 그 후에 온 메일에, 당분간은 멀리서 지켜보겠다고 쓰여 있었답니다. 뭔가 복잡한 사정이 있는 듯해서 더는 묻지 않았다고 합니다."

고우키가 천천히 앞머리를 쓸어 올렸다.

"왜 그랬을까요?"

"후지와라 씨에 의하면 미쓰이 씨는 아미 씨가 일하는 곳에 자주 갔었다고 합니다. 물론 자신이 누군지 밝히지 않고요. 일주일에 몇 번씩 가다 보니 혹시 가게 사람들이 이상하게 여기지 않을지 모르겠다고 하더랍니다."

"그래서 형사님도 구로차야에 가셨던 거군요. 어젯밤에 아미에게 들었습니다. 그런데 참 이상하군요. 아미에게 들으셨겠지만, 우리 엄마는 구로차야에 간 적이 없거든요."

"그런 것 같더군요. 그렇다면 후지와라 씨에게 한 얘기를 어떻게 해석해야 할까요. 미쓰이 씨가 거짓말을 했다는 건데."

"왜 그런 거짓말을⋯⋯."

고우키는 얼굴을 찡그렸다. 도무지 영문을 알 수 없었다.

그런 그를 보며 가가 형사가 빙긋이 웃었다.

"실은 거짓말이 아니었습니다. 미쓰이 씨가 고우키 씨의 애인이 일하는 가게에 드나들었다는 것은 틀림없는 사실이에요."

"하지만 아미는 그런 일이 절대 없다고 했는데."

"정확하게 말하면, 고우키 씨의 애인이 일하는 줄 알았던 가게라고 해야겠죠."

고개를 갸웃거리는 고우키에게 가가는 양복 안주머니에서 복사지 한 장을 꺼내 보여 주었다. 고덴마초 네거리 주변의 간략한 지도였다.

"뭐죠, 이게?"

"후지와라 씨는 고우키 씨와 애인을 목격한 후 아미 씨가 일하는 가게를 미쓰이 씨에게 알려 주었어요. 그때 이렇게 말했다는군요. 고덴마초 네거리에서 닌교초를 향해 걷다 보면 왼쪽 모퉁이에 산쿄 은행이 있는 네거리가 나온다, 거기에서 왼쪽으로 돌면 은행 바로 옆에 찻집이 있다, 고우키의 애인이 거기서 일하는 것 같다. 이 설명, 어떻게 생각해요?"

"별달리⋯⋯ 틀린 설명은 아닌데요."

고우키는 그 부근의 풍경을 떠올리면서 대답했다.

"물론 틀리지 않았죠. 그 시점에서는."

"무슨 뜻이죠?"

"후지와라 씨가 고우키 씨를 목격한 것은 3월 초였어요. 그로부터 약 이 주일 후 미쓰이 씨는 처음으로 고덴마초를 찾아 갔습니다. 그리고 후지와라 씨가 말한 대로 닌교초를 향해 걸었어요. 그런데 여기서 커다란 착오가 생겼던 겁니다. 후지와라 씨가 말한 산쿄 은행이 있는 곳은 호리도메초 네거리인데, 그 두 블록 전에 있는 고덴마초 네거리에도 같은 이름의 은행이 있거든요. 산쿄 다이도 은행, 알고 있겠지만 산쿄 은행과 다이도 은행이 합병되어 이름이 그렇게 바뀌었어요. 후지와라 씨가 고우키 씨를 본 직후에 말이죠. 무슨 소린지 알겠어요? 그 시점에서는 고덴마초 네거리에 있던 은행은 다이도 은행이었어요. 그런데 합병되는 바람에 미쓰이 씨가 찾아갔을 때는 산쿄 다이도 은행으로 바뀌어 있었던 겁니다. 그러니 착각할 수밖에 없었죠. 미쓰이 씨는 그 모퉁이에서 왼쪽으로 돌았고요."

"그래도 그 은행 옆에 찻집이 없으면……."

그러다 고우키는 가가 형사의 떨떠름해하는 얼굴을 보고서 아차 싶었다.

"설마!"

"그래요. 바로 그 설마입니다. 고덴마초 은행 옆에도 그 비슷한 가게가 있어요. 정확하게는 찻집이 아니라 케이크 가게지만, 안쪽에 차를 마실 수 있는 공간이 있으니 어머니가 착각했다 해도 이상할 건 없지 않을까요."

"그러니까 엄마가 그 가게에 드나들었다는 건가요?"

"제가 그 가게에 확인하러 갔었어요. 콰트로라는 가게예요. 여점원에게 미쓰이 씨의 사진을 보여 주었더니 틀림없이 여러 번 왔었다고 하더군요. 즉 미쓰이 씨는 그 점원이 고우키 씨의 애인이라고 믿었던 거죠."

고우키는 어이없다는 듯 고개를 저었다.

"대체 무슨 짓을 한 거야, 두 달 동안이나. 그 점원에게 물어봤으면 대번에 아닌 줄 알았을 텐데."

"그건 당분간 멀리서 지켜만 보겠다고 마음먹었기 때문이죠. 그 점원을 보고서, 동요를 일으켜서는 안 되겠다고 생각한 겁니다. 조금 더 안정되고 난 후 자신이 누군지를 밝히자고요."

"왜 그랬을까요?"

"그건 그 가게에 가 보면 알 수 있어요. 그 가게에 가서 그 점원을 만나 보면. 고덴마초로 이사 온 후로 미쓰이 씨는 틀림없이 하루하루가 즐거웠을 겁니다. 말없이 지켜보는 기쁨에 잠겨 있었는지도 몰라요."

가가 형사의 말이 무슨 뜻인지 고우키는 전혀 이해할 수 없었다. 그런 그에게 가가는 "가 보면 압니다."라는 말만 되풀이했다.


# 6


15분 정도 후면 가게 문을 닫을 시간인데 겐이치가 나타났다. 양복 차림이었다.

"근처에 있는 거래처에 왔다가 들렀어. 회사에 연락해 보니 퇴근해도 된다고 해서 같이 가려고."

"그래, 그럼 커피라도 마시면서 기다릴래?"

미유키의 말에 겐이치는 응, 하고 대답하고 테이블이 있는 안쪽으로 들어갔다.

안 그래도 미유키를 애지중지하는 겐이치가 요즘 들어 특히 더 자상해진 듯하다. 미유키의 몸을 염려해서일 것이다.

미유키는 자신의 배를 가만히 쓸어 보았다. 임신 6개월에 들어서니 눈에 띄게 배가 불러 온다.

그녀는 금고 옆에 놓아둔 휴대 전화로 눈을 돌렸다. 거기에는 조그만 강아지 장식이 달려 있다. 순산을 기원하는 부적이라고 한다. 하루가 멀다 하고 찾아오던 다정한 눈길의 여자 손님이 준 것이다.

"스이텐구에서 사 왔어요. 건강한 아이가 태어났으면 해서."

어느 날 그녀가 그렇게 말하며 건네주었다.

왜 그녀가 그토록 자신에게 다정하게 대해 주었는지는 지금도 알 수 없다. 그리고 앞으로도 영영 알 수 없을지 모른다. 왜냐하면 그녀는 이제 이 세상 사람이 아니니까. 어제 가게로 찾아온 형사가 그 사실을 알려 주었다.

형사가 사진 한 장을 꺼내 보이며 이 여성을 아느냐고 물었을 때 미유키는 깜짝 놀랐다. 사진 속에서 그 여자 손님이 웃고 있었기 때문이다. 안다고 말하자 형사는 웬일인지 몹시 슬픈 표정을 지었다. 그리고 그분과 어떤 대화를 나누었는지, 마지막으로 온 것이 언제인지, 등등을 물었다.

가슴이 술렁거려 미유키도 질문을 던졌다. 대체 무슨 일이죠, 그 여자 분의 신변에 무슨 일이 있나요?

형사가 잠시 주저하다가 대답해 주었다. 그 내용은 미유키의 불길한 예감과 일치했다. 그녀가, 그토록 다정한 눈길로 자신을 바라보던 그녀가 죽었다. 그것도 살해당했다고 한다.

이름도 모르는 분이었지만 미유키의 가슴에 깊은 슬픔이 차올랐다. 그녀의 눈에 맺힌 눈물이 잠시 후 뺨을 타고 흘러내렸다.

미유키는 형사가 묻는 대로 성의껏 대답했다. 별다른 얘기는 나눈 적은 없었지만, 그래도 열심히 기억을 되짚었다.

아마 또 오게 될 겁니다, 라고 말하고 형사는 돌아갔다. 그는 내내 연민에 찬 표정을 짓고 있었다. 그가 뭘 그리 안타까워하는지 미유키는 알 수 없었다.

잠시 생각에 잠겨 있는데 출입구 쪽에서 인기척이 느껴지더니 유리문이 열리고 젊은 남녀가 들어왔다. 둘 다 이십 대 전반으로 보였다.

어서 오세요. 미유키는 반사적으로 그렇게 인사했다.

어쩐지 두 사람의 표정이 굳어 있었다. 여자 쪽은 고개를 숙이고 있고, 남자는 똑바로 미유키를 보고 있었다.

미유키는 어리둥절했다. 둘 다 진열장 쪽은 눈길도 주지 않기 때문이었다.

그래도 미유키는 웃는 표정으로 두 사람을 바라보았다. 그 순간 그녀는 깜짝 놀랐다.

남자의 눈, 어디선가 본 기억이 있었다. 분명 처음 보는 얼굴인데 그 눈만은 틀림없이 어디선가 본 적이 있었다.

그녀는 계산대 쪽을 보았다. 휴대 전화에 달려 있는 강아지 상식을 바라본 후, 다시 남자에게 눈길을 돌렸다.

그분과 똑같은 눈이야, 미유키는 그렇게 생각했다.

6

번역가 친구

## 1

미쓰이 미네코가 한 손에 찻잔을 들고 웃고 있다. 티셔츠에 청바지. 캐주얼한 차림이다. 굵게 웨이브 진 머리는 뒤로 아무렇게나 묶었다.

"아, 다행이야."

다미코가 말했다.

"네가 죽은 줄 알았거든."

그러나 미네코는 대답이 없다. 그저 웃고만 있을 뿐.

벨이 울린다. 인터폰 소리였다. 다미코는 현관 쪽으로 고개를 돌렸다. 문이 열려 있다. 그 문으로 누군가가 나가고 있었다.

미네코다, 하고 생각했다. 조금 전까지 다미코 앞에 있던 미네코가 집 밖으로 나간 것이다. 쫓아가야 하는데……. 다미코는 초조했다. 그러나 몸이 말을 듣지 않는다. 일어서려고 해도 다리가 꼼짝하지 않는다.

다시 벨이 울렸다. 미네코를 구해야 한다. 저대로 가게 해서는 안 돼. 어서 붙들어야 해.

무언가가 다미코의 다리를 짓누르고 있었다. 그 무게 때문에 움직일 수 없는 것이다. 그녀는 자기 발치를 내려다보았다. 누군가 쓰러져 있다. 엎드려 있는 미네코였다. 그 목이 빙그르 돌기 시작했다. 얼굴이 보이려는 순간…….

몸을 심하게 뒤틀며 다미코는 정신을 차렸다. 그녀 앞에 컴퓨터가 있었다. 쓰다 만 문장이 화면에 떠 있는데 글자들이 깨어져 있어 뜻을 알 수 없다.

그녀는 자신이 책상에 엎드려 잠들었다는 것을 겨우 알아차렸다. 온몸이 식은땀에 젖어 있다. 심장이 빠르게 고동쳤다.

다시 벨이 울린다. 아무래도 이번 벨소리는 꿈이 아니라 현실인 듯하다. 다미코는 일어나 조금 휘청거리다 벽에 붙어 있는 인터폰으로 손을 뻗었다.

네, 하고 대답하자 곧 "니혼바시 경찰서에서 나왔습니다." 하는 남자의 목소리가 들렸다.

"죄송하지만, 잠시 뵐 수 있을까요."

경찰이 왔다는 것을 이해하기까지 2, 3초가 걸렸다. 그 사건의 관할 서가 니혼바시 경찰서라는 말을 들었던 기억이 났다.

"요시오카 씨, 요시오카 다미코 씨."

그녀가 아무 반응을 보이지 않자 상대가 이름을 불렀다.

"아, 네. 올라오세요."

자동문의 단추를 누른 후 인터폰을 제자리에 놓았다.

다미코는 컴퓨터 책상으로 돌아가 의자에 털퍼덕 앉았다. 책상 위에 놓인 머그컵에 밀크티가 3분의 1 정도 남아 있었다. 잠깐 졸기 전까지 밀크티를 마시고 있었던 것이 생각났다. 싸늘하게 식은 밀크티를 한 모금 마셨다. 그리고 한숨을 내쉰 후 조금 전에 꾼 꿈을 생각해 보았다. 미네코의 웃는 얼굴이 뇌리에 흐릿하게 남아 있다. 뭔가를 전하려 했던 것 같은데. 그저 내 생각일뿐일까. 영혼에 관한 얘기는 좋아하지만 그 존재 자체를 진심으로 믿는 것은 아니다.

다미코는 책상에 팔꿈치를 괴고 손으로 이마를 눌렀다. 무지근한 두통이 며칠이나 계속되고 있다. 잠을 잘 못 자는 탓이다. 그 사건 후로 침대에서 마음 편히 자 본 기억이 없다. 소파나 의자에 앉아 있다가 꾸벅꾸벅 조는 정도가 전부다. 잠자리에 들어 마음먹고 자려 하면 좋지 않은 기억이 잇달아 되살아나는 바람에 잠시도 눈을 붙일 수 없었다.

현관 벨이 울렸다. 니혼바시 서의 경찰이 올라온 모양이다. 다미코는 무거운 걸음으로 현관에 나가 도어스코프에 눈을 대고 바깥을 보았다.

남자 하나가 서 있었다. 티셔츠 위에 반소매 셔츠를 걸친 차림에 오른손에는 종이 백을 들고 있다. 경찰관 복장은 아니었지만 다미코는 의심하지 않았다. 본 적 있는 얼굴이었기 때문이다. 분명 형사는 맞는데 이름이 기억나지 않았다. 명함도 받았을 텐데 어디다 두었는지 모르겠다.

도어 록을 풀고 문을 열었다. 형사가 웃는 얼굴로 고개를 숙였다.

"바쁘실 텐데 죄송합니다."

다미코는 눈을 치켜뜨고 형사를 올려다보았다.

"대체 무슨 일이죠? 그 후로도 형사 몇 명이 찾아와서 할 얘기는 다 한 것 같은데."

그녀가 말하는 '그 후'란 일전에 이 형사를 만난 후라는 뜻이었다. 사건을 통보받은 후 맨 처음 그녀 앞에 나타났던 사람이 바로 지금 눈앞에 있는 형사다.

형사는 면목 없다는 듯 머리를 긁적였다.

"귀찮으신 심정은 잘 압니다. 하지만 수사에 진전이 있어 새로운 사실이 발견되면 그때마다 관계자에게 확인하지 않을 수 없습니다. 사건 해결을 위해서라 여기시고 아무쪼록 협조 부탁드립니다."

다미코는 한숨을 쉬었다.

"협조를 안 하겠다는 건 아니에요. 그래서, 또 뭐가 궁금한 거죠?"

그렇게 말하는 사이에 이 형사의 이름이 떠올랐다. 가가라고 했다. 말투가 온화해서 안심했던 기억이 난다.

"그게, 여러 가지라서 이렇게 선 채로 말씀드리기에는 좀⋯⋯. 아, 맞다. 이거, 맛있다고 평판이 자자하기에 한번에 사 봤습니다."

가가 형사가 들고 있던 종이 백을 내밀었다. 양과자인 듯했다.

"제게 주시는 건가요?"

"네. 아몬드 푸딩에 패션 프루트젤리를 얹었다던가? 아무튼 그런 겁니다. 아, 혹시 단것을 싫어하시는 건 아닌지."

"그렇지는 않아요."

"그럼 한번 드셔 보세요. 냉장고에 넣어 두면 며칠은 간다고 합니다."

"그렇군요. 그럼 감사히 받을게요."

다미코는 종이 백을 받아 들었다. 드라이아이스가 들어 있는지 상자의 차가운 기운이 전해졌다.

이거라면 먹을 수 있을지도 모르겠네, 그녀는 그렇게 생각했다. 사건 후로는 제대로 식사를 한 적이 없다. 식욕이 전혀 없기 때문이었다.

"길 건너에 찻집이 하나 있죠?"

가가가 말했다.

"거기서 기다리고 있을 테니 와 주시겠습니까? 그리 오래 걸리지는 않을 겁니다."

그러자 다미코는 고개를 저으며 문을 활짝 열어젖혔다.

"얘기만 하는 거라면 여기서도 괜찮아요."

"하지만……"

"옷 갈아입기가 귀찮아요. 밖에 나가려면 화장도 해야 하고."

그녀는 타월지로 된 실내복을 입고 있었다. 집에서 일하기 때문에 평소에는 대개 그런 차림이다.

"남자와 단둘이 있는 걸 꺼릴 나이는 아니에요. 들어오세요. 좀 지저분하지만."

가가는 잠시 주저하는 듯했지만 곧 "그럼 실례하겠습니다." 라며 안으로 들어섰다.

다미코의 집은 방 하나에 거실이 딸린 구조다. 거실 안쪽에 컴퓨터 책상이 놓여 있고, 그 바로 앞에 소파와 테이블이 있다. 식탁은 없고, 미닫이문 너머에 세 평 남짓한 침실이 있다. 그쪽은 타인에게는 보일 수 없다.

가가를 소파에 앉으라고 한 후 다미코는 냉장고에서 시원한 보리차를 꺼내 잔에 따라 가져왔다. 고맙습니다. 가가는 고개를 숙였다.

"조금 안정을 찾으셨습니까?"

보리차를 한 모금 마시고서 가가 형사가 물었다. 그의 시선이 다미코와 컴퓨터 사이를 오갔다.

"아직도 실감이 안 나요. 꿈이 아닐까 하는 생각이 들기도 하고요. 그래도 현실은 현실이죠. 그걸 확인하고는 다시 낙망하고. 어떻게든 받아들여야 한다고 생각은 하지만……. 만날 그러고 있어요."

다미코가 희미하게 웃었다. 자신의 나약함을 비웃고 있는 것이다.

"어제 미쓰이 씨의 장례식이 있었는데, 참석하셨습니까?"

가가의 물음에 다미코는 고개를 살짝 끄덕였다.

"향을 피우고 명복을 빌기는 했어요. 하지만 사실은 가고 싶지 않았죠. 유족을 뵐 낯도 없고, 무엇보다 미네코에게 뭐라 사죄하면 좋을지 몰라서. 결국 영정을 마주 보지 못하고 돌아왔어요."

가가가 미간에 주름을 잡았다.

"다미코 씨가 그렇게 생각하실 필요는 없습니다. 전에도 말씀드렸지만 다미코 씨 탓이 아니에요. 나쁜 건 범인이죠. 미쓰이 미네코 씨를 살해한 인간 말입니다."

"하지만……."

다미코가 고개를 푹 숙였다. 또 무언가가 치밀어 오르는 기미를 느꼈기 때문이다.

"집요하다고 여기시겠지만 다시 한 번 확인하겠습니다."

가가 형사가 본론을 꺼냈다.

"애초의 약속으로는 다미코 씨가 미쓰이 씨의 집으로 찾아가기로 한 게 7시였습니다. 그걸 8시로 바꾸자고 다미코 씨가 전화한 시간이 6시 반경, 틀림없습니까?"

다미코는 숨을 깊고 길게 내쉬었다. 형사란 정말 집요한 족속이라고 생각했다. 이 얘기를 지금까지 몇 번이나 되풀이했는지 모른다.

"네, 틀림없어요. 7시에 사람을 만날 일이 생겨서, 그래서 시간을 늦췄어요."

그러자 가가가 수첩을 펼쳤다.

"그 만날 사람이 일본계 영국인인 다치바나 고우지 씨, 만난 곳은 긴자의 코르테시아라는 보석 가게였고 7시 반에는 헤어졌다고 하셨죠. 그 후에 다미코 씨는 곧바로 미쓰이 씨의 아파트로 갔고 그녀의 시신을 발견했다. 이 가운데 수정할 사항은 없습니까?"

"없어요. 말씀하신 그대로입니다."

경찰이 다미코의 진술 내용을 확인하는 수사를 진행하고 있다는 것은 그녀도 알고 있었다. 경시청에서 수사관이 나왔었다는 말을 고우지에게 들었기 때문이다.

"당신과 무슨 얘기를 나눴는지는 말 안 했어. 그들은 듣고 싶어 하는 눈치였지만."

수화기 저편에서 고우지는 재미있다는 듯 말했다. 그러나 다미코가 아무 반응을 보이지 않자 "아, 미안. 이런 얘기를 들떠서 할 때가 아닌데." 하고 유창한 일본말로 사과했다. 그는 원래는 일본인이지만 아버지의 일 때문에 런던으로 건너갔다가 영국 국적을 취득한 사람이다.

"그날, 다미코 씨와 미쓰이 씨가 만난다는 사실을 누가 알고 있었죠?"

가가 형사가 물었다.

"다치바나 씨에게는 말했어요. 그 외에는 얘기하지 않았습니다."

가가는 고개를 끄덕인 후 실내를 휘둘러보았다. 그 시선이 멈춘 곳은 컴퓨터 책상 위였다.

"저 휴대 전화, 다미코 씨 거 맞죠?"

"네."

"좀 봐도 될까요?"

"그러세요."

다미코는 컴퓨터 책상 위에 놓여 있는 휴대 전화를 집어 여기요, 하며 가가에게 내밀었다. 가가는 "그럼, 잠시만."이라며 그것을 받아 들었다. 그는 어느 틈엔가 하얀 장갑을 끼고 있었다.

휴대 전화는 빨간색이었다. 2년 정도 된 기종이라서 슬슬 바꿀 때가 됐다고 여기던 참이었다. 벚꽃 모양의 줄은 작년에 달아 놓은 것이다.

감사합니다, 라며 가가 형사가 휴대 전화를 다미코에게 돌려주었다.

"저, 이 전화기가 무슨."

"엉뚱한 질문입니다만, 미쓰이 씨 주변에 요즘 들어 휴대 전화를 잃어버린 사람 혹시 없습니까? 여자든 남자든 상관없습니다만."

"휴대 전화를요? 아니요. 그런 얘기는 못 들었는데요."

"그렇습니까."

그리고 가가는 생각에 잠긴 표정을 지었다.

"그게 왜요? 휴대 전화를 잃어버린 사람이 있으면 무슨 문제가 되나요?"

그러나 가가는 아무런 대답도 하지 않고 여전히 생각에 빠져 있었다. 수사상의 비밀이라서 일반인에게는 말할 수 없는 건지도 모르겠다고 다미코는 생각했다. 그런데 다음 순간 가가가 입을 열었다.

"누군가 공중전화에서 전화를 걸었어요."

"네?"

"누가 공중전화로 미쓰이 미네코 씨의 휴대 전화에 전화를 걸었어요. 저녁 6시 45분경의 일이니까 범행 직전인 셈이죠. 건 사람이 누구인지 처음에는 전혀 실마리가 잡히지 않았는데, 미쓰이 씨와 비교적 가까운 사람이라는 것이 최근에 밝혀졌습니다. 당시 우연히 미쓰이 씨가 나누는 대화를 들은 사람이 있는데, 존댓말을 쓰지 않았다는 거예요. 대화 내용으로 봐서 상대는 휴대 전화를 깜박 잊고 나왔거나 잃어버린 것 같다고 했어요."

가가는 거기까지 단숨에 말하고 나서 다미코의 얼굴을 빤히 바라보았다.

"대체 누구일까요, 짚이는 사람 혹시 없습니까?"

생각지도 못한 질문에 다미코는 약간 당황했다.

"없는데요. 만일 안다면 어떻게 되는데요?"

그러자 가가는 천천히 몸을 앞으로 내밀었다.

"저는 그 전화의 주인공이 범인일 가능성이 높다고 봅니다."

"왜죠?"

"정황으로 봐서 미쓰이 미네코 씨 스스로 범인을 아파트에 불러들였다는 건 확실합니다. 그래도 범인이 사전에 아무런 연락도 없이 불쑥 찾아가지는 않았겠죠. 미쓰이 씨는 다미코 씨와 7시에 만날 약속을 했으니 그 약속이 바뀌지 않았더라면 아마도 오늘 밤 선약이 있다며 범인의 방문을 거절했을 겁니다. 그런데 그러지 않았고, 결과적으로 범인을 집으로 오게 했어요. 다미코 씨로부터 약속 시간을 한 시간 늦추자는 연락을 받았기 때문이겠죠."

거침없는 말투로 거기까지 얘기한 후 다미코를 본 가가는 당황한 듯 손을 가로저었다.

"오해하지 마십시오. 다미코 씨의 행위를 질책하는 게 아닙니다."

"네, 알아요. 만나기로 한 시간을 변경한 게 사건과 깊은 관련이 있다는 건 이미 알고 있어요."

말은 그렇게 하면서도 다미코는 자신의 뺨이 굳어지는 것을 느꼈다.

"계속하세요."

그러자 가가는 헛기침을 한 번 하고 나서 얘기를 이어 갔다.

"그러니까 범인이 미쓰이 씨에게 연락한 것은 다미코 씨가 전화한 후라는 얘기가 됩니다. 그리고 휴대 전화에 남은 착신 번호가 다미코 씨의 것 이후로는 공중전화에서 걸려 온 것밖에 없었습니다."

'그런 얘기였군.'

다미코는 그제야 납득했다.

"무슨 말씀인지 잘 알겠어요. 하지만 아무리 생각해도 짐작 가는 사람이 없어요."

"잘 생각해 보십시오. 미쓰이 미네코 씨와 아주 밀접한 관계가 있는 인물일 겁니다. 다미코 씨도 한두 번은 미쓰이 씨에게 그 사람 얘기를 들은 적이 있을 거예요."

다미코는 확신에 차서 말하는 가가의 얼굴을 의아한 듯 바라보았다.

"어떻게 그렇게 단언하는 거죠? 별로 친하지 않더라도 상대에 따라서는 존댓말을 쓰지 않는 경우도 있잖아요. 저도 그렇고."

"통화에서 사용한 말투만을 근거로 그러는 게 아닙니다. 방금도 말씀드렸지만, 공중전화에서 전화가 걸려 온 시각은 저녁 6시 45분경입니다. 전화를 건 사람이 미쓰이 씨에게 지금 집으로 찾아가고 싶다고 했다고 치죠. 미쓰이 씨는 8시에 다미코 씨를 만나기로 약속했으니까 일반적인 경우라면 시간이 별로 없다며 거절했을 겁니다. 그런데 그러지 않았어요. 왜일까요?"

"글쎄요……"

다미코가 고개를 갸우뚱했다.

"가능성은 하나뿐입니다. 전화를 건 인물이 그 시점에 미쓰이 씨 집 근처에 있었다는 거죠. 자, 여기까지 말씀을 드렸으니 제가 무슨 말을 하고 싶은지, 다미코 씨라면 아시겠죠?"

갑작스러운 질문에 다미코는 당황했지만 가가 형사가 하려는 말이 무엇인지 이내 알아챘다.

"전화를 건 사람이 미네코의 집을 알고 있었다는 거로군요."

"그렇습니다."

가가는 만족스러운 듯이 고개를 끄덕였다.

"미쓰이 씨가 어디로 이사했는지는 전남편은 물론 아드님도 모릅니다. 다미코 씨도 미쓰이 씨가 고덴마초를 선택한 이유는 모른다고 하셨죠?"

"네, 영감을 받았다고만 했어요."

"즉 미쓰이 씨에게는 아무런 연고도 없는 곳이라는 거죠. 그런 곳에 범인이 우연히 있었다고는 생각되지 않습니다. 원래부터 아는 사이였다고 보는 것이 타당하겠죠. 사는 곳을 아는 데다 불쑥 찾아갈 수 있는 사이, 그렇다면 상당히 친밀한 관계라고 해도 무방하지 않을까요."

형사의 말에 충분히 일리가 있었다. 나름 수사에 진전이 있구나 하고 느꼈다.

"무슨 말씀인지 잘 알겠어요. 가가 씨가 저를 다시 찾아온 것도 당연하다고 생각해요. 하지만 지금 당장은 아무것도 생각나지 않아요. 시간을 좀 주실 수 있으세요?"

"물론이죠. 천천히 생각하셔도 괜찮습니다. 전에 제가 드린 명함 갖고 계신가요?"

다미코가 우물쭈물하자 그는 얼른 명함을 꺼내어 테이블 위에 놓았다.

"뭐든 생각나는 게 있으면 연락 주십시오."

가가는 그렇게 말하고 일어섰다. 다미코는 그를 현관까지 배웅했다. 밖으로 나서던 가가는 문손잡이를 잡은 채 뒤돌아보며 이렇게 말했다.

"아까도 말씀드렸지만, 자기 자신을 질책하실 필요는 없습니다. 오히려 다미코 씨 덕분에 사건이 빨리 발견되었고 범행의 개요도 확실해졌으니까요."

단순히 위로하기 위해서 하는 말이 아니라는 것은 다미코도 알고 있었다. 하지만 그녀로서는 그 말에 순순히 수긍할 수만은 없었다. 다미코는 형사의 눈길을 피해 고개를 살짝 옆으로 돌렸다.

"실례가 많았습니다."

그리고 가가는 문을 나섰다.


2


다미코에게 미쓰이 미네코는 몇 안 되는 대학 때부터의 친구였다. 예전에는 친구가 훨씬 많았지만 결혼이나 출산같이 인생의 대사가 있을 때마다 서로 사이가 조금씩 소원해졌다. 어쩌면 그녀들끼리는 교류가 있는데 독신인 다미코에게만 연락하지 않는 것인지도 몰랐다.

미네코는 일찌감치 결혼한 친구였다. 그것도 이미 임신한 상태로. 그녀가 육아에 시달리던 시기에는 다미코와도 연락이 거의 끊어졌었다. 그런데 젊어서 아이를 낳은 덕분에 육아에서 해방되는 것도 빨랐다. 외아들이 초등학교 고학년이 되었을 즈음부터 미네코는 다미코에게 곧잘 전화를 걸었다. 전화의 내용은 대개 푸념이었다. 매일매일이 따분하고 즐거움을 느낄 수 없다는 것이다. 사치스러운 고민이라고 핀잔을 주면 "너는 내 기분을 몰라."라며 정말로 화를 내기도 했다. 사는 보람이 없다며 전화에 대고 운 적도 있다. 아무래도 남편이 가정에 충실하지 않고, 부부 사이의 애정도 다 식어 버린 듯했다.

미네코는 다미코가 일하고 있다는 것, 그것도 번역 일을 한다는 것을 무척 부러워했다. 그 점은 다미코도 이해할 수 있었다. 미네코가 학생 때부터 외국의 민화나 동화를 번역하는 일을 하고 싶어 했기 때문이다.

하면 되잖아, 라고 말한 적도 있다. 의지만 있으면 집안일을 하는 틈틈이라도 할 수 있는 일이기 때문이었다.

하지만 미네코는 그렇게 간단한 일이 아니니까 고민하는 거라고 했다. 그녀의 남편은 아내가 일하는 것을 몹시 싫어해서 심지어 집에서 하는 부업조차 허락하지 않을 정도라고 했다.

부부간의 문제라면 다미코도 어떻게 할 수 없었다. 기껏해야 미네코의 푸념을 들어 주는 정도가 다였다.

그런데 최근 들어 사정이 달라졌다. 미네코가 이혼을 고려하기 시작한 것이다. 외아들이 집을 나간 것이 계기인 듯했다. 하지만 문제가 하나 있었다. 이혼 후 먹고사는 문제를 어떻게 해결하느냐 하는 것이었다.

그럼 내 일 좀 도와줄래? 아주 가벼운 기분으로 다미코는 그렇게 말했다. 그녀에게는 늘 여러 개의 일거리가 쌓여 있었는데, 자신의 속내를 잘 아는 조수가 최근에 그만두어 어떻게든 그 자리를 메워야겠다고 생각하던 참이었다. 미네코는 자신 없어 했지만, 시험 삼아 몇 가지 일을 맡겨 보았더니 꽤 만족할 만한 수준으로 완성해 왔다. 그리고 하는 말이 나름대로 공부를 계속해 왔다는 것이다.

생활을 유지할 수 있게 되자 결심이 선 듯, 얼마 후 미네코는 남편에게 이혼 얘기를 꺼냈다. 그러자 놀랍게도 남편인 기요세 나오히로가 두말 않고 승낙했다고 한다. 다만 위자료는 그의 자산 규모에 비해 아주 적었던 것 같다. 다미코가 "좀 더 받아 내지 그랬어."라고 말하면 "괜찮아, 돈보다 자유를 얻은 게 더 커."라며 미네코는 웃곤 했다.

그녀가 홀로 살아가기 시작했을 무렵 다미코는 자기 일거리의 상당 부분을 미네코에게 나누어 주기로 했다. 홀로 서는 데는 얼마간 시간이 걸릴 테니 그때까지는 뒤를 봐줄 생각이었다. 다미코로서도 오랜 친구와 함께 일을 한다는 게 기뻤다.

미네코는 이혼 직후에는 가마타에 있는 지인의 아파트에서 살다가 두 달 전쯤 니혼바시의 고덴마초로 이사했다. 그 이유에 대해서는 지금도 잘 모른다. 그녀는 영감이 있어서라고 했지만, 틀림없이 뭔가 사정이 있을 거라고 다미코는 짐작했다. 그것도 절대 나쁜 일은 아닐 것이라고. 그 얘기를 할 때면 미네코가 늘 행복한 표정을 지었기 때문이다. 필시 그 동네에 그녀를 설레게 하는 무언가가 있을 거야, 언젠가는 얘기해 주겠지, 그렇게 생각하며 다미코는 굳이 묻지 않았다.

모든 것이 순조로워 보였는데, 뜻하지 않은 방향에서 둘 사이의 우정을 뒤흔드는 사건이 발생했다. 그것은 미네코가 아니라 다미코 쪽에 일어난 일이었다.

다치바나 고우지와는 1년 전쯤 알게 되었다. 출판 관계자들과 치도리가후치로 밤 벚꽃을 보러 갔는데 편집자 하나가 그를 데리고 온 것이다. 다미코보다 세 살 아래인 그는 영상 제작자로, 한 기업과 계약을 맺고 2년 전부터 일본에 와 있었다.

알게 되자마자 두 사람은 교제를 시작했다. 그리고 데이트를 거듭하는 동안 서로의 마음을 확인했다. 그러나 결혼이나 동거 얘기가 나온 적은 한 번도 없었다. 각자 자신의 위치에서 일에 몰두하다가 정신적인 휴식이 필요할 때만 같이 지내는 생활을 둘 다 마음에 들어 했다.

그런데 최근에 고우지가 예기치 않은 말을 꺼냈다. 일의 거

점을 런던으로 옮기고 싶으니 함께 가 달라는 것이었다.

갑작스러운 프러포즈에 다미코는 몹시 당황하고 혼란스러웠다. 하지만 갖가지 감정이 교차한 후 남은 것은 역시 환희와 행복감이었다.

돌봐야 할 가족이 있는 것도 아니요, 장기 계약한 일이 있는 것도 아니었다. 당장이라도 고우지와 함께 떠날 수 있었다. 다만 한 가지 마음에 걸리는 것이 있다면 그것은 미네코였다. 번역가로서 홀로 설 수 있을 때까지 뒤를 보살펴 주겠다는 다미코의 말을 믿고 새 인생의 첫걸음을 내디딘 그녀였다. 그런데 지금에 와서 나 몰라라 하자니 양심의 가책을 느끼지 않을 수 없었다.

하지만 그렇다고 고우지의 제의를 거절하고 싶은 마음도 없었다. 그는 이제 다미코의 인생에 없어서는 안 될 존재였다.

고민에 고민을 거듭하던 끝에 다미코는 미네코에게 상황을 설명하기로 했다. 그녀라면 이해해 줄 것 같아서였다.

그러나 안이한 생각이었다. 얘기를 듣던 미네코의 표정이 순식간에 굳어졌다.

"네가 도와주겠다고 해서 이혼을 결심한 건데……."

미네코는 원망스럽다는 듯 그렇게 말했다.

다미코는 미네코가 그러는 것도 무리는 아니라고 생각했다. 자신이 그런 일을 당했더라도 불만을 품었을 것이다. 아니, 불만보다는 불안이 적절한 표현일지도 모르겠다.

어색한 대화를 나누다 그날은 그렇게 헤어졌다. 그것이 3주 전쯤의 일이다. 그리고 다시 만나려고 한 것이 바로 그날, 6월 10일이었다.

저녁 7시에 미네코의 집으로 찾아가겠다고 한 약속을 변경한 것은 고우지에게서 급히 만나자는 연락이 왔기 때문이었다. 그는 긴자에서 기다리겠다고 했다.

다미코가 긴자로 나가자 고우지는 그녀를 보석 가게로 데리고 갔다. 안쪽에 있는 자리로 안내된 그녀 앞에 놓인 것은 눈부시게 빛나는 다이아몬드 반지였다.

당신 마음에 들면 사인하겠노라고 고우지는 말했다.

다미코는 나잇값도 못하고 그만 눈물을 글썽이고 말았다. 보는 사람이 없었다면 그의 목을 끌어안았을 것이다.

가게에서 나온 다미코는 반지를 고우지에게 맡긴 뒤 택시를 타고 고덴마초로 향했다. 미네코의 아파트에 가는 것은 그때가 두 번째였다. 미네코에게 반지 얘기는 하지 말아야지, 그녀는 택시 안에서 그렇게 생각했다.

아파트 앞에 도착한 시각이 8시 4, 5분 전이었다. 엘리베이터를 타고 4층으로 올라가 현관 벨을 눌렀다. 그런데 아무 반응이 없었다. 다시 한 번 벨을 눌러 보았지만 마찬가지였다. 이상하다 싶어 손잡이를 비틀어 당겨 보았다. 문이 잠겨 있지 않았다.

집 안으로 들어서는 순간, 바닥에 쓰러져 있는 미네코의 모습이 눈에 날아들었다. 가장 먼저 떠오른 것은 뇌졸중이라는 단어였다. 다미코의 할아버지가 그 때문에 욕실에서 쓰러진 적이 있었기 때문이었다.

그런데 안색을 살피려고 들여다본 순간, 다미코는 목에 선명하게 나 있는 띠 모양의 흔적을 발견했다. 그리고 다음 순간 미네코의 눈꺼풀이 열려 있다는 것을 알았다.

부들부들 떨리는 손으로 휴대 전화 버튼을 눌러 경찰에 신고했다. 무슨 말을 어떻게 했는지는 전혀 기억나지 않는다. 전화를 끊은 후 그녀는 집 밖으로 나와 복도에서 경찰이 오기를 기다렸다. 아마 경찰이 그렇게 하라고 지시했을 것이다.

잠시 후 경찰이 오더니 다미코에게 경찰차에 타라고 했다. 어디론가 데려가려는 것인 줄 알았는데 그게 아니었다. 형사하나가 함께 타더니 이것저것 물어 왔다. 처음에는 아무 대답도 할 수 없었지만 형사가 참을성 있게 기다려 준 덕분에 조금씩 마음이 진정되었다. 그때 그 형사가 가가였다.

그런데 얄궂게도, 침착함을 되찾아 감에 따라 자신이 어처구니없이 큰 잘못을 저질렀다는 느낌도 확고해졌다. 만일 자신이 약속 시간을 미루지 않았더라면 미네코가 누군가에게 살해되는 일도 없었을 것이다.

불과 몇십 분 전의 일이 머릿속에 되살아났다. 다미코는 고우지가 데리고 간 보석 가게에서 반지를 선물 받고 뛸 듯이 기뻐했다. 행복감에 들떠서 다른 사람 생각은 할 겨를이 없었다. 그런데 그 시간에 미네코는 살인자의 손에 목을 졸리며 지옥 같은 고통을 맛봐야 했다.

다미코의 가슴속에 슬픔과 후회와 자책의 감정이 빠르게 밀려 올라왔다. 그리고 그것은 점차 다미코가 도저히 감당할 수 없는 크기로 부풀었다. 그녀는 가가 형사가 아연한 표정으로 바라보는 가운데 입을 열어 그것을 토해 내기 시작했다.

"내 잘못이에요. 내가 약속 시간을 미루지만 않았어도. 내가, 내가…… 내 생각만 하고. 내 멋대로 하지만 않았어도. 내, 내가, 내가 미네코를, 미네코를…… 내가 그녀를 죽인 거예요. 다 내 잘못이에요."

3

밤에 고우지에게서 전화가 왔다. 밥이라도 먹으러 가지 않겠냐는 것이었다.

"미안해. 아직 밖에 나가고 싶지 않아."

"그럼 내가 그쪽으로 갈게. 먹을 것 좀 사서. 뭐 사 갈까?"

다미코는 전화기를 귀에 댄 채 고개를 저었다.

"오늘 밤엔 오지 마. 화장도 안 했고, 집 안도 어지럽고."

"그런 건 신경 안 써도 돼. 그보다 난 당신이 걱정이야. 제대로 먹기는 하는 거야?"

"먹고 있으니까 걱정 마. 혼자 있고 싶어서 그래."

다미코의 말투가 다소 격했는지 고우지는 아무 말이 없었다.

"아, 미안해요."

그녀가 사과했다.

"나도 당신을 만나고 싶어. 만나서 기대고 싶어. 당신과 있으면 나쁜 일을 잊을 수 있을지도 모르지."

"그러니까……."

"하지만 그러면 안 될 것 같아. 미네코는 엄청난 고통에 빠져 있었는데 어떻게 나만 당신에게 도망갈 수 있겠어. 당신과 함께 있다는 행복감에 젖어 잠시나마 미네코를 잊으려 한다는 건 정말 비겁한 짓이야."

고우지는 또다시 아무 말이 없었다. 아마도 그녀의 기분을 이해하려고 애쓰고 있을 것이다.

다미코의 말은 진심이었지만 사실 그게 만나지 않으려는 이유의 전부는 아니었다. 그녀의 마음속에는 그날 고우지와 만나지 않았더라면 미네코가 살해되는 일도 없었을 거라는 생각이 있었다. 그런 생각을 품은 채 그를 만나면 전과 똑같이 그를 대할 수 없을 것 같았다. 그와의 즐거웠던 추억마저 괴로움으로 변할 것만 같았다.

그러나 그런 고민을 그에게 털어놓을 수는 없었다. 그런 말을 듣게 되면 이번에는 그가 자기 자신을 책망할 게 틀림없었다. 왜냐하면 그날 미네코와의 약속을 바꾸게 만든 사람이 바로 그였기 때문이다.

"내가 해 줄 수 있는 일이 없을까?"

"고마워. 그 마음만으로도 충분해."

수화기 저편에서 고우지가 깊이 한숨 쉬는 소리가 들렸다.

"정말이지 범인이 미워. 이루 말할 수 없이. 당신 친구를 죽인 것도 물론 큰 죄지만, 당신에게 그렇게 깊은 상처를 입혔다는 사실을 용서할 수 없어. 죽이고 싶을 정도야."

그러자 다미코는 전화기를 들지 않은 손으로 자신의 관자놀이를 꾹 누르며 말했다.

"부탁이야. 죽인다는 말, 지금은 쓰지 마."

"아, 미안……."

"내 괴로움 따위는 아무래도 상관없어. 그보다 어쩌다 그런 일이 일어났는지 알고 싶어. 얼마나 좋은 사람이었는데……. 경찰이 이것저것 묻는데도 뭐 하나 제대로 대답하지 못한 나 자신이 한심해."

"그런 일로 자신을 책망할 필요는 없어. 대답하지 못하는 게 당연해."

"하지만 우린 친구였잖아."

"나도 친구가 있지만 친구의 모든 걸 다 아는 건 아니야. 그런 거라고."

고우지의 말에 이번에는 다미코가 입을 다물었다. 그가 무슨 말을 하는지는 알겠지만 그런 식으로 단정 지어 버리는 것이 서운했다.

"실은 오늘 또 형사가 왔다 갔어."

고우지가 말했다.

"전에 왔던 형사와는 다른 남자였어. 가가라고 하던데."

"그 형사라면 나도 알아."

"좀 별난 사람이더군. 선물을 들고 왔는데, 계란말이였어."

"계란말이?"

"그래, 닌교초의 명물이라면서. 그걸 들고 와서는 평소 식사를 포크와 나이프로 하냐고 묻는 거야, 내 참. 그래서 그렇게 말해 줬지. 보통의 일본 사람들보다 젓가락질을 더 잘할 거라고."

"그리고, 사건에 대해서는 뭘 물었어?"

"미네코 씨를 만난 적이 있느냐고 묻기에 셋이서 식사한 적이 두 번쯤 있다고 대답했어. 그랬더니 그때 무슨 얘기를 했는지 기억하냐고 하더라고. 자세히는 기억나지 않지만 다미

코와 내가 어떻게 만났다는 둥, 아마 그런 얘기를 나눴을 거
라고 했어. 그랬더니만 그 얘기를 자기에게도 들려줄 수 있겠
느냐고 하잖아."

"우리가 만난 얘기를? 왜 그런 걸 물을까……."

"모르겠어. 나도 그걸 물었더니 우물쩍 넘어가더라고. 아무
튼 묘한 사람이야. 그러고 나서 또 휴대 전화는 있느냐고 묻
더군. 물론 있다니까 보여 달라고 했어."

그 말을 들은 다미코는 움찔했다. 낮에 가가에게 들은 얘기
가 떠올랐다.

"그래서, 보여 줬어?"

"보여 줬지. 그랬더니 그 휴대 전화는 언제부터 사용한 것
이냐고 묻더군. 왜 그런 걸 물을까?"

글쎄, 라고 대답은 했지만 다미코는 가가의 속셈을 알고 있
었다. 그는 공중전화에서 미네코에게 전화를 건 사람이 범인
이 아닐까 의심하고 있다. 그래서 고우지가 휴대 전화를 잃어
버리지 않았는지 확인하고 싶었던 것이다. 즉, 가가는 그를
의심하고 있는 것이다.

말도 안 돼. 다미코는 그렇게 생각했다. 미네코의 시신을 발
견하기 직전까지 고우지는 다미코와 함께 있었다. 따라서 그
에게는 완벽한 알리바이가 있다. 그 정도는 조금만 조사해 봐
도 알 수 있는 일이다.

그게 아니라면.

가가 형사가 다미코까지 의심하고 있다는 뜻인가. 또는, 고우지가 그녀보다 한발 앞서 미네코의 집으로 가서 범행을 저질렀다고 생각하는 것인가.

물론 런던에 가는 일로 미네코와의 사이가 어색해졌다는 말을 가가에게 하기는 했다. 하지만 일반적으로는 그런 일이 살인의 동기가 되었다고 여기지 않을 것이다. 아니면 또 다른 동기가 있지는 않은지 의심하는 것일까.

가가라는 형사는 첫인상이 나쁘지 않았다. 배려할 줄 아는 사람으로 믿어도 될 것 같았다. 그렇기 때문에 초면임에도 모든 걸 다 털어놓았던 것이다. 하지만 상대편에서도 마음을 열었으리라는 보장은 없다. 친절하게 얘기를 들어 주는 척하면서 한편으로는 다미코의 눈물이 진짜인지 주도면밀하게 관찰하고 있었는지도 모른다.

"여보세요, 다미코. 듣고 있는 거야?"

"아, 응. 듣고 있어. 그 외에는 또 없었어?"

"질문은 그게 다였어. 획 나타났다가 또 획 가 버린걸. 어쩐지 기분이 좋질 않아."

"신경 쓸 필요 없어. 그냥 확인하려고 그랬을 거야."

"나도 그렇게 생각은 하지만."

고우지가 가벼운 말투로 말했다.

"미안하지만, 그만 쉬고 싶어. 좀 피곤해서."

"아, 그래? 미안. 통화가 길어졌네. 그럼 편히 쉬어."

"고마워. 당신도 잘 자."

잘 자라는 고우지의 대답을 듣고 전화를 끊은 다미코는 그대로 쓰러지듯 침대에 누웠다.

앞으로 나는 어떻게 되는 걸까. 이 슬픔도 언젠가는 엷어져 전처럼 고우지와 즐겁게 지낼 날이 올까. 가령 그런 날이 온다 해도 미네코에 대해서는 어떻게 정리해야 할까. 죽은 친구가 자신을 어떻게 생각했을지 고민해 봐야 소용없는 일이라고 결론지어야 할까. 아니면, 그런 건 의식하지 않아도 자연스럽게 잊을 수 있는 것일까.

다미코는 눈을 감았다. 가능하면 이대로 잠들고 싶은데 잠이 올 기미는 전혀 없었다. 머리가 무거웠다.

"그렇게 하기로 이미 결정한 거야?"

불현듯 미네코의 목소리가 되살아났다. 미간을 찡그린 그녀의 얼굴도 떠올랐다. 그녀가 그런 표정을 보이는 일은 흔치 않았다.

고우지와 함께 런던으로 떠날 거라고 다미코가 말했을 때의 일이었다.

"응⋯⋯, 그러고 싶어."

다미코는 조심스럽게 대답했다.

"그럼 일은, 번역 일은 어떻게 할 건데?"

"그건…… 지금 맡은 일은 다 처리하고, 그 후에는 아마 안할 거야. 런던으로 가 버리고 나면 의뢰도 안 들어올 테고."

미네코의 눈빛이 당혹스러운 듯이 흔들렸다. 그 눈빛을 보고서 다미코는 얼른 이렇게 덧붙였다.

"물론 너에 대해서는 생각하고 있어. 번역 회사를 소개해 줄 수도 있고, 출판사에도 도와줄 만한 사람이 있어. 그러니까 걱정 마."

그러나 미네코는 얼굴을 돌렸다.

"난 네가 도와준대서 이혼을 결심했는데."

그 말에 다미코는 뭐라 대답할 말이 없었다. 그저 미안하다고 사과할 수밖에 없었다.

"나도 이렇게 될 줄은 정말 몰랐어."

그러자 미네코는 이마를 손으로 짚고 혼잣말하듯 중얼거렸다.

"큰일 났네. 이럴 줄 알았으면 돈을 더 받는 거였는데."

아무래도 재산 분할에 관해 말하는 것 같았다.

"괜찮아. 미네코 너 정도면 일은 얼마든지 있을 거야. 혼자 살아갈 정도의 돈은 금방 벌 수 있어."

다미코의 말에 미네코는 싸늘한 눈초리로 그녀를 바라보았다.

"무책임한 소리 하지 마. 그렇게 간단한 문제가 아니잖아."

"미네코, 나는 진심으로 하는 말이야."

"됐어. 너를 비난할 마음은 없어. 좋아하는 사람에게 프러포즈를 받았는데 친구와의 약속 따위가 뭐가 중요하겠어. 그런 거지, 뭐."

"그런 거 아니야. 정말 미안하게 생각한다고. 그것만은 알아줘."

"미안하게 생각한다면,"

그렇게 말해 놓고 미네코는 고개를 저었다.

"그만 하자. 다른 사람에게 의지한 내가 잘못이지. 자신의 일은 자신이 해결해야지."

"미네코……."

미네코는 자기 몫의 음료수 값을 테이블 위에 놓고 자리에서 일어났다. 그러고는 다미코 쪽을 한 번도 돌아보지 않은 채 카페에서 나가 버렸다.

살아 있는 미네코를 본 것은 그 뒷모습이 마지막이었다.

왜 그때 얘기를 좀 더 나누지 못했을까, 후회하지 않을 수 없었다. 미네코를 쫓아가서라도 서로 납득할 수 있을 때까지 얘기를 나눴어야 했다. 미네코는 머리가 좋은 친구다. 성의 있게 계속 얘기했더라면 틀림없이 이해해 주었을 텐데.

그런데 그 후로 이 주일 가까이나 그 문제를 방치하고 말았다. 미네코는 다미코의 무책임한 행동에 어이가 없었을지도 모른다. 게다가 겨우 만나기로 했는데 약속 시간을 한 시간이나 미뤘다. 전화를 걸었을 때 미네코는 "그럼 8시. 알았어."라고만 대답했지만 내심으로는 화가 났던 것 아닐까.

그리고 그 한 시간이 미네코의 목숨을 앗아 갔다.

미안해, 미네코.

사건 이후 마음속으로 셀 수 없이 되풀이했던 말을 다미코는 소리 내어 말해 보았다. 앞으로도 수천 번은 더 중얼거리게 되리라. 그러나 아무리 사과한들 그 말이 상대에게 가 닿을 리 없었다.


4


유리문을 여는 순간 후끈한 공기가 밀어닥쳤다. 순식간에 온몸에서 땀이 배어 나올 것 같았다. 그래도 다미코는 샌들에 발을 들이밀었다. 아직 밖으로 나다닐 마음은 없었지만 냉방이 세게 들어오는 어두컴컴한 방에만 틀어박혀 있기도 지겨웠다. 배기가스 냄새가 조금 섞여 있더라도 바깥 공기를 마시고 싶었다.

베란다에 나오는 게 얼마 만일까 생각했다. 조그만 공원이 내려다보이는 게 좋아서 이 방을 얻었는데, 입주한 후로 나와 본 것은 손가락으로 꼽을 정도다. 빨래는 건조기에 말리거나 욕실에다 넌다.

난간에 팔꿈치를 얹으려다 멈칫했다. 기름과 먼지로 더럽혀져 있는 것을 보았기 때문이다.

걸레를 가지러 방으로 들어가는데 휴대 전화에서 문자 수신음이 들렸다. 고우지가 보낸 것이었다.

'슬슬 출국 계획을 세우고 싶은데 당신 사정은 어떤지. 연락 기다릴게.'

다미코는 휴대 전화를 내려놓고 한숨지었다. 고우지는 지금 마음이 급할 것이다. 런던으로 돌아갈 날짜가 정해지지 않으면 일에 대한 계획을 세울 수 없기 때문이다. 사실은 이렇게 부드러운 글귀가 아니라 좀 더 절박한 심정을 늘어놓고 싶었을 것이다. 그러나 그러지 않는 것이 그의 자상함이다.

걸레를 들고 다시 베란다로 나갔다. 난간을 닦으면서 고우지를 생각했다. 그의 자상함에 마냥 기댈 수는 없다. 죽은 사람은 돌아오지 않는 법. 미네코에 대한 생각을 과감하게 접어야 한다는 것은 알고 있다. 하지만 이대로 런던에 가도 정말 괜찮은 것일까. 후회가 남지 않을까.

더러웠던 난간이 간신히 본래의 색을 되찾았다. 후, 숨을 내쉬고 무심히 앞길을 내려다보는데 낯익은 인물이 걸어오는 게 보였다. 가가 형사였다. 그는 한 손에 흰 비닐 주머니를 들고 있었다.

다미코가 가만히 내려다보고 있자니 그가 불쑥 그녀 쪽을 올려다본다. 설마 다미코의 시선을 느끼지는 않았을 텐데도. 이 집은 3층이니 우연히 시야에 들어왔는지도 모른다. 그가 빙그레 웃어 보인다. 그녀도 살짝 고개를 숙였다.

마침 잘됐다고 생각했다. 고우지를 찾아간 진의를 물어봐야지.

약 2분 후, 가가 형사는 현관문 앞에서 벨을 눌렀다.

"오늘은 단것이 아니라 센베이입니다."

그가 비닐 주머니를 내밀며 말했다. 다미코는 피식 웃었다.

"가가 형사님은 탐문 조사할 때 늘 이렇게 선물을 들고 다니나요?"

"네? 아니, 그런 건 아니지만……. 센베이, 싫어하세요?"

"아니요, 좋아해요. 받기만 하는 게 미안해서 그러죠."

다미코는 비닐 주머니를 받아 들었다.

"들어오세요. 늘 그렇듯이 지저분하지만."

하지만 가가는 집 안으로 들어오려 하지 않았다. 뭔가 생각하는 표정으로 팔짱을 낀다.

"왜 그러세요?"

"오늘은 밖으로 나가시죠. 같이 가 보고 싶은 곳이 있어요.

보여 드릴 게 있다고 해야 하나.”

가가 형사의 말에 다미코는 순간적으로 긴장했다.

“어디로 가는데요?”

“다미코 씨도 잘 아는 곳입니다. 니혼바시 닌교초. 미쓰이 미네코 씨의 아파트에서는 아마도 걸어서 10분이 채 안 걸릴 겁니다.”

“거길 왜……?”

“가 보시면 압니다. 밑에서 기다리고 있을 테니 천천히 준비하고 나오세요.”

그러고서 가가는 다미코가 대답할 틈도 주지 않고 돌아서 엘리베이터 쪽으로 걸어갔다.

대체 어디를 가려는 것일까. 뭘 보여 주려는 것일까. 불안해하면서도 다미코는 오랜만에 깔끔하게 화장을 했다.

그녀가 준비를 마치고 밑으로 내려가자 가가는 손을 들어 택시를 세웠다.

“한데, 그거 어떻던가요? 지난번에 가져간 푸딩 말입니다.”

택시가 출발하자마자 가가가 물었다.

“굉장히 맛있었어요. 너무 단 건 좋아하지 않는데 그건 산뜻하더라고요. 가가 형사님, 센스 있는 분이에요.”

빈말이 아니었다. 다미코는 진심으로 그렇게 생각했다.

“아닙니다. 제 센스와는 관계없어요. 하지만 맛있었다니 다행입니다."

"그 사람에게는 계란말이를 가져가셨다면서요?"

"아, 들으셨군요. 일본계 외국인에게는 뭐가 좋을지 몰라 생각 끝에 그걸 가져갔습니다. 다치바나 씨, 화내지 않던가요?"

"그럴 리가요. 별난 형사라는 말은 했지만."

"닌교초를 걷다 보니 다양한 가게가 눈에 들어오더군요. 선물을 사고 싶은 가게도 많고. 아무리 그래도 형사가 계란말이를 사 가면 좀 꺼림칙할지 모르겠군요. 앞으로는 조심해야겠습니다."

그리고 가가는 하얀 이를 드러내며 웃어 보였다.

스이텐구 앞 네거리에서 코너를 돌자마자 가가는 택시를 세웠다. 넓은 일방통행로를 끼고 크고 작은 갖가지 가게가 늘어서 있었다. 두 사람은 보도를 걸어갔다.

마침내 한 사기그릇 가게 앞에서 형사가 걸음을 멈췄다. '야나기사와 상점'이라는 간판이 걸려 있다. 형사가 안녕하세요, 라고 인사하면서 안으로 들어갔다.

"어서 오세요."

안쪽에서 나온 사람은 스무 살 정도 돼 보이는 여자였다. 군데군데 찢어진 청바지를 입은 그녀는 갈색으로 물들인 머리에 귀에는 피어스 귀걸이를 한 모습이었다.

"에, 난 또 누구라고. 형사님이네요."

여자의 얼굴에서 애교스런 미소가 사라졌다.

"미안해. 손님이 아니라서."

"뭐, 괜찮아요. 그런데 오늘은 또 무슨 일이죠?"

형사가 이 가게를 자주 찾는 듯한데, 그리 환영받지 못하는 걸로 봐서는 탐문 조사 때문에 드나든 것 같았다.

"지난번에 나한테 보여 준 물건 말이야, 아직 있지?"

"있죠. 형사님이 보관해 달라고 하셨잖아요."

"그럼 좀 갖다 줄 수 있을까."

"그러죠, 뭐."

여자가 안쪽으로 사라지자 가가가 다미코를 향해 돌아섰다.

"다미코 씨에게 보여 드리고 싶은 게 있습니다. 미쓰이 미네코 씨는 사망하기 며칠 전 이 가게에 들러 젓가락을 사려고 했답니다. 누군가에게 선물하려고 한 모양이더군요. 그 상대가 누구인지, 다미코 씨가 좀 생각해 봐 주셨으면 해서요."

"젓가락을요? 글쎄 저는 잘⋯⋯."

그때 여자가 좁고 길쭉한 상자를 가지고 돌아왔다. 그녀는 "이거 말씀이시죠?" 하면서 그 상자를 가가에게 건넸다.

가가는 상자 뚜껑을 열어 보고 고개를 끄덕이더니 그것을 다미코에게 내밀었다.

"한번 보십시오."

다미코가 상자 안을 들여다보니 젓가락 두 쌍이 들어 있었다. 둘 중 조금 큰 것은 검은색, 그보다 작은 것은 빨간색으로 부부 세트인 듯했다.

"이것만 봐서는 잘 모르겠어요."

"꺼내서 잘 보세요. 뭔가 무늬가 있는 것 같던데."

가가의 말에 다미코는 검은색 젓가락을 꺼냈다. 아닌 게 아니라 조그맣게 무늬가 들어 있었다. 그 무늬가 무엇인지 알아본 순간 다미코는 화들짝 놀랐다.

"어떠세요, 벚꽃무늬로 보이던데. 천연 조개에서 나는 은색이랍니다."

"이걸 미네코가……."

"미쓰이 씨가 왔을 때는 마침 이 물건이 품절이었다고 합니다."

그리고 가가는 여자에게 말했다.

"그 얘기 좀 해 주세요."

그러자 여자는 고개를 끄덕이더니 다미코에게 한 걸음 다가섰다.

"미쓰이 씨는 전에 이 젓가락을 본 적이 있다면서 사러 오셨어요. 그런데 하필 그날 품절이라서 실망한 채 돌아가셨어요. 그래서 제가 다시 주문해서 그저께 물건이 들어왔는데……."

여자의 얘기가 끝나기도 전에 다미코는 몸 안에서 뜨거운 무언가가 치밀어 오르는 것을 느꼈다. 얼굴이 화끈해지는가 싶더니 다음 순간 눈물이 넘쳐흐르기 시작했다.

"누구에게 선물하려 했는지 아셨나 보군요."

가가의 말에 다미코는 손으로 자신의 입을 막고 고개를 끄덕였다.

"아마…… 저일 거예요. 저와 그이에게 줄 생각이었을 거예요."

"다미코 씨와 다치바나 씨는 벚꽃에 대해 좋은 추억이 있죠. 두 분이 처음 만난 곳이 치도리가후치, 밤 벚꽃을 보러 가서였다고요."

"네, 맞아요. 그이는 이렇게 벚꽃이 많이 핀 걸 처음 본다면서 감격했어요. 저희에게 벚꽃은 행복의 상징이었죠."

"그래서 휴대 전화의 줄도 벚꽃 모양이었고요. 다치바나 씨도 똑같은 걸 달고 계시더군요."

다미코가 눈을 크게 떴다.

"그럼 그이에게 휴대 전화를 보여 달라고 하신 게……."

가가가 고개를 끄덕했다.

"다미코 씨의 휴대 전화 줄을 본 순간, 미쓰이 미네코 씨가 젓가락을 선물하려던 사람이 혹시 다미코 씨가 아닐까 생각했습니다. 하지만 확증이 없는 채로 다미코 씨에게 젓가락을 보여 드렸다가 만일 아니면 상처만 더 커질까 봐. 그래서 다치바나 씨를 찾아가 이런저런 질문을 했던 겁니다."

"나는 그런 줄도 모르고, 그이가 의심받는 건가 했어요."

"형사가 쫓아다니니 그러실 만도 하죠. 다치바나 씨에게는 제가 사과하더라고 전해 주십시오."

다미코는 다시 한 번 젓가락을 보았다. 미네코는 다미코를 용서한 것이다. 런던으로 떠나는 두 사람을 위해, 그곳에 가서도 벚꽃에 얽힌 추억을 즐기라고 이 젓가락 세트를 선물하려 했던 것이다.

"지난번 다미코 씨네 집을 찾아갔을 때 가져갔던 푸딩, 패션 프루트젤리와 아몬드로 만든 것 말입니다. 그것도 사건이 발생하기 직전에 미쓰이 미네코 씨가 사려던 거였어요. 다미코 씨가 오면 같이 먹으려고 했던 것 같습니다. 안타깝게도 그것 역시 그날은 품절이었지만요."

"그럼 그 푸딩이……."

"케이크 가게에서 그 얘기를 들었을 때, 미쓰이 씨가 다미코 씨와 화해하고 싶어 했던 게 아닐까 싶더군요. 그래서 더욱이 젓가락을 선물하려고 한 상대가 누구인지도 밝혀내고 싶었던 겁니다."

다미코는 손등으로 눈물을 닦아 내고 나서 형사의 얼굴을 빤히 쳐다보았다.

"가가 씨는 사건 수사를 하는 게 아니었나요?"

"물론 하고 있죠. 하지만 형사가 하는 일이 그게 전부는 아닙니다. 사건 때문에 마음의 상처를 받은 사람이 있다면 그 사람 역시 피해잡니다. 그런 피해자들을 치유할 방법을 찾는 것도 형사의 역할입니다."

다미코는 고개를 떨어뜨렸다. 젓가락을 꼭 쥔 손 위로 눈물방울이 떨어졌다.

머리 위에서 풍경이 딸랑딸랑 울렸다.

7

청소 회사 사장

1

　기요세 고우키가 파이프를 물고 흔들의자에 앉아 있는데 노크 소리가 들렸다. 그의 무릎 위에는 두툼한 파일이 펼쳐져 있었다.

　"마시? 들어오게."

　고우키가 가능한 한 점잖은 투로 그렇게 말했다.

　문이 열리고 백발 가발을 쓴 야마다 이쿠오가 들어왔다.

　"와이크 씨, 지금 막 수기 제5권이 완성되어 이렇게 가지고 왔습니다."

　그는 특유의 저음으로 그렇게 외친 뒤 들고 온 책을 내밀었다.

　"드디어 나왔군. 바로 이거야, 마시. 『마왕관 살인 사건 기록』. 떠오르지 않는가, 그 지적 흥분과 긴장감으로 벅찼던 날들이? 다만 아쉬운 것은, 예술가로서의 자부심이 있었던 범인이 그 후로……."

　그 순간 스톱, 소리가 울렸다. 이 극단의 연출가이기도 한 시노즈카의 목소리다. 고우키는 저도 모르게 얼굴을 찡그렸다. 시노즈카는 여간 만족스럽지 못할 때가 아니면 도중에 대사를 끊지 않는다.

"어떻게 된 거야, 고우키. 감정이 전혀 안 살잖아. 주인공의 자존심, 옛날을 그리워하는 마음, 거기에 한탄이 뒤섞인 대사라고 했잖아. 좀 더 감정을 실어야지."

시노즈카가 인상을 썼다.

"죄송합니다. 다시 하겠습니다."

"아냐, 잠깐 쉬자. 생각을 좀 해 봐야겠어. 다들 10분간 휴식."

시노즈카가 주위에 있는 스태프들에게 소리쳤다.

좁은 연습실을 가득 채웠던 팽팽히 긴장된 공기가 순간적으로 누그러졌다. 고우키도 연극의 세계에서 현실로 돌아왔다.

시노즈카는 10분이라고 말했지만 10분이 지나도 연습은 재개되지 않았다. 연출가와 주연 배우가 사무실에서 대화를 계속하고 있기 때문이다. 아니, 대화가 아니라 통보라고 해야 할 것이다. 시노즈카가 고우키에게 이번 배역에서 물러나고 명령한 것이다. 집중을 통 못하고 있다는 것이 이유였다.

고우키는 머리를 숙이고 죄송하다고 사과했다. 연출가의 지적이 부당하다고 생각하지는 않았다.

"앞으로 주의하겠습니다. 최선을 다해 연기에 집중하겠습니다."

"얼굴 들어. 사과받으려는 게 아니야. 자네가 집중할 수 없는 이유를 알아. 어머니가 살해당한 데다 범인도 잡히지 않았으니 누군들 집중할 수 있겠나."

그 말에 고우키는 고개를 들고 시노즈카를 보았다.

"아닙니다. 하겠어요. 어떻게든 집중하겠습니다."

시노즈카가 얼굴을 찌푸린 채 손을 저었다.

"그런 게 아니잖나. 집중하겠다고 마음먹는다고 해서 할 수 있는 일이라면 누군들 못하겠냐고. 자네가 필사적으로 임하고 있다는 것은 알아. 자네의 재능도 높이 평가하고. 하지만 지금 자네는 연극을 할 수 있는 상태가 아니야. 연출가인 내가 그렇게 판단했다고."

고우키는 다시 머리를 숙였다. 하지만 이번에는 사과하기 위해서가 아니었다. 낙담해서 힘없이 고개를 떨어뜨린 것이다.

"도저히 안 되겠습니까?"

"이번에는."

시노즈카는 온화한 목소리로 말했다.

"하지만 언젠가 자네가 필요할 날이 올 거야. 단, 되풀이해 말하지만 지금 이대로는 안 돼. 이 상황을 이겨 내고, 의식하지 않아도 집중할 수 있을 정도가 되었을 때 내 연극에 출연하도록 해. 물론 주연으로."

고우키는 어금니를 악물고 다시 한 번 시노즈카의 얼굴을 보았다.

연출가는 고개를 힘주어 끄덕였다.

"어머니 일이 정리되면 다시 돌아와도 좋아."

"알겠습니다."

고우키는 결연하게 대답했다.


고우키가 찾는 빌딩은 하마마쓰초 역으로부터 걸어서 몇십 초 거리에 있었다. 건물 한쪽에 붙어 있는 '다카마치 법률 사무소'라는 간판을 보며 고우키는 임대료가 대체 얼마나 할까 생각해 보았다. 그에게 변호사는 부자라는 이미지가 있었다.

법률 사무소는 3층에 있었다. 유리문 안쪽으로 젊은 안내원이 보였다. 고우키는 쭈뼛거리며 문을 열고 들어가 이름을 밝혔다.

"4시에 다카마치 선생님을 뵙기로 했습니다. 아, 법률 상담하러 온 건 아닙니다. 좀 여쭤 볼 게 있어서……."

"알겠습니다. 잠시 기다려 주세요."

안내원은 수화기를 들더니 상대에게 고우키의 방문을 알렸다. 잠시 후 수화기를 내려놓은 그녀는 안쪽으로 들어가 3번이라고 표시된 방에서 기다리라고 했다.

두 평이 될까 말까 한 방에는 회의용 책상과 철제 파이프 의자가 놓여 있었다. 고우키는 그 의자에 입구를 등지고 앉았다. 약간 긴장됐다.

시노즈카로부터 배역에서 물러나라고 통보받은 고우키는 이제부터 뭘 하면 좋을지 막막했다. 시노즈카의 말마따나 그는 미네코의 죽음에서 헤어나지 못하고 있었다. 단지 사건이 해결되지 않아서가 아니라, 엄마에게 아무것도 해 주지 못했다는 자책감 때문이었다.

집을 뛰쳐나온 후로는 연극에만 정신이 팔려 부모님 생각은 거의 하지 않았다. 두 분이 이혼한다는 사실을 알았을 때조차 '그러시든가', 라며 흘려들었다. 다 큰 어른들이 자신의 판단으로 헤어지고 각자의 길을 가겠다는데 아무리 자식이라고 해도 제삼자가 끼어들 일은 아니라고 생각했다. 아니, 애당초 관심조차 없었다.

그러나 미네코 쪽은 달랐다. 물론 이혼을 하고 자립했으니 먹고사는 일이나 자신의 앞날 등에 대해서 진지하게 생각했던 건 사실이다. 하지만 아들에 대한 생각을 머릿속에서 지운 것은 아니었다.

그녀가 고덴마초라는 낯선 곳으로 이사한 데는 중요한 이유가 있었다. 아들의 애인이 일하는 케이크 가게가 근처에 있기 때문이었다. 그 애인이 아이를 가졌다는 것을 알고 어떻게든 가까이서 지켜보고 싶었던 것이다.

그런 사실을 미네코는 아무에게도 말하지 않았다. 아들의 애인에게 자신을 밝히지도 않았다. 아마도 고우키가 싫어할 거라고 생각해서였을 것이다. 나오히로가 간섭할지 모른다는 걱정도 있었을 테고.

"고덴마초로 이사 온 후로 미쓰이 씨는 틀림없이 하루하루가 즐거웠을 겁니다. 말없이 지켜보는 기쁨에 잠겨 있었는지도 몰라요."

가가 형사는 이런 말로 그 사실을 알려 주었다. 그때는 수수께끼처럼 들렸는데, 지금 고우키는 그의 말뜻이 무엇인지 뼈저리게 깨닫고 있다.

가가 형사가 알려 준 케이크 가게에 가서 임신 중인 점원을 만났을 때 고우키와 아미는 둘 다 울었다. 아미는 미네코를 만난 적도 없었지만 소리 내어 울었다. "사람을 착각한 게 아니라 그 점원이 정말 나였다면 얼마나 좋았을까." 그런 말도 했다.

미네코의 심정을 헤아려 본 고우키는 가슴이 메었다. 그는 새삼스럽게 엄마에 대한 고마움과, 그것을 하찮게 여긴 자신의 어리석음을 깨달았다. 자신이 자주 연락만 했더라도 그녀가 살해되는 일은 없지 않았을까 생각하니 자신에게도 일말의 책임이 있다고 생각됐다.

시노즈카의 말이 옳았다. 이 상태로 연기에 집중한다는 것은 불가능했다. 왜냐하면 그에게는 해야 할 일이 있었기 때문이다. 그것은 바로 미네코에 대해 아는 것이었다. 그는 엄마에 대해 아는 게 거의 없었다. 따라서 왜 살해됐는지도 짐작할 수 없었다. 자신이 사건의 진상을 밝힐 수 있으리라고 생각하지는 않지만, 적어도 미네코가 죽기 직전까지 무슨 생각을 했는지, 어떤 생활을 해 왔는지 정도는 알아보고 싶었다.

하지만 어디서부터 손을 대야 할지 막막하기만 했다. 고덴마초의 아파트는 경찰이 관리 중이고, 컴퓨터나 휴대 전화를 비롯해 미네코가 살아온 모습을 엿볼 수 있는 물건들 역시 자식이라고 자유롭게 볼 수 있는 상태가 아니었다.

생각 끝에 떠오른 것이 가가 형사에게 들은 얘기였다. 미네코는 이혼할 때 변호사의 도움을 받았는데, 그 사람과 최근까지 메일을 주고받은 것 같다는 것이었다. 혹시 그 변호사라면 미네코의 근황을 조금은 알지도 모른다는 생각이 들었다. 그렇다면 어떻게 해야 그 변호사와 연락을 취할 수 있을까. 방법은 하나밖에 없었다. 내키지는 않았지만 그는 아버지인 나오히로에게 전화해 그 변호사의 연락처를 가르쳐 달라고 했다.

"네가 왜 그런 걸 알려고 하는 거냐, 그 변호사에게 무슨 볼일이 있다고."

나오히로는 언짢은 투로 그렇게 반응했다.

"아버지와는 관계없어요. 그냥 가르쳐 주기만 하면 됩니다."

"그럴 수는 없다. 너도 지금 상황을 알 것 아니냐. 괜한 짓을 해서 수사에 지장을 주면 곤란해."

"그런 일 없습니다. 전 그저 엄마에 대해서 알고 싶을 뿐이에요."

"그게 바로 괜한 짓이라는 거야. 지금 경찰이 백방으로 조사하고 있으니 사건의 진상도 곧 밝혀질 거다. 쓸데없이 나서지 말고 그때까지 기다려라."

"그런 게 아니라니까요. 사건의 진상을 조사하겠다는 게 아니라고요. 저는 엄마에 대해 알고 싶을 뿐이에요."

"미네코에 대해 뭘 알고 싶다는 거냐?"

"뭐든요. 엄마에 대해 아는 게 아무것도 없어서 알아보고 싶어요. 아버지는 엄마에 대해 뭐 하나라도 아는 게 있어요? 사건 직전까지 엄마가 무슨 생각을 했는지 전혀 모르잖아요. 엄마가 왜 그런 곳에다, 그러니까 니혼바시의 고덴마초 같은 곳에다 집을 얻었는지 알기나 해요? 알 리가 없겠죠."

잠시 침묵이 흐른 후 나오히로는 "그럼, 너는 안다는 소리냐?"라고 물었다.

"알아요. 아버지 같은 사람은 상상도 못할 이유라고요. 하지만 안심하세요. 아버지와는 아무 상관도 없으니까요. 들어봐야 아무것도 느끼지 못할 게 분명해요. 엄마가 바보 같은 짓을 했다고만 여기겠죠. 그러니까 말하지 않을 거예요. 아버지는 아무것도 몰라도 돼요. 하지만 난 아니에요. 엄마에 대해 좀 더 알아야겠어요. 아버지에게는 폐 끼치지 않을게요. 그건 약속드리죠."

고우키는 단숨에 그렇게 내뱉었다.

다시 침묵이 흘렀다. 이번에는 아까보다 훨씬 길었다. 그리고 크게 숨을 토하는 소리가 들리더니 "잠깐 기다려라." 하는 나오히로의 말소리가 들렸다.

잠시 후 나오히로가 변호사의 이름과 연락처를 불러 주었다. 다카마치 시즈코라는 이름이었다.

"지금 와서 이런 말을 하기도 뭐하다만,"

나오히로가 말했다.

"우리는 협의 이혼 했다. 먼저 얘기를 꺼낸 건 미네코였어. 인생을 새롭게 시작하고 싶다고 하더구나. 납득할 수 없었지만 승낙했다. 그리고 변호사의 도움을 받은 건 사실이지만 재산 분배 때문에 옥신각신하지는 않았어."

"굳이 그런 말을 하는 이유가 뭐죠? 어차피 변호사를 만나면 알게 될 일을."

"사물을 보는 관점은 사람마다 다르니까. 변호사는 마치 분쟁이 있었는데 자신이 잘 해결한 것처럼 얘기할지 모르지만, 실제로는 변호사 같은 건 필요 없었어. 그 말을 해 주고 싶었다."

"재산 분배에 관한 얘기라면 설명할 필요 없어요. 난 그런 것에는 조금도 관심이 없으니까."

변호사의 연락처를 알았으니 더는 아버지에게 볼일이 없었다. 고우키는 그대로 전화를 끊었다.


다카마치 시즈코는 마흔 살 전후로 보이는, 약간 둥글둥글한 체형의 여자였다. 얼굴도 동그스름한 것이 애교 있어 보였다. 불안감을 안고 찾아오는 여자들이 이 변호사를 보면 틀림없이 안도할 것이라고 고우키는 생각했다.

그녀가 들어오자 고우키는 자리에서 일어나 만나 줘서 고맙다고 인사했다. 다카마치 시즈코도 고개를 숙인 후 앉으라고 손짓했다.

"뭐라 위로의 말씀을 드려야 할지. 많이 놀라셨죠?"

"네."

"저도 놀랐어요. 아시는지 모르겠지만, 최근에도 몇 번 어머니와 메일을 주고받았거든요. 하지만 그런 위험한 기미는 전혀 느낄 수 없었어요. 오히려 자립해서 무척이나 행복해하시는 것 같았는데."

"사건에 관해 변호사님도 짐작 가는 게 없다는 말씀인가요?"

다카마치 시즈코는 잠시 틈을 두었다가 고개를 끄덕거렸다.

"네. 살인 사건과 연관될 정도의 일은 전혀 짚이는 게 없어요."

고우키는 그 말의 미묘한 뉘앙스가 마음에 걸렸다.

"어머니와 변호사님은 언제부터 교류가 있었죠?"

"물론 어머니가 이혼을 결심하셨을 때부터죠. 아는 분께 우리 사무실 얘기를 들었다면서 상담하러 오셨어요. 그 전에는 전혀 모르는 사이였고요."

"어머니가 이혼하신 후에도 메일을 주고받았다고 하셨는데, 그럼 개인적으로 친해졌다는 뜻입니까?"

고우키의 물음에 수수한 분위기의 변호사는 신중하게 말을 고르는 듯했다.

"개인적이라면 개인적이겠죠. 미쓰이 씨가 근황을 알리는 메일을 보내오면 저도 시간 날 때 답장을 보내는, 뭐 그런 정도였어요. 이혼한 여성들은 불안에 시달리거나 하는 경우가 많기 때문에 애프터케어를 한다는 의미에서 가능한 한 이야기 상대가 되어 주려고 합니다. 물론 그것이 법률에 관한 상담이라면 무료는 아니지만요."

"좀 전에 변호사님이 살인 사건과 연관될 정도의 일은 짚이는 게 없다고 하셨는데, 그 말은 사소한 사건에 연관된 일이라면 짚이는 데가 있다는 말씀인가요?"

고우키의 말에 다카마치 시즈코는 희미하게 미소지었다.

"나나 미쓰이 씨나 둘 다 나이를 먹을 만큼 먹은 사람들이니 메일로 쓸데없는 수다만 떨지는 않았겠죠."

"그럼 어떤 얘기를 주고받으셨는데요?"

그 질문에 다카마치 시즈코는 엷은 미소를 띤 채 고개를 저었다.

"아무리 아드님이라 해도 그런 얘기는 해 드릴 수 없어요. 저는 변호삽니다. 의뢰인의 프라이버시를 보호할 의무가 있어요. 비록 돌아가셨지만 댁의 어머니가 제 의뢰인이었다는 사실에는 변함이 없습니다."

온화하지만 단어 하나하나에 자부심과 긍지가 담긴 변호사의 말에 고우키는 압도되고 말았다. 이런 게 법정에서는 큰 무기가 되겠지, 고우키는 그렇게 생각했다.

하지만, 이라고 말을 이은 다카마치 시즈코는 아스라한 눈빛으로 이렇게 덧붙였다.

"아까도 말씀드렸듯이 어머니는 행복하신 것 같았어요. 메일에서 그 느낌이 전해지더군요. 자신의 앞날에 관해 생각이 복잡했겠지만, 그것과 사건은 아무 관련이 없을 거라는 게 제 생각입니다."

그녀의 얘기를 듣고서 고우키는 새삼 가슴이 뜨거워졌다. 미네코가 보낸 메일에서 행복한 느낌이 묻어난 것은 머지않아 첫 손자가 태어난다는 기쁨 때문이었음이 분명했다.

그러나 조금 전에 다카마치 시즈코가 말했듯이, 나이를 먹을 만큼 먹은 어른들이 괜히 수다나 떨자고 메일을 보냈을 것 같지는 않았다. 대체 미네코는 뭘 의논하려 했던 것일까.

이 여자 변호사에게서 그 얘기를 끌어내기는 어려울 듯했다. 그렇다면 어떻게 해야 하나.

그때 문득 떠오르는 얼굴이 있었다. 그러면 가르쳐 주지 않을까.

"왜 그러시죠?"

다카마치 시즈코가 물었다.

"아니, 아무것도 아닙니다. 바쁘신데 실례가 많았습니다."

고우키는 그렇게 말하고 일어섰다.


2


책상 위의 인터폰이 울렸다. 서류를 검토하던 나오히로는 얼른 수화기를 들었다.

"네."

"기시다 씨께서 오셨는데요."

유리의 약간 허스키한 목소리가 들렸다. 나오히로는 그 목소리가 마음에 든다. 듣고만 있어도 마음이 치유되는 듯한 느낌이다.

"들어오시라고 해."

그렇게 말하고 그는 수화기를 내려놓았다.

곧 문이 열리고 깡마른 체구의 기시다 요사쿠가 모습을 드러냈다. 너무 말라서 마치 옷걸이에 양복을 걸쳐 놓은 것처럼 보인다.

"그래, 검토 결과는 나왔나?"

소파로 자리를 옮기며 나오히로가 물었다.

"일단은 나왔습니다. 결론부터 말씀드리면, 그리 녹록지 않습니다."

기시다는 나오히로의 맞은편에 앉더니 가방에서 파일을 꺼내 테이블에 올려놓았다.

"역시 인건비가 관건인가?"

"그렇습니다. 현재 아르바이트생과 파트타이머를 합해서 70명이 일하고 있는데 50명으로 줄였으면 합니다. 그렇게 하면 다소나마 빛이 보일 것 같습니다."

"스무 명이나? 그건 무리야. 일이 돌아가지 않을 거라고."

"그럼 열 명이라도."

"음……."

나오히로가 난감한 듯 신음을 흘리고 있는데 문이 열리더니 유리가 "실례합니다."라고 고개를 숙이며 들어왔다. 찻잔을 담은 쟁반을 손에 들고 있었다. 키가 커서 치마 끝이 무릎 훨씬 위에서 찰랑거렸다. 두 사람 앞에 찻잔을 내려놓는데 왼손 새끼손가락에서 은색 반지가 반짝거렸다. 한눈에도 손으로 만든 것임을 알 수 있는 그 반지는 나오히로가 선물한 것이었다. 조그만 다이아몬드가 박힌 목걸이 역시 그가 선물한 것이다.

용무를 마친 유리는 목례를 하고 나갔다. 그러는 동안 나오히로와 기시다는 말없이 앉아 있었다.

"자를 수밖에 없나, 열 명을."

나오히로가 중얼거렸다.

"입사식 직전에 합격을 취소하는 회사도 있는 판국입니다. 어쩔 수 없어요. 아르바이트생 중 열 명. 거기다 한 명을 더해서 열한 명이 제 희망 사항입니다. 이 회사에 차 심부름이나 하는 사람은 필요 없습니다."

기시다는 찻잔 뚜껑을 열고서 차를 한 모금 마셨다.

"또 그 얘긴가."

나오히로가 입술을 비죽거렸다.

"사장님, 회사를 세우신 지 몇 년 됐죠?"

"26년인가……."

"27년입니다. 서른이 갓 넘어 청소 용역 회사를 시작하셨을 때는 솔직히 이 정도로 성장할 줄 몰랐습니다. 지금이니까 하는 말이지만, 저 역시 용돈 벌이나 하자는 생각이었죠. 세무사 사무실이라고 간판을 내걸기는 했지만 고객도 얼마 없고 해서요."

"선배 덕에 돈벌이할 생각은 없다, 그런 말을 자주 했었지."

나오히로도 찻잔을 끌어당겼다.

기시다는 대학 1년 후배다. 회사를 세울 때 그가 공인 회계사를 소개해 준 것을 계기로 차츰 재무 전반까지 관리하게 되었다. 27년이 순식간이었다.

"사장님의 장사 수완은 인정합니다. 이 업계가 이렇게까지 성장할 줄 저는 생각도 못했어요. 그래서 지금까지 사장님이 하시는 일에 한 번도 이러쿵저러쿵하지 않았습니다. 하지만 이 문제에 대해서만은 한마디 해야겠습니다."

"이미 몇 번이나 들었어."

"한 번만 더 말씀드리겠습니다. 일단 고용한 이상 함부로 자를 수 없어서 그러신다면 부서라도 바꾸는 게 어떨까요? 사장 비서라니, 너무 노골적입니다."

"뭐가 노골적이라는 거지?"

기시다는 다시 차를 한 모금 마시고 이렇게 대답했다.

"어제 우리 사무실에 형사가 왔었어요. 이런저런 질문을 하고 갔는데, 요는 그녀에 대해 알고 싶은 거였습니다. 기요세 사장과는 어떤 관계냐, 사장이 그녀와 알고 지낸 게 언제부터냐 등등. 시원스럽게 대답할 수 없어 속이 타더군요."

"자네가 속 탈 일이 뭐가 있어. 아는 대로 대답하면 되지."

"단골 클럽에서 호스티스로 일하던 여자라고요?"

"그럼 안 되나?"

"어떻게 그런 말을 합니까. 어쩔 수 없이 자세히는 모른다고 했습니다."

"그래? 그럼 된 거 아닌가."

"사장님, 다른 말은 하지 않겠습니다. 자기 여자를 직장에 두는 것은 안 됩니다. 함께 있고 싶으시면 결혼하면 되잖습니까. 독신이니까 뭐랄 사람도 없고."

나오히로는 기시다의 깡마른 얼굴을 응시했다.

"이혼한 마누라가 살해당한 마당에 나더러 재혼하라고? 사람들이 뭐라고 하겠나."

"그렇다면 결혼은 말고 함께 사시던가요."

"남들 눈에는 그게 더 이상해 보일 거야. 아무튼 사적인 문제는 내버려 두게. 자네에게 그런 것까지 관리 받고 싶지 않아."

"관리가 아니라 충고를……."

"이 서류는,"

나오히로는 테이블에 놓인 파일을 집어 들었다.

"나중에 천천히 훑어보겠네. 그리고 방침이 정해지면 다시 연락하지."

기시다는 한숨을 내쉬고 고개를 저으며 일어섰다.

"사원들 보기에도 좋지 않습니다. 난데없이 그런 젊은 여자를 고용했으니 모두들 이상히 여기지 않을 수 없죠."

"뭐라고 하고 싶으면 하라고 해. 사원이 사장 험담하는 거야 흔히 있는 일 아닌가."

"뒤늦게 후회하셔도 소용없습니다."

기시다가 나가고 잠시 후에 노크 소리도 없이 문이 열렸다. 유리가 착잡한 표정으로 들어왔다.

"얘기, 다 들은 거야?"

나오히로가 물었다.

"들리더라고요. 제가 너무 큰 폐를 끼치는 것 같아요."

"신경 쓸 거 없어. 사장은 나야."

"그렇긴 하지만……. 실은 어제 퇴근길에 형사를 만났어요. 가가라는 사람이 불러 세우더라고요."

나오히로는 혀를 차며 미간을 찌푸렸다.

"나도 알아, 그 사람. 담당 형사야. 미네코의 집을 보러 갔을 때 인사를 나눴어. 그런데 그 형사가 유리에게 무슨 볼일로?"

"그걸 잘 모르겠어요. 이것저것 묻는데, 아무리 생각해 봐도 사건과는 관계가 없어 보였어요."

"예를 들어서?"

"키가 큰데 뭔가 운동을 했느냐, 액세서리는 어떤 걸 좋아하느냐."

"액세서리?"

"이 반지를 보고 '보기 드문 거군요', 그러더라고요."

유리가 왼손을 내밀며 말했다.

"그리고 좀 보여 달라고 했어요."

"그래서, 보여 줬어?"

"네. 딱히 거절할 이유도 없고 해서."

나오히로는 고개를 끄덕이며 한숨을 쉬었다.

"하는 수 없지, 뭐."

"어떡하죠?"

"그냥 가만히 있으면 돼. 아무 문제 없어. 그 형사가 어떻게 할 수 있는 것도 아니고."


3


만나기로 한 장소는 나무 창틀과 벽돌담이 옛 일본의 정취를 느끼게 하는 찻집이었다. 빨간 차양 위에 간판이 나붙어 있는데 '1919년 창업'이라는 글씨가 눈에 띄었다. 실내에는 목제 사각 테이블과 거기에 딸린 자그마한 의자들이 빼곡히 들어차 있다.

자리의 3분의 1 정도에 손님이 차 있었다. 회사원도 더러 있지만 대부분은 이 동네 사람으로 보이는 노인들로, 삼삼오오 모여 앉아 담소를 나누고 있었다. 요즘은 찻집들이 장사가 잘 안 된다고 하던데 이런 손님들 덕분에 그나마 유지되고 있는지도 모르겠다고 고우키는 생각했다.

"이 가게 간판에 끽다거(喫茶去)라고 쓰여 있는 거 봤어요? 차를 마신다는 뜻의 끽다에 갈 거 자."

커피 잔을 손에 든 채 가가가 물었다. 그는 오늘도 티셔츠 위에 흰 셔츠를 걸친 간편한 차림이었다.

"아뇨, 못 봤어요. 무슨 뜻이죠?"

고우키의 물음에 가가 형사는 물어 주어 기쁘다는 표정을 지었다.

"불교의 선종에서 쓰이는 용어인데 차라도 마시라는 뜻이라더군요."

"아, 네에."

"단, 원래의 의미는 뉘앙스가 약간 다른데, 차나 마시고 가라며 상대를 질타하는 말이었대요. 그러던 것이 어느 사이 대접한다는 뜻으로 바뀌어 사용된다고 하더군요."

"와, 이곳 분이라 잘 아시네요."

그러자 가가는 씩 웃더니 손을 내저었다.

"전 부임한 지 얼마 안 된 이른바 신참인걸요. 그 얘기는 이 가게 단골한테 들은 얘기예요. 이 동네는 참 흥미롭더군요. 조금만 걷다 보면 여러 가지를 발견하게 돼요. 예를 들어 닭꼬치 집 최고의 명물이 계란말이라든가 말이죠. 고우키 씨의 어머니는 거의 매일이다시피 스이텐구에 가서 참배하셨으니 산책 자체가 즐거우셨을 거예요."

사건과 전혀 관계없는 얘기를 하는 척하다가 슬쩍 본론으로 넘어간다. 이런 게 형사의 화술이구나 하고 고우키는 감탄했다.

"그런데 물어보고 싶다는 게 뭐죠?"

가가가 물었다. 오늘은 고우키 쪽에서 불러낸 것이다.

고우키는 아이스커피를 한 모금 마신 후, 미네코와 다카마치 변호사가 주고받은 메일의 내용을 알고 싶다고 말했다. 그리고 다카마치 시즈코를 만나러 갔지만 가르쳐 주지 않았다는 사실도 솔직하게 털어놨다.

가가 형사는 커피 잔 속을 응시한 채 말없이 듣고만 있다가 고우키의 얘기가 다 끝나자 얼굴을 들고 눈을 몇 차례 깜박거렸다.

"이거 참, 내가 수사상의 비밀을 주절주절 늘어놓을 사람으로 보였나요? 그렇다면 형사로서 실격인데."

"아니, 절대 그런 거 아닙니다. 생전의 엄마에 대해 좀 더 알고 싶은데 달리 방법이 생각나지 않아서요. 가가 형사님이라면 전의 그 일도 있고 해서 혹시 가르쳐 주시지 않을까 하고. 죄송합니다."

고우키는 무릎 위에 놓은 두 손을 꼭 쥐었다. 주먹 안이 땀으로 흥건했다.

가가 형사가 커피 잔을 테이블 위에 내려놓았다. 그 얼굴에 부드러운 미소가 번지고 있었다.

"농담이에요. 그렇게 쩔쩔맬 거 없습니다. 수사상의 비밀을 함부로 밝힐 수는 없지만 수사를 위해서 비밀을 밝히는 경우는 있으니까요."

"네?"

고우키가 형사의 얼굴을 보았다. 가가는 상체를 약간 숙이며 양 팔꿈치를 테이블 위에 얹었다.

"그런데, 그 얘기를 하기 전에 먼저 물어보고 싶은 게 있어요. 부모님의 이혼 말이에요. 솔직히 원인이 뭐였다고 생각합니까?"

예상외의 질문에 고우키는 조금 당황스러웠다.

"이혼의 원인이라면…… 다른 형사님께도 말씀드렸지만 흔히 말하는 성격 차이라는 거 아닐까요?"

"고우키 씨가 보기에도 이혼이 불가피했나요?"

"이혼한다는 말을 들었을 때 의외라고 생각하지 않았던 건 사실입니다. 아버지는 엄마가 말도 안 되는 소리를 한다고 했지만, 아버지가 가정을 소홀히 했으니 엄마가 정이 떨어진 것도 당연하다는 느낌이었습니다."

"그렇군요."

"그런데 그건 왜?"

그러자 가가는 대답 대신 "어머니가 재산을 얼마나 분배받았는지 압니까?"라고 물었다.

"그런 건 전혀 모릅니다."

"그래요."

가가 형사는 생각에 잠긴 듯한 표정을 지었다.

"저, 형사님……."

"미쓰이 미네코 씨, 그러니까 고우키 씨의 어머니는 최근 들어 목돈이 필요하다고 느꼈던 것 같습니다. 물론 이혼할 때 받은 돈이 있지만 그것만으로는 불안했던 모양이에요. 그 이유로는 두 가지를 생각해 볼 수 있습니다. 한 가지는 번역 일이 잘 안 풀릴 우려가 생긴 것. 일거리를 나눠 주기로 한 친구가 갑자기 외국으로 가게 됐거든요. 또 한 가지 이유는 고우키 씨도 짐작이 가지 않나요? 미쓰이 씨는 머지않아 첫 손자가 태어날 것이라고 믿고 있었어요. 그렇게 되면 젊은 부부에게 경제적으로 도움을 주고 싶은 게 부모의 마음이죠."

형사의 얘기를 듣던 고우키의 뇌리에 번뜩 스치는 것이 있었다.

"엄마는 돈 때문에 다카마치 변호사에게 상담을 청했던 거군요."

가가는 다시 커피 잔을 들었다.

"거기에 대해서는 긍정도 부정도 하지 않겠습니다. 아무튼 미쓰이 씨는 재산 분배 문제에 대해서 다시 한 번 상대와, 즉 기요세 나오히로 씨와 교섭하고 싶어 했던 것 같아요."

"말도 안 돼."

고우키가 얼굴을 찡그렸다.

"아버지에게도 원인이 있긴 하지만 이혼을 원한 것도 엄마였고 금액에 대해서도 일단 타협을 봤는데 어쩌려고……."

"자, 자, 그렇게 흥분하지 말고,"

가가 형사가 달래듯 말했다.

"좀 전에도 말했지만, 미쓰이 씨 신변에 여러 가지로 예상치 못한 상황이 발생했잖아요. 어느 정도는 불가항력이라고 생각해야겠죠. 그리고 미쓰이 씨도 자신의 사정만으로 다시 교섭할 수 있다고 생각한 건 아니에요. 다만 나름의 이유가 있다면 가능한 것 아닐까, 그렇게 생각했던 것 같습니다."

"나름의 이유라뇨?"

"결혼 생활을 계속할 수 없는 원인이 새로 발견되었는데, 그게 상대방 때문이라면 위자료라는 형식으로 청구할 수 있지 않을까 싶었던 거죠."

가가 형사가 빙빙 돌려 말해 고우키는 답답했다. 그러나 머릿속에서 몇 번 되뇌다 보니 가가의 말뜻이 이해됐다.

"아버지가 바람을 피웠다, 그런 말인가요?"

고우키의 목소리가 높아 신경이 쓰인 듯, 가가는 주위를 슬쩍 한 번 둘러본 뒤 다시 그에게 시선을 돌렸다.

"그렇게 놀라는 걸 보니 고우키 씨는 짐작도 못했나 보군요."

고우키는 고개를 저었다.

"짐작이고 뭐고 최근에는 아버지를 통 만나지 못했으니 만일 그런 일이 있었다 해도 눈치챌 방법이 없었겠죠."

"전에는 어땠습니까. 여자관계가 복잡했다든지, 그런 일로 어머니와 티격태격했다든지, 그러지는 않았습니까?"

"제가 아는 한 그런 적은 한 번도 없었습니다. 아버지가 가정을 소홀히 하긴 했지만, 그건 밖에서 노느라고 그런 게 아니고 일밖에 모르기 때문이었어요. 그런데 외도라니, 뜻밖이군요."

가가 형사는 고개를 끄덕이더니 주저주저하며 주머니에서 휴대 전화를 꺼냈다. 그리고 버튼을 조작한 뒤 액정 화면을 고우키 쪽으로 내밀었다.

"이거 반칙이라서, 봤다는 사실은 비밀로 해야 합니다."

가가 형사가 보여 준 화면에는 정장을 입은 젊은 여성의 사진이 올라와 있었다. 본인은 사진을 찍히는 줄 모르는 듯한 모습이었다.

"몰래 찍은 겁니까?"

고우키가 물었다.

"그러니까 반칙이라고 하지 않았습니까."

형사가 히죽 웃었다.

"이 여자, 본 적 없어요?"

"예쁘네요. 하지만 본 적은 없습니다."

"다시 한 번 잘 봐요. 어디선가 본 것 같지 않아요?"

고우키는 화면을 다시 한 번 찬찬히 들여다보았다. 그러고 보니 어디선가 본 것 같기도 했다. 하지만 단순한 착각이겠거니 하고 가가에게 그렇게 말했다.

"그래요?"

가가 형사가 휴대 전화를 주머니에 도로 집어넣었다.

"누군데요?"

고우키가 물었다.

가가는 다시 주저하는 표정을 보이더니 결국 입을 열었다.

"현재 기요세 나오히로 씨 가까이에 있는 여자입니다. 아니,

오해는 하지 말아요. 연인 관계라는 게 확인된 건 아니니까."

"그렇지만 가가 씨는 의심하고 있는 거죠, 아버지의 정부가 아닐까 하고?"

"정부라는 표현은 좀 거슬리는군요. 기요세 씨는 독신입니다. 이혼 후니까 누구를 사귀든 자유고, 헤어진 전 부인이 위자료를 청구할 수도 없습니다."

가가는 '이혼 후니까'라는 부분을 강조해서 말했다. 고우키는 형사의 진의를 눈치챘다.

"그렇군요. 아버지가 이혼 전부터 그 여자를 사귀었다면 엄마가 위자료를 청구할 수도 있는 거군요."

"고우키 씨, 날카롭네요."

가가 형사가 웃는 얼굴로 말했다.

"몰래 사진까지 찍은 걸 보면 가가 씨는 그 여자가 사건에 연루되었다고 생각하나 보군요."

그렇게 말하던 도중 고우키의 머릿속에 한 가지 가능성이 떠올랐다.

"실제로는 이혼 전부터 아버지와 내연의 관계였고, 엄마가 그런 사실을 눈치챈 듯하자 아버지가 엄마를 죽였다, 그런 말인가요?"

가가는 그렇게 말하는 고우키의 얼굴을 찬찬히 들여다보다가 입을 열었다.

"날카로울 뿐 아니라 추리력도 대단하군요."

"그렇게 얼버무리지 말고 말씀해 주세요. 그런 겁니까?"

고우키가 추궁하자 형사는 진지한 표정을 짓더니 남은 커피를 마저 마시고 다시 입을 열었다.

"경찰은 여러 가지 가능성을 생각합니다. 방금 고우키 씨가 말한 방향으로 수사하고 있는 형사도 있고요."

"가가 형사님은 어떤가요, 저희 아버지를 의심하고 있습니까?"

"저요? 글쎄요……. 고우키 씨, 그런 건 중요한 게 아닙니다. 관할 서에서는 본청 형사들을 보조할 뿐이니까요."

그리고 그는 시계를 보았다.

"아, 시간이 벌써 이렇게 되었군. 미안해요. 얘기를 좀 더 나누고 싶지만 다음 일정이 있어서."

형사는 계산서를 집어 들고 자리에서 일어섰다.

"그건 제가……."

"아직 배우는 단계인데 절약해야죠."

가가는 계산서를 들고 카운터로 향했다.

# 4

 빌딩 정면 현관에서 나오히로가 나오는 것을 보고 고우키
는 순간적으로 목을 움츠렸다. 하지만 나오히로가 길 건너에
있는 패스트푸드점 따위에 신경을 쓸 리 없었다. 손을 들어
택시를 잡아탄 나오히로는 어딘가로 사라졌다. 평소에는 역
까지 걸어가 전철을 타고 집에 돌아가는 사람이다.

 좀 더 있으니 이번에는 흰 블라우스 차림의 젊은 여자가 현
관에서 나왔다. 바로 그가 기다리고 있던 인물이었다. 고우키
는 마치 피가 거꾸로 솟는 느낌이었다. 자리에서 벌떡 일어서
는 바람에 테이블 다리에 정강이를 부딪쳤다.

 가게에서 나온 그는 황급히 여자를 뒤쫓았다. 그녀는 역으
로 가는 듯했다. 다행히 동행은 없었다.

 나오히로의 회사에는 고우키가 어렸을 때부터 잘 아는 사
원이 있다. 어젯밤 그 사람에게 전화를 걸어 최근 나오히로의
동향을 물었다. 고우키의 진의가 무엇인지 파악이 안 되어서
일까, 상대는 줄곧 말을 아꼈다.

 "아버지에게 애인이 생겼다는 게 정말입니까?"

 고우키는 단도직입적으로 그렇게 물었다. 그러자 상대는
당황한 듯 횡설수설 말을 늘어놓았다.

 "아니야, 소문이야. 그냥 소문일 뿐이라고. 젊은 데다 예쁘

기까지 하니까 다들 장난삼아 그렇게 지껄여 대는 거지. 사실이라고 생각하면 안 돼."

그렇게 얼버무리려는 상대를 고우키는 물고 늘어졌다. 사실인지 아닌지는 자신이 판단할 테니 자세하게 얘기해 보라고 했다.

"내가 말했다는 건 비밀로 해야 돼."

그렇게 전제한 뒤 그가 가르쳐 준 그녀의 이름은 미야모토 유리였다. 금년 4월부터 나오히로의 비서로 일하고 있다고 했다.

그녀가 가가 형사가 보여 준 사진 속의 인물임에 틀림없다고 고우키는 확신했다.

미야모토 유리로 여겨지는 키 큰 여자는 등을 꼿꼿이 세운 채 성큼성큼 걸어갔다. 그 보폭이 하도 넓어 거의 뛰다시피 하며 그녀를 쫓아간 고우키는 그녀 가까이 가자 숨을 고른 후 말을 걸었다.

"미야모토 씨."

여자가 걸음을 멈췄다. 그녀는 숄더백의 끈을 잡은 채 뒤를 돌아보았다. 그리고 고우키의 얼굴을 본 순간 눈이 커졌다.

고우키가 고개를 숙였다.

"느닷없이 말을 걸어 죄송합니다. 저는 기요세 나오히로 씨의 아들, 고우키라고 합니다."

여자는 눈을 몇 번 깜박이더니 고개를 숙였다.

"네⋯⋯."

"저, 긴히 드릴 말씀이 있습니다. 10분이면 되는데, 시간 좀 내 주실 수 있을까요?"

눈빛의 흔들림에 그녀 마음의 동요가 드러났다. 갑자기 이런 말을 들으면 누구라도 동요할 것이다. 고우키는 그녀가 냉정을 되찾을 때까지 기다렸다.

그리 오래 걸리지는 않았다.

"알겠어요."

그녀가 고우키의 눈을 똑바로 쳐다보면서 말했다.


"기요세 씨."

나오히로가 아마자케요코초에 들어선 지 얼마 안 되어 누군가 뒤에서 그를 부르는 소리가 들렸다. 돌아보니 가가 형사가 다가오고 있었다.

"여기서 우연히 만나는군요. 아니, 우연이 아닌가?"

그러자 가가는 멋쩍게 웃으면서 머리를 긁적거렸다.

"요즘 사장님이 니혼바시를 서성인다는 건 수사본부 사람들이 다 알아요."

"내게 미행이 붙어 있다는 건가요?"

"그렇게까지야 하겠습니까만, 관계자의 현재 위치를 파악하는 것은 수사의 중요한 부분입니다."

가가의 말에 나오히로는 아랫입술을 비죽 내밀고 어깨를 으쓱했다.

"그래서, 내게 무슨 볼일이?"

"몇 가지 여쭤 보고 싶은 게 있어서요. 우선, 니혼바시에 다니시는 이유가 뭡니까?"

"꼭 대답해야 합니까?"

"대답하지 못할 이유라도 있나요?"

가가가 웃는 얼굴로 되물었다.

나오히로는 숨을 후, 내쉬었다.

"걸으면서 얘기해도 됩니까?"

"그거 좋죠. 이 동네, 산책하기 참 좋습니다."

둘은 나란히 걷기 시작했다. 저녁이 되니 더위가 한결 누그러진 느낌이었다. 어디선가 풍경 소리가 들린다.

샤미센 가게 쇼윈도 앞에서 나오히로는 걸음을 멈췄다.

"미네코가 고덴마초로 이사한 데는 뭔가 특별한 이유가 있었다죠? 자식 놈에게서 들었습니다. 그게 뭔지 알고 싶어서 이렇게 돌아다녀 보는 겁니다. 이 동네를 이리저리 다니다 보면 알아낼 수 있지 않을까 하고요. 하기야 우리 아이 말로는 나와 아무 관계도 없는 일이라지만."

가가 형사는 아무 대꾸도 하지 않았다. 쇼윈도 유리에 몹시 안타까워하는 그의 표정이 비쳐 있을 뿐이다. 잠시 그렇게 있다가 그가 입을 열었다.

"기요세 씨, 이혼하자는 미쓰이 미네코 씨의 뜻을 받아들이신 이유가 뭡니까?"

그 물음에 나오히로는 무릎을 푹 꺾는 시늉을 했다.

"지금 여기서 그런 얘기를 할 필요가 있을까요."

"미야모토 유리 씨와는 관계없는 거죠? 그녀 때문에 이혼하려 했던 게 아니에요. 그렇죠?"

"무슨 말이 하고 싶은 겁니까?"

"사장님은 자신이 미쓰이 미네코 씨를 얼마나 사랑했는지 이제 와서 새삼 느끼게 된 거예요. 그래서 아내가 이 동네에서 어떻게 살았는지 더듬어 보려는 거고요. 아닙니까?"

나오히로는 천천히 고개를 저었다.

"미네코에 대한 마음은 옛날이나 지금이나 조금도 변한 게 없습니다. 새삼 느끼고 자시고 할 것도 없어요. 그리고 이혼은 옳은 선택이었습니다. 서로를 위해 잘한 일이었죠. 그걸 확신하고 싶어서, 미네코가 그 선택 후에 무얼 찾았는지 알고 싶었던 겁니다."

그 말을 들은 가가는 뭔가를 잠시 생각하더니 주머니에서 휴대 전화를 꺼냈다.

"기요세 씨, 오늘 저녁에 약속 있으십니까?"

"오늘 저녁에요? 아니, 없는데요."

"그럼 저랑 한잔 하시겠습니까? 미쓰이 미네코 씨에 관해 말씀드리고 싶은 게 있는데."

고우키는 미야모토 유리와 함께 셀프서비스 찻집으로 들어 갔다. 그리고 조용한 곳을 찾아 맨 구석 테이블에 자리 잡았다.

"단도직입적으로 묻겠습니다. 우리 아버지와는 어떤 관계입니까?"

그는 낮지만 분명한 목소리로 물었다.

미야모토 유리는 카페라테가 담긴 컵에 눈길을 고정시킨 채 "비서예요."라고 대답했다.

"제 말은 그런 게 아니라,"

고우키는 몸을 좀 더 앞으로 들이밀었다.

"개인적인 관계가 있는지 묻는 겁니다."

미야모토 유리가 고개를 들었다.

"그건 프라이버시 아닌가요? 대답할 의무는 없는 것 같은데."

생각지도 못한 대답을 들은 고우키는 마치 한 대 얻어맞기라도 한 느낌이었다. 순순히 따라왔으니 모든 것을 솔직히 털어놓을 것이라고 짐작한 게 오산이었다.

"아들로서 아버지의 여자관계 정도는 알 권리가 있다고 생각하는데요."

"그렇다면 아버지께 여쭤 보면 되지 않겠어요?"

"아버지가 사실대로 말해 줄 것 같지 않아서 그쪽에게 묻는 겁니다."

"그렇다면 제 입장에서는 더더욱 말씀드릴 수 없죠. 기요세 사장님께 무슨 생각이 있을 테니 거기에 따르겠어요."

고우키는 테이블 밑에서 왼쪽 다리를 흔들었다. 초조할 때 나오는 버릇이었다. 하지만 미야모토 유리는 그런 그의 속마음에는 관심조차 없다는 듯 무심한 얼굴로 카페라테를 마시고 있었다.

과연 미인이군. 초조한 마음 한편에서 그런 생각이 슬며시 고개를 들었다. 성숙한 여자다운 차분한 분위기를 풍기지만 유심히 보니 꽤 젊다. 고우키와는 열 살 차이도 나지 않을 것 같았다.

"경찰이 아버지를 의심하고 있습니다. 어머니를 살해했을지도 모른다고요. 만약 그쪽이 아버지의 애인이고 그 관계가 이혼 전부터 시작되었다면 어머니에게는 위자료를 청구할 권리가 생깁니다. 그걸 지불하고 싶지 않아서 죽였다는 거죠."

미야모토 유리가 눈을 휘둥그렇게 떴다.

"있을 수도 없는 일이에요. 아버지를 믿지 못하나요?"

"내가 아니라 경찰이 그렇게 생각하고 있다는 겁니다."

그녀는 머리를 세차게 가로저었다.

"중요한 건 당신 마음이에요. 아버지를 믿는다면 다른 사람들이 뭐라 하든 흔들리지 말아야죠."

마치 훈계하는 듯한 그녀의 말투에 고우키는 어금니를 꽉 물었다.

"그런 의미에서라면 난 아버지를 별로 믿지 않는다고 할 수밖에 없어요."

미야모토 유리의 눈초리가 매서워졌다.

"정말이에요?"

그러자 고우키가 쓴웃음을 지었다.

"그쪽도 그런 말투를 쓰는군요."

"지금 그게 중요한가요? 정말 아버지를 안 믿어요?"

"안 믿어요. 아니, 믿을 수가 없어요. 그렇잖아요, 가정도 나 몰라라 하고, 어머니가 이혼하자는데도 반성조차 안 했어요. 게다가 이혼하고 보니 댁 같은 여자가 옆에 있고. 믿으라는 게 무리 아닌가요? 아버지는 어머니의 장례식에는 나타나지도 않았다고요."

미야모토 유리는 마치 하늘을 쳐다보려는 듯 고개를 위로 들었다. 그리고 혼자서 뭐라고 중얼거렸다.

"뭐라는 겁니까?"

고우키가 물었다. 그러나 그녀는 대답 없이 계속 뭐라고 중얼거렸다. 더는 안 되겠어, 내겐 무리야, 그에겐 그렇게 들렸다.

미야모토 씨, 하고 부르려 했을 때 그녀가 고개를 바로 했다. 눈에 힘이 잔뜩 들어가 있었다.

"고우키 씨, 당신에게 하고 싶은 말이 있어요."

"네?"

"원래 이건 내 역할이 아니지만, 더는 참을 수가 없어요. 고우키 씨에게 사실대로 말해 줄 수밖에 없군요."

"사실대로라면……."

"잠자코 들으세요."

스스로에게 힘을 북돋우려는 듯 미야모토 유리는 카페라테를 한 모금 꿀꺽 마셨다.

5

가가를 따라간 곳은 '마쓰야'라는 가게였다. 간판에 '요릿집'이라고 되어 있어 상당히 격식 있는 곳일 거라고 생각했으나 안내받은 자리는 방이 아닌 테이블석이었다.

그러나 나오히로가 가게에 관심을 기울인 것도 거기까지가 전부였다. 가가가 들려주기 시작한 얘기에 마음을 온통 빼앗겼기 때문이다. 그것은 미네코가 고덴마초로 이사하게 된 배경에 관한 것이었다. 외아들 소식을 쫓고 있었다는 것, 고우키의 애인이 임신한 줄 알고 가까이에 있고 싶어 했다는 것, 하지만 그것은 이런저런 우연이 겹쳐 빚어낸 오해였다는 것 등. 물론 고우키의 말처럼 나오히로와는 관계가 없는 일들이었다. 만일 미네코가 살해당하지 않았다면 바보 같은 짓이라고 웃고 넘어갔을지도 모를 내용들이다. 하지만 지금은 사정이 달랐다. 듣고만 있어도 나오히로는 가슴이 메었다.

"어떠세요?"

얘기를 마친 가가는 그제야 맥주잔으로 손을 뻗었다. 명물 중 하나인 히다시 지역 맥주다. 나오히로도 같은 것을 주문했지만 가가와 마찬가지로 아직 입을 대지 않았다.

"놀랍군요. 그런 뒷이야기가 있을 줄이야……."

나오히로는 자신의 느낌을 솔직히 털어놓았다.

"다카마치 변호사 말로는 이혼 당시 미쓰이 미네코 씨가 사장님이 바람을 피우고 있는지 의심하지 않은 건 아니었다고 하더군요. 자세히 조사해 보면 뭐가 나올지도 모른다는 생각은 있었던 모양이에요. 그러나 결국 원만하게 일을 처리하는 쪽을 택했죠. 하루빨리 자립하고 싶다는 마음이 컸기 때문이었습니다. 그럼에도 나중에 가서 사장님께 위자료를 청구하려 했던 걸 보면 그럴 만한 이유가 있었을 거라고 생각하는 편이 타당하겠죠."

"고우키에게 아이가 생겨서 그랬을지도 모르겠군요."

나오히로는 맥주를 한 모금 마신 뒤 말을 이었다.

"하지만 난 바람 같은 건 피우지 않았습니다."

"사장님 회사에서 미야모토 유리 씨에 대해 이러쿵저러쿵 말들이 많다더군요. 그 소문이 미쓰이 미네코 씨의 귀에 들어가지 말라는 법이 없지요. 미네코 씨로서는 위자료를 청구할 명분을 찾은 셈이고요."

나오히로는 고개를 살래살래 흔들었다.

"터무니없는 소리예요."

"사장님 입장에서 보면 터무니없는 소리일지 모르지만, 이혼하자마자 묘령의 젊은 여자를 옆에 데려다 놓았으니 사람들은 전부터 무슨 관계가 있던 상대가 아닐까 의심하지 않을 수 없지요. 게다가 실제로도 전부터 알았던 사람이잖습니까. 문제는 두 분의 관계입니다. 남자와 여자이니 세상 사람들은 한 가지 가능성밖에 생각하지 않습니다. 설마 피붙이일 거라고는 생각도 못하죠."

그 순간 나오히로가 움찔하며 가가 형사의 얼굴을 보았다. 그러나 니혼바시 서에서 온 형사는 나오히로의 눈길에는 아랑곳하지 않고 태연한 표정으로 안주를 입에 넣었다.

나오히로는 한숨을 푹 내쉬었다.

"역시 그랬군요. 유리에게 가가 형사 얘기를 들었을 때, 눈치챈 게 아닐까 생각했습니다. 반지에 대해 물었다면서요?"

가가가 고개를 끄덕였다.

"미야모토 씨가 왼손에 끼고 있는 반지는 손으로 직접 만든 것이었어요. 게다가, 이렇게 말하긴 좀 뭐하지만, 솜씨가 형편없었죠. 유리 양의 패션과도 어울리지 않았기 때문에 소중한 사람에게 받은 건가 보다고 상상했습니다. 그것과 비슷한 반지를 전에도 본 적이 있었습니다. 50엔짜리 동전을 줄로 다듬어서 만든 거죠, 아마."

"이거 참……."

나오히로는 손가락 끝으로 눈썹 위를 문지르며 쓴웃음을 지었다.

"20년도 더 전에 유행했던 거라면서요. 가난한 남자들이 사랑하는 여자에게 선물하기 위해 만들었다던데, 요즘은 그렇게까지 하는 남자가 없죠. 만약 있다 해도 이왕이면 약지에 끼도록 만들겠죠. 새끼손가락이 아니라."

"그 반지는 유리 엄마에게 선물한 거였습니다."

"저도 그럴 거라고 생각했습니다. 그 여자 분은 몸집이 작았겠네요. 손도 작고, 손가락도 가늘고. 그래서 그 반지가 약지에 맞았을 거예요."

"그때 전 아직 이십 대였습니다. 돈도 없었고."

나오히로는 맥주를 꿀꺽 들이켰다.

노래방이 아니라 노래를 부를 수 있는 술집이 많았던 시절의 얘기다. 나오히로는 대학을 졸업한 후에도 취직하지 않은 채 그런 가게에서 아르바이트했다. 급료는 어이없을 정도로 적었지만, 젊음이라는 무기가 있으니 저금 따위는 필요 없다고 생각했다.

그 가게에 도키코라는 여성이 있었다. 나오히로보다 다섯 살 위로, 이혼 경력이 있었다. 그녀는 주인은 아니었지만 술집 경영 전반을 책임지고 있었다. 이른바 고용 마담이었다.

술 취한 도키코를 집까지 데려다 준 일을 계기로 둘 사이에는 애정이 싹텄다. 나오히로는 도키코에게 푹 빠졌고 그녀 역시 그를 진심으로 사랑하는 것 같았다.

도키코가 생일을 맞은 어느 밤, 가게 문을 닫은 후 나오히로는 그녀에게 선물을 내밀었다. 그것이 바로 50엔짜리 동전을 깎아서 만든 반지였다. 동시에 그는 결혼해 달라고 프러포즈했다.

그녀는 감격의 눈물을 흘리며 고맙다고 몇 번이나 말했다. 이 반지를 평생의 보물로 여기겠노라는 말도 했다.

하지만 프러포즈에 대한 대답을 그 밤에는 듣지 못했다.

"내일 고향 집에 내려가서 사흘 있다 올 거야. 돌아와서 대답할게. 나도 나오히로 씨에게 선물하고 싶은 게 있어."

울어서 부은 눈에 미소를 머금고 도키코는 말했다.

그 후로 사흘 동안 도키코는 가게를 쉬었다. 그런데 나흘째가 되어서도 그녀는 나타나지 않았다. 그동안 마담 대신 가게를 운영했던 바텐더가 그녀가 가게를 그만두었다고 알려 주었다.

나오히로는 도키코의 집을 찾아갔다. 하지만 그녀의 집은 이미 텅 비어 있었다. 그로부터 며칠 후, 망연자실해 있는 그에게 그녀의 편지가 배달됐다. 보낸 이의 주소는 적혀 있지 않았다.

그 편지에는, 프러포즈를 받아 정말 기뻤지만 전도양양한 젊은이의 앞길을 나 같은 사람이 가로막을 수는 없으니 헤어지자는 내용이 적혀 있었다. 거기에, 힘들게 대학까지 보내 주신 부모님의 은혜에 보답하기 위해서라도 자신이 나아갈 길을 진지하게 찾아야 한다며 나오히로를 타이르고 있었다.

찬물을 뒤집어쓴 것 같다는 말은 바로 이런 경우를 두고 하는 말이었다. 지금까지 자신이 얼마나 부모에게 응석을 부리고 세상을 안이하게 여겼는지 뼈저리게 느꼈다. 도키코의 편지는 애정으로 가득했지만 한편 미숙한 인간을 달래는 내용으로도 해석할 수 있었다.

그날 이후 나오히로는 딴사람이 되었다. 밤에 하던 아르바이트를 그만두고 심부름센터에 말단으로 들어갔다. 심부름센터를 선택한 것은 무슨 일이든 하겠다는 결의의 표명이었다.

결국 그 결단이 좋은 결과를 가져왔다. 심부름센터에서 익힌 청소 전문 기술이 훗날 청소 회사를 세우는 기반이 된 것이다.

"긴자에 있는 클럽에서 유리를 발견한 건 2년 전쯤의 일입니다. 깜짝 놀랐어요. 도키코를 쏙 빼닮았거든요. 하지만 더욱 놀라운 것은 그 반지였습니다."

"그때도 그 반지를?"

가가 형사가 물었다. 나오히로는 고개를 끄덕였다.

"무슨 반지냐고 물어보았죠. 의외의 대답이 돌아왔습니다. 어머니의 유품이라는 거예요. 3년 전에 췌장암으로 돌아가셨다고 하더군요."

어머니 이름이 뭐지, 라는 질문이 목구멍까지 올라왔다. 그걸 참은 건 우선 머릿속을 좀 정리해야겠다고 생각했기 때문이다. 그 후로도 몇 번이나 그 술집을 찾아갔다. 그때마다 유리를 불러 신상에 관한 얘기를 이끌어 내려 했다. 그녀의 말이 모두 진실이라는 보장은 없었지만 편모 가정이었던 것만은 분명해 보였다.

그러다 마침내 나오히로는 결정적인 것을 알게 되었다. 그것은 바로 유리의 생년월일이었다. 거짓말이 아니라면 그녀의 어머니가 그녀를 잉태한 시점은 바로 나오히로와 도키코가 달콤한 관계에 빠져 있을 때였다.

마음을 굳힌 나오히로는 어느 날 유리에게 단둘이서 할 얘기가 있다고 말했다.

"절대 다른 속셈이 있는 건 아니야. 중요한 얘기가 있어서 그래. 유리 양의 어머니에 관한 일이야. 혹시 어머니 이름이 도키코 씨 아닌가?"

유리의 두 눈이 동그래졌다. 그리고 "어떻게 아세요?"라고 물었다.

그 순간 나오히로는 모든 걸 확신했다. 눈앞이 어질어질했다. '어떻게 이런 일이', 하고 생각했다.

술집의 영업이 끝난 후 나오히로는 유리를 데리고 별실이 있는 단골 음식점으로 갔다. 그리고 둘만 있게 된 순간 무릎을 꿇고 머리를 숙였다. 그러면서 자신이 유리의 아버지라고 고백했다. 그간의 일을 설명하고, 도키코가 임신했다는 사실을 전혀 몰랐다고 했다.

"고생시켜서 미안하다고 사과했습니다. 두 사람이 얼마나 고생했을지 안 봐도 뻔하니까요. 몰랐다고는 하지만 내게도 책임이 있어요. 만약 내가 제 몫을 하는 사람이었다면 도키코가 프러포즈를 받아 줬을지도 모르죠."

술잔을 손에 쥔 채 나오히로가 말했다. 계속해서 요리가 나오는 가운데 술은 정종으로 바뀌어 있었다.

"유리 씨는 어떤 반응을 보이던가요?"

"물론 무척 놀랐죠. 믿어지지 않는다는 표정이었습니다. 무리도 아니죠. 하지만 그녀 역시 전부터 내가 그저 자기를 마음에 들어 할 뿐인 손님은 아니라고 느꼈나 보더군요. 그날은 그 정도만 얘기하고 헤어졌는데, 며칠 있다가 유리에게서 연락이 왔습니다. 얘기를 좀 더 나누고 싶다고요."

"그럭저럭 좋은 관계로 귀결되었나 보군요."

"내게는 가정이 있으니 당장 유리를 어떻게 할 수 있는 상황은 아니었어요. 우선은 뒤에서 도움을 주자고 생각했습니다."

"그럴 때에 부인이 이혼 얘기를 꺼낸 거로군요."

나오히로가 훗, 하고 웃었다.

"참 아이러니하죠. 여자를 행복하게 해 주려면 한눈팔지 않고 열심히 일해야 한다는 것을 도키코 일로 배웠어요. 그런데 그것만으로는 안 된다는 것을 이번에는 미네코에게서 배웠습니다. 나라는 인간, 참 서툴러요."

"하지만 그 대신 유리 씨를 곁에 둘 수 있게 됐잖아요."

"뭔가 아버지다운 일을 하고 싶었습니다. 언제까지고 긴자에서 일하게 할 수는 없다고 생각했고요. 이상한 소문이 퍼질 것은 각오했습니다. 때가 오면 사실대로 알리려고 했어요. 그러자면 먼저 고우키에게 말해야 하는데 그런 사건이 일어나고 말았으니 각본이 완전히 뒤틀린 거죠. 고우키가 갈수록 나를 싫어하는 것 같아 마주 앉아 얘기하기도 힘들었습니다."

나오히로는 잔에 남은 술을 단숨에 들이켰다. 아들과 마주 앉아 한잔 하는 것이 그의 오랜 꿈이었다. 때로는 고민거리를 들어 주며 아버지다운 충고도 해 주고 싶었다. 그러나 현실에서는 얘기만 나눴다 하면 말다툼이 되어 버렸다. 도무지 교감을 나눌 수 없었다.

그때 가가 형사가 갑자기 젓가락을 내려놓더니 허리를 쭉 폈다.

"나오히로 씨와 미쓰이 미네코 씨는 이혼해서 무엇을 얻으셨습니까?"

그러자 나오히로가 얼굴을 찡그렸다.

"듣고 싶지 않은 얘기군요."

"불쾌하게 해 드리려는 게 아닙니다. 미쓰이 씨는 아드님의 연인이 임신했다고 오해하고 근처로 이사했습니다. 나오히로 씨는 혼자가 되는 순간 유리 씨를 옆에 두었고요. 결국 두 분 모두 이혼 후에 얻은 것은 가족이었던 겁니다. 가족에 굶주려 있었기 때문이죠. 가족이라는 끈은 아주 단단한 겁니다. 그리고 나오히로 씨와 고우키 씨도 가족입니다. 그 점을 잊지 마셔야 합니다."

나오히로가 형사의 얼굴을 빤히 쳐다보았다. 그러자 가가는 겸연쩍은 미소를 띠더니 다시 젓가락을 집어 들었다.

"죄송합니다. 제가 주제넘은 소리를 했군요."

아닙니다, 하고 조그만 소리로 중얼거리는데 나오히로의 윗도리 속에서 휴대 전화의 문자 착신음이 울렸다. 실례하겠습니다. 라며 그가 전화기를 꺼냈다.

문자는 유리에게서 온 것이었다. 제목이 '긴급'이라고 되어 있어 얼른 열어 보았다. 내용을 읽던 나오히로는 앗, 하고 소리를 냈다. 다음과 같은 글이었기 때문이다.

'지금 동생과 함께 있어요. 합류할 수 있으면 연락 주세요. 유리.'

휴대 전화를 보며 굳어 있는 나오히로를 보고 가가가 "왜 그러십니까?"라고 물었다.

나오히로는 말없이 그에게 문자를 보여 주었다. 형사는 일순 굳은 얼굴을 했지만 금세 표정을 풀고 미소지었다.

"이미 새로운 가족이 시작된 것 같군요. 어서 가 보세요. 가게 주인에게는 제가 설명하겠습니다."

"고마워요."

자리에서 일어서던 나오히로는 문득 생각났다는 듯 가가를 보며 물었다.

"가가 씨, 그 반지만으로 유리가 내 딸이라는 걸 알아챈 겁니까?"

만일 그렇다면 놀라운 혜안이라고 생각했는데 형사는 짓궂은 표정을 지으며 히죽 웃었다.

"아니요, 실은 그녀를 보는 순간 그럴 것이라고 직감했습니다."

"설마요."

"꼭 닮았던걸요, 유리 씨와 고우키 씨."

"아하."

"고우키 씨도 어디선가 본 듯한 얼굴이라고 했어요."

나오히로는 가가 형사의 얼굴을 멀뚱멀뚱 바라보다가 졌다는 듯 고개를 저었다.

"하나만 더 묻겠는데, 가가 씨, 계급이 뭡니까?"

"경부보인데요."

"경부로 올려 달라고 하세요."

그러고서 나오히로는 출구로 향했다.

8

민예품점 손님

1

　그 손님이 나타났을 때 후지야마 마사요는 가게 안쪽 계산
대에서 전표를 정리하고 있었다. 시곗바늘은 6시를 조금 지나
쳐 있었다. 평일에는 이 시간대가 되면 손님이 거의 오지 않
는다. 그렇다고 방심한 것은 아니지만, 전자계산기를 두드리
는 데 정신이 팔려 손님이 온 것을 미처 눈치채지 못한 것은
사실이다.

　손님이라고는 하지만 그 사람이 과연 물건을 살지 어떨지
는 아직 알 수 없다. 가게 앞쪽에 진열된 상품을 그저 재미 삼
아 구경하고 있는 것뿐인지도 모른다. 하지만 마사요는 그런
손님을 놓치는 법이 없었다. 그녀는 의자에서 몸을 일으켜 입
구로 다가갔다.

　손님은 삼십 대 중반쯤으로 보이는 남자였다. 티셔츠 위에
파란 체크무늬 반소매 셔츠를 걸친 차림이다. 그 모습이 마사
요 눈에는 옷을 아무렇게나 걸친 것처럼 비쳤다.

　남자 손님이 들여다보고 있는 것은 팽이였다. 대·중·소의

세 종류가 있는데 모두 빨강, 하양, 초록 동심원이 차례로 그려져 있다. 남자가 그중 가장 작은 팽이를 집어 들었다.

"옛날 생각 나시죠?"

마사요는 그렇게 말을 걸었다.

"손님 정도면 어렸을 때 가지고 논 적이 있지 않나요?"

"안 그래도 그때를 떠올리고 있었습니다."

남자 손님은 고개를 들고 하얀 이를 드러내며 웃어 보였다. 가무잡잡하고 윤곽이 뚜렷한 얼굴이다.

"역시 닌교초로군요. 여전히 이런 걸 취급하는 가게가 있다니."

"추억의 장난감이라면 그것 외에도 여러 가지가 있어요."

마사요는 옆에 있는 진열대를 가리켰다.

"방울 달린 소고라든가 딱따기라든가. 전부 수공예품이고 국산 재료를 사용했죠."

"일본 민속 공예품이라서요?"

"그런 이유도 있지만, 소재를 알 수 없는 물건은 갖다 놓기가 싫어서요. 이런 완구류는 어린아이들이 입에 넣을 수도 있잖아요. 그래서 주재료뿐 아니라 착색료 같은 것도 아이들이 핥아도 무방한 것만 고르죠."

"그렇군요. 대단합니다."

남자 손님은 다른 장난감으로 시선을 돌렸다가 다시 손에 든 팽이를 내려다보았다. 꽤 마음에 드는 모양이다.

"그 팽이는 군마에서 만든 제품이에요. 색은 우리 가게에서 직접 입혔고요."

"끈도 군마에서 만든 것인가요?"

"아니요, 끈은 다른 곳에서 들여와요. 천연 소재를 사용한 거죠."

남자 손님은 고개를 끄덕이더니 들고 있던 팽이를 마사요에게 내밀었다.

"이거 주세요."

"감사합니다."

마사요는 팽이와 돈을 받아 들고 가게 안으로 들어갔다. 역시 말을 걸어 보길 잘했다고 생각했다. 수제 공예품에 관심을 보이는 손님은 다른 사람과 어울리는 것도 싫어하지 않는다는 게 그녀의 지론이었다.

마사요가 닌교초에 '호오즈키야'를 차린 것은 지금으로부터 24년 전이다. 그녀의 부모가 니혼바시에서 기모노 가게를 운영하고 있어 그 계열점 형식으로 가게를 낸 것이다. 젊었을 때부터 일본의 전통 공예품에 관심이 있어 이것저것 수집하다가 보니 평생의 업으로 삼고 싶다는 생각을 하게 되었다. 취급하는 상품은 모두 그녀 스스로 생산지를 찾아가 골라 온 것이다. 그 밖에 오리지널 상품도 제작하고 있다. 본점이 기모노 가게라는 장점을 살려 천을 사용한 제품이 많다.

팽이를 포장한 후 그녀는 금고에서 거스름돈을 꺼냈다. 얼굴을 드니 남자 손님이 바로 옆에 서서 선반에 진열된 손가방을 바라보고 있었다.

"전부 가방을 위해 특별히 고른 천으로 만든 거예요. 자투리 천 같은 걸 이어서 만든 게 아니고요. 낡은 천은 일절 사용하지 않습니다."

마사요의 설명에 남자 손님이 미소를 지었다.

"재료에 상당히 신경 쓰시는군요."

"그야 물론이죠. 사람 손이 닿는 물건이니까요."

그리고 마사요는 팽이와 잔돈을 건넸다. 남자는 거스름돈을 집어넣은 후 가게 안을 주욱 둘러보았다.

"이 가게, 몇 시까지 합니까?"

"폐점 시각 말씀인가요? 그날그날 다르지만, 대개 7시가 넘으면 닫는다고 볼 수 있죠."

"특별히 붐비는 시간대가 있나요?"

그 말에 마사요가 피식 웃었다.

"휴일에 손님이 좀 많기는 하지만 붐비는 정도는 아니에요. 취미 정도로 하고 있는 가게라서."

남자 손님은 고개를 끄덕이면서 포장지로 싼 팽이를 내려다보았다.

"이런 팽이는 잘 팔립니까?"

"잘 팔린다고 볼 수는 없고 가끔가다 한두 개씩 팔리는 정도예요. 역시 나이가 좀 있으신 분들이 사 가시고요. 자제 분이나 손자들에게 선물하려는 거겠죠. 지금은 컴퓨터 게임이 대세지만 이런 장난감이 더 정감 있다고들 하시면서요."

"동감입니다. 최근에 이 팽이를 사 간 손님이 있나요?"

"최근에요? 글쎄요……."

마사요는 좀 당혹스러웠다. 이 남자는 왜 그런 걸 묻는 걸까. 남이야 팽이를 사든 말든 무슨 상관일까 싶었다.

그녀가 의아해하는 듯한 태도를 보이자 남자는 겸연쩍은 듯 미소지었다.

"아, 미안합니다. 이렇게 꼬치꼬치 물으면 기분 나쁘실 텐데. 실은, 이런 사람입니다."

그는 바지 주머니에서 짙은 갈색의 수첩처럼 생긴 것을 꺼내더니 한쪽을 위로 펼쳐 안을 보여 주었다. 그것은 신분증과 배지였다.

"아, 경찰……."

"니혼바시 서 사람입니다. 되도록이면 편안하게 얘기하고 싶어 말씀을 안 드렸습니다."

남자는 자신을 가가 형사라고 밝혔다. 그 말을 듣고 다시 보니 온화한 표정 뒤에 빈틈없는 날카로움이 숨어 있는 것처럼 느껴졌다.

"우리 가게 팽이에 무슨……"

마사요가 조심스럽게 물었다.

아닙니다, 아닙니다, 라며 가가는 손을 저었다.

"대단한 일은 아닙니다. 팽이는 관계없어요. 팽이를 사 간 사람을 찾고 있어요. 아주 최근에."

"대체 뭘 조사하시는 건데요?"

"말씀 안 드리면 안 되겠습니까? 이 가게와는 관련 없는 일인데……."

"신경이 쓰여서요. 우리 가게 손님과 관련된 일이잖아요."

"그건 아직 확실치 않습니다. 그러니까 안 들으시는 편이 좋을 것 같아요. 괜히 들었다가 다음에 그 손님이 또 오면 평소처럼 대하기 힘들 거예요."

"그건 그럴 수도 있겠네요."

"기억 안 나십니까, 팽이를 산 손님?"

형사가 다시 한 번 물었다.

"잠깐 기다려 보세요."

마사요는 좀 전까지 정리하고 있던 전표와 공책을 펼쳤다. 언제 어느 제품이 얼마나 팔렸는지 거기에 다 나와 있다.

가가 형사에게는 팽이를 사 가는 손님이 가끔 있다고 말했지만, 실제로는 그렇게 잘 팔리는 물건이 아니었다. 마사요

자신은 최근에 판 기억이 없다.

전표를 들여다보던 마사요가 갑자기 어, 소리를 냈다.

"있나요?"

"네. 6월 12일에 하나 팔렸네요. 형사님이 산 것과 똑같은 팽이예요."

"그 전에는요?"

"그 전이라면 한 달도 더 전일 것 같은데……."

"그럼, 12일에 산 손님에 대해서는 뭐 기억나는 거 없나요?"

"그게…… 그날은 제가 아니라 아르바이트생이 가게를 봤기 때문에."

"그랬군요. 그 아르바이트생은 언제 또 오나요?"

"내일 오기로 되어 있어요."

"그럼 내일 다시 올 테니 그 아르바이트생과 얘기를 좀 나눌 수 있을까요?"

"네, 그러세요. 그 아이에게 팽이를 사 간 손님에 대해 형사가 묻고 싶어 한다고 알려 줘도 될까요?"

"그러십시오. 그럼 내일 또 뵙겠습니다."

가가라는 이름의 니혼바시 서 형사는 팽이를 들고 가게를 나갔다.

"그거 요즘 한창 떠들썩한 사건 때문 아닐까요? 고덴마초 살인 사건."

스가와라 미사키가 앞치마를 두르면서 말했다.

"고덴마초에서 그런 일이 있었어?"

마사요는 깜짝 놀랐다. 금시초문이다.

"어머, 모르셨어요? 나호네 집에도 경찰이 조사하러 왔다던데."

"나호라면, 센베이 집?"

"네."

'호오즈키야'와 같은 길에 '아마카라'라는 센베이 가게가 있다. 가미카와 나호는 그 집 외동딸이다. 같은 또래여서 평소에 미사키와 친하게 지내는 듯했다.

"센베이 집에 형사가 왜 왔대?"

"글쎄요, 자세한 건 못 들었어요."

미사키는 고개를 갸우뚱했다.

"기분이 영 찜찜하네. 우리 가게 팽이가 그 살인 사건과 무슨 관계라도 있으면 어쩌지? 중요한 증거가 된다든가."

"그럼 어때요. 화제가 될지도 모르잖아요."

"난 싫어, 그런 거. 이미지에도 안 좋고."

"그럴까요? 아! 그런데……,"

갑자기 미사키가 계산대에 놓여 있는 달력을 보았다.

"팽이를 판 건 12일이에요. 고텐마초에서 사건이 일어난 건 그보다 전이고요. 그러니 증거가 될 일은 없을 거예요."

"어머, 그래?"

"네. 아마 별 상관 없을 거예요."

미사키가 가벼운 말투로 그렇게 결론지었다.

점심때가 좀 지나 가가 형사가 다시 나타났다. 걸친 셔츠의 무늬가 어제와 달랐다. 마사요는 계산대 의자에 앉은 채 가가와 미사키의 대화에 귀를 쫑긋 세웠다.

"그 손님이 팽이를 사 간 게 12일 몇 시쯤이죠?"

"6시 좀 넘어서였던 것 같아요. 밖이 어두워지고 있었거든요."

"어떤 사람이었는지 기억납니까?"

"중년 남자였어요. 키는 별로 크지 않고, 양복 차림이어서 회사에서 돌아오는 길인가 보다 했어요."

마사요가 미리 귀띔을 해 주어서인지 미사키는 막힘없이 대답했다.

"사진을 보면 알아볼 수 있겠어요?"

"아, 그건 좀 힘들걸요."

미사키가 손을 가로저었다.

"저는 손님 얼굴을 잘 안 보거든요. 손하고 뒷모습 정도만 봐요."

'그러면 안 되지.'

옆에서 가만히 듣고 있던 마사요는 속으로 그렇게 생각했다. 손님의 표정을 관찰하지 않으면 어떤 물건을 원하는지 읽을 수 없다.

"그럼 그 손님에 관해 뭐 기억나는 거 없습니까? 사소한 거라도 괜찮아요."

가가의 말에 미사키는 고개를 이리저리 갸웃갸웃했다.

"딱히 기억나는 건 없는데요."

"이 가게 팽이는 크기별로 세 종류가 있던데, 그 손님이 대뜸 제일 작은 팽이를 고르던가요?"

글쎄요, 라며 이 질문에도 미사키는 신통찮은 반응을 보였다.

"그 직전에 다른 손님을 상대하고 있었기 때문에 잘은 모르겠지만 비교적 오래 팽이 앞에 서 있었던 것 같아요."

"그렇군요."

고개를 끄덕이던 형사가 이번에는 마사요를 향해 물었다.

"12일 이후에는 팽이가 팔리지 않았죠?"

"어제 형사님이 사 가신 게 다예요."

"알겠습니다. 그럼 밖에 진열된 팽이를 전부 주십시오. 물론 값은 치르겠습니다."

"전부요?"

"네. 포장은 필요 없습니다. 얼마죠?"

그러면서 가가는 지갑을 꺼냈다.

"저, 형사님."

마사요가 큰맘 먹고 가가를 불렀다.

"우리 집 팽이가 고덴마초 사건과 관련이 있나요? 무슨 증거라도 되는 건가요?"

형사는 지갑을 손에 든 채 허를 찔렸다는 듯 눈을 동그랗게 떴다. 그러고는 눈을 깜박거리며 마사요와 미사키의 얼굴을 번갈아 본 후 씩 웃었다.

"과연 인정이 넘치는 동네로군요. 그 덕에 소문이 퍼지는 것도 빠르고."

"역시 그랬군요."

그러자 가가는 다시 정색을 하더니 천천히 고개를 저었다.

"아니요, 이 집 팽이와는 관계없습니다. 관계없다는 점이 중요하죠."

그 말에 마사요는 눈썹을 찌푸렸다.

"그게 무슨 뜻인가요?"

"언젠가 얘기할 수 있는 날이 올 겁니다. 그때까지만 기다려 주세요. 참, 영수증 부탁합니다."

그러고서 가가는 만 엔짜리 지폐를 꺼냈다.

피자 집 팸플릿을 들여다보고 있는데 테이블 위에서 휴대
전화가 푸르르 떨었다. 착신 표시를 본 레이코는 입을 비죽거
렸다. 시아버지였다. 무시하고 싶었지만 용건이 무엇인지 알
기에 그럴 수 없었다.

"네, 아버님."

"아, 그래. 나다. 가쓰야한테 얘기 들었다. 경찰에서 찾아왔
다고?"

"네, 그저께요."

"흠…… 실은 지금 근처에 있는데 잠깐 들러도 괜찮겠니?"

"네, 지금요? 괜찮기는 한데, 아비가 아직 안 들어왔어요.
좀 늦는다고 하던데요."

의식적으로 목소리를 낮췄다. 귀찮아하는 느낌이 전해져도
상관없다. 그래서 발길을 돌려준다면 오히려 다행이다.

하지만 상대는 그녀가 바라는 반응을 나타내지 않았다.

"그래, 뭐, 괜찮다. 네 얘기만 들으면 돼. 경찰을 만난 건 너
잖니."

"그렇기는 하지만……."

"그 얘기만 들으면 된다. 10분이면 도착할 거다. 불쑥 찾아
와서 미안하다만."

그러고서 그는 전화를 끊었다.

'미안하면 안 오면 될 거 아니야.'

레이코는 휴대 전화를 노려보았다. 역시 받지 말 걸 그랬다. 혼자 사는 시아버지는 툭하면 구실을 만들어 찾아온다. 이달만 해도 벌써 몇 번째인지 모른다.

거실을 한 번 둘러보았다. 인사치레로라도 깨끗하다고 할 수는 없었다. 바닥에는 쇼타의 장난감과 여성 잡지가 흩어져 있고 소파 위에는 옷가지가 벗어 놓은 그대로 팽개쳐져 있다.

아, 귀찮아. 레이코는 그렇게 생각하며 엉덩이를 들었다. 정리하는 김에 피자 집 팸플릿도 숨겼다. 또 저녁을 하지 않았다는 걸 알면 무슨 잔소리를 할지 모른다.

대충 치우고 있는데 옆방에서 자던 쇼타가 일어나 나왔다.

"엄마, 뭐하는 거야?"

"할아버지가 오신다고 해서 청소하는 거야."

"뭐, 할아버지 오신대?"

다섯 살짜리 아들이 눈을 반짝거린다.

"오늘도 금방 가실 거야. 할아버지, 바쁘시거든."

그녀는 자신의 희망을 담아 그렇게 말했다.

몇 분 후, 인터폰이 울렸다.

문을 여니 시아버지 기시다 요사쿠가 슈크림을 손에 들고 서 있었다. 쇼타가 무척 좋아하는 것이다.

"저녁 시간 다 됐는데 미안하구나. 밥하던 중 아니었니?"

거실로 들어온 요사쿠가 소파에 앉아 부엌 쪽을 보면서 말했다.

"나갔다 좀 전에 들어왔어요. 안 그래도 준비하려던 참이었는데."

보리차를 컵에 따라 시아버지에게 건넨 레이코는 쇼타 쪽으로 눈을 돌렸다. 쇼타가 요사쿠의 가방을 열려 하고 있었다.

"쇼타, 안 돼!"

"그랬구나. 바쁜데 미안하다."

요사쿠는 보리차를 마시고 가방을 끌어당겼다.

"그런데, 형사가 뭘 물으러 왔더냐?"

"별거 아니었어요. 10일 밤, 아버님이 오셨을 때 일을 몇 가지 묻더라고요."

"어떤 식으로?"

"어떤 식으로……요?"

레이코는 테이블을 내려다보며 그때 일을 떠올렸다.

찾아온 사람은 우에스기라는 경시청 형사와 니혼바시 서의 가가라는 형사였다. 형사를 실제로 만난 건 처음이었다.

주로 질문한 쪽은 우에스기였다. 어떤 사건을 수사하고 있다면서 관계자의 진술이 사실과 일치하는지 확인하러 왔다고 했다. 형사는 우선 6월 10일 밤에 요사쿠가 왔었는지 확인했다. 왔다고 하자 정확한 시간을 물었다. 8시쯤 와서 한 시간 정도 있다가 갔다고 있는 그대로 대답했다.

"그랬더니 아버님과 무슨 얘기를 했는지 묻더라고요. 어머님 3주기에 관해 의논했다고 대답했어요."

이 역시 있는 그대로였다. 그날 낮에 요사쿠로부터, 3주기 때문에 의논할 일이 있는데 오늘 밤에 가도 괜찮겠느냐는 전화가 걸려 왔었다. 저녁은 먹고 오겠다고 해서 안도했던 기억이 있다.

"그 외에는?"

요사쿠는 뭔가를 살피는 듯한 눈초리로 레이코를 보았다. 레이코는 시아버지의 이런 눈초리를 좋아하지 않는다. 그녀가 잠시 생각하는 사이 혼자 놀던 쇼타가 그들 쪽으로 왔다.

"할아버지, 이거 돌려 봐."

그러면서 요사쿠에게 내민 것은 팽이와 끈이었다.

"아, 그래. 나중에, 나중에 하자."

요사쿠는 쇼타의 머리를 쓰다듬었다.

"아 참, 그러고 보니 팽이에 대해서 물었어요."

"뭐?"

요사쿠의 얼굴에 순간적으로 당황한 기색이 떠올랐다.

"이 팽이를 보여 줬니?"

"보여 주었다기보다, 형사들이 왔을 때도 쇼타가 옆에서 이렇게 놀고 있었어요. 그랬더니."

가가라는 형사가 요즘 보기 드문 장난감을 가지고 논다며 어디서 샀냐고 물었다.

그녀는 산 게 아니라 시아버지가 갖다 준 거라고 대답했다. 시아버지는 지인에게서 받은 모양이라고. 그랬더니 가가 형사는 그게 언제쯤이냐고 다시 물었다.

"뭐라고 대답했지?"

"12일이라고요. 12일에 그것 때문에 일부러 오셨다고요. 그럼 안 되나요?"

"아니야, 괜찮다. 팽이에 대해서 다른 건 더 안 묻더냐?"

"그게 다예요. 그러고는 금방 돌아갔어요. 예의 바른 사람들이더라고요."

"그래……."

요사쿠는 한숨을 내쉬고 팽이에 끈을 감기 시작했다.

"아버님, 그 형사들 뭘 조사하는 거예요? 아버님 주변에 무슨 일 있는 거 아니죠?"

"무슨 일은. 별거 아니다. 고객의 회사에서 사소한 부정이 있었거든. 그걸 수사하는 모양인데, 나까지 공모한 건 아닌지 의심하고 있다."

"어머나, 큰일이네요."

요사쿠는 세무사 사무실을 운영하고 있었다. 고객 대부분이 중소기업인 듯했다. 요즘 불경기라서 문제에 휘말리는 일도 많을 거라고 레이코는 생각했다.

요사쿠가 쇼타가 보는 앞에서 팽이를 던졌다. 팽이는 바닥에서 빙글빙글 돌기 시작했지만 얼마 안 있어 힘없이 쓰러지고 말았다. 그런데도 쇼타는 무척 기뻐했다.

"솜씨가 줄었다. 옛날에는 훨씬 잘 돌렸는데⋯⋯."

요사쿠가 팽이를 주워 들었다.


가쓰야가 집에 돌아온 것은 10시가 넘어서였다. 얼굴이 발그레한 것은 알코올 기운 때문일 것이다. 집에 들어오자마자 넥타이를 풀면서 부엌으로 가 물을 마셨다.

"뭐야, 오늘도 피자야?"

그가 혀를 차며 말했다. 빈 상자가 눈에 들어온 모양이다.

"어째서 그래. 자기는 밖에서 맛있는 것만 먹고 다니면서."

"좋아서 외식하는 줄 알아? 접대 때문이지. 나는 영양이 걱정돼서 그래. 애한테 그런 것만 먹이면 좋지 않잖아."

"그런 것만 먹인다니. 평소에는 제대로 요리해서 먹인단 말이야."

"말이지, 냉동식품이나 즉석식품은⋯⋯."

냉장고를 열면서 그렇게 말하던 가쓰야가 갑자기 말을 멈췄다.

"오늘 누가 왔었어?"

슈크림 상자를 본 모양이다.

"아버님."

"아버지가 또 왔어, 무슨 일로?"

그는 와이셔츠 단추를 풀며 소파에 앉았다.

"그저께 경찰이 왔던 것 때문에. 당신이 연락했지?"

"아, 그랬나? 아버지가 뭐래?"

레이코는 시아버지와 주고받은 말을 가쓰야에게 전했다. 다 듣고 난 가쓰야가 미간에 주름을 세웠다.

"고객 회사에 부정이 있었단 말이야? 후, 아버지도 골치깨나 아프겠군."

그러고서 가쓰야는 테이블 위에 놓인 팽이와 끈을 집어 들었다. 쇼타는 이미 잠든 후였다.

"아버님 사무실, 괜찮겠지? 거기 말려들어서 망하는 건 아니지?"

"설마. 괜찮을 거야."

그는 팽이에 끈을 감아 휙 던졌다. 하지만 팽이는 돌기는커녕 벽에 툭 부딪치고 말았다.

"아이참, 벽에 흠집 나잖아."

"이상하다. 옛날에는 제법 돌렸는데."

가쓰야는 고개를 갸웃거리며 일어나 팽이를 주웠다.

"참, 그런데 오늘 낮에 카드 회사에서 전화 왔었어."

레이코의 말에 무엇에 찔리기라도 한 듯 움찔하며 가쓰야가 동작을 멈췄다.

"뭐래?"

"결제 때문이라던데. 당신 휴대 전화 번호 가르쳐 줬으니까 내일이라도 연락 올지 몰라. 한데 당신, 또 그런 건 아니지?"

"뭘 또 그래?"

"연체. 또 그러면 이번에는 위험하단 말이야."

"걱정 마."

"정말? 이제 난 몰라."

"말이 왜 그래. 돈은 나만 쓰는 게 아니잖아. 당신도 가족 카드로 사고 싶은 거 사면서."

"내 카드 한도액이 얼마나 된다고 그래. 한두 번 쇼핑하면 끝인 걸 가지고."

"그래도 돈을 쓰는 건 사실이잖아."

가쓰야는 팽이를 테이블에 도로 놓고 거실을 나갔다.

레이코는 한숨을 쉬고는 텔레비전 스위치를 눌렀다. 60인치 액정 텔레비전은 금년 들어 산 새것이다. 보고 싶은 DVD를 이 화면으로 보는 게 쇼핑 다음으로 그녀가 좋아하는 일이다.

가쓰야는 걱정 말라고 했지만, 역시 카드가 연체되었는지도 모른다고 레이코는 생각했다. 전에도 이런 일이 있었다.

그때는 요사쿠가 막아 주었다.

레이코가 가쓰야와 결혼한 것은 6년 전이다. 같은 고등학교를 나온 그들은 5년도 넘게 교제했다. 그런데 가쓰야는 결혼에는 소극적이었다. 취직한 지도 얼마 안 됐으니 사회인으로서 좀 더 자신감을 키운 후에 생각하고 싶다는 것이었다. 그러나 본심은 더 놀고 싶어서 그런다는 걸 레이코는 간파하고 있었다. 목이 빠져라 기다리게 해 놓고 나중에 가서 꽁무니 빼면 어쩌나 불안했다. 그녀는 그가 결혼해 줄 것이라고 믿고 취직조차 하지 않았다.

그래서 가쓰야가 결혼을 결심하도록 작전에 나섰다. 어려운 일이 아니었다. 임신만 하면 되니까. 가쓰야는 피임에 관한 레이코에게 전적으로 맡겼기 때문에 오늘은 안전하다고 말하면 조금도 의심하지 않았다. 계획한 대로 레이코는 임신했다. 가쓰야는 처음에는 난감해했지만 양쪽 부모가 반색하는 것도 있고 해서 마침내 그도 결혼을 결심하기에 이르렀다.

지금까지의 결혼 생활에 레이코는 별다른 불만이 없었다. 아이 키우는 일이 힘들긴 하지만, 아직 젊은 친정엄마가 많이 도와주어 스트레스는 별로 없었다. 친정이 가까워서 쇼타를 맡기고 친구들과 어울려 놀 수도 있었다. 무엇보다 돈 걱정을 하지 않아도 되는 것이 좋았다. 레이코는 가쓰야의 월급이 얼만지, 은행 저금이 어느 정도 있는지 전혀 모른다. 그저 상식의 범위 안에서 사고 싶은 것을 사고 먹고 싶은 것을 먹을 뿐이었다.

어쩌면 동년배 부부들에 비해 사치를 부리고 있는지도 모른다는 생각은 있다. 하지만 가쓰야가 절약하라는 말은 한 적이 없기 때문에 별문제 없나 보다고 해석하고 있다.

설령 돈이 없어도 괜찮다고 레이코는 생각했다. 여차하면 요사쿠가 있으니까. 만약 카드가 연체된 게 사실이라면 틀림없이 요사쿠가 또 도와줄 거라고 믿었다.

3

안녕하세요, 라는 소리에 마사요는 고개를 들었다. 입구에 가가 형사가 서 있었다.

"어머, 형사님. 오늘은 또 무슨 일이세요?"

마사요가 돋보기를 벗으면서 말했다.

"일이랄 만한 건 없습니다. 그저 인사나 드리려고요. 수사에 협조해 주신 게 고마워서요."

그리고 가가 형사는 계산대 쪽으로 다가와 흰 비닐 봉투를 내밀었다. 안에 하얀 상자가 들어 있었다.

"과일을 곁들인 아몬드 푸딩이에요. 입에 맞으면 좋을 텐데."

"어머나, 그런 신경 안 쓰셔도 되는데."

마사요가 비닐 봉투를 받아 들었다.

가가 형사가 마지막으로 온 게 사흘 전이었다. 그 후로 수사에 뭔가 진전이 있었던 것일까. 물어보니 형사는 고개를 살짝 끄덕였다.

"덕분에 사건 해결의 실마리를 찾았습니다. 곧 해결될 거예요."

그것참 잘됐네요, 라고 말한 후 마사요는 의아한 눈빛으로 가가를 쳐다보았다.

왜요, 라고 그가 물었다.

"덕분에, 라고 말씀하셨잖아요. 그럼 역시 우리 팽이와 관련이 있다는 거네요?"

"아, 그런 건 아닙니다."

가가는 머리를 긁적이며 말했다.

"뭐죠? 분명하게 말씀해 주세요. 그 후에 저도 고덴마초 사건에 대해서 알아보았어요. 교살되었다면서요. 여자가 목 졸려 죽었다고. 그러니까 딱 감이 오더라고요. 형사님이 우리 가게에서 팽이를 산 사람을 왜 알고 싶어 했는지."

"왜 그랬다고 생각하십니까?"

형사가 정색하며 물었다.

"그거겠죠. 팽이 끈요. 팽이가 아니라 끈이 문제인 거겠죠.

교살이라는 것은 끈으로 목 졸라 죽이는 거니까."

그건 사실 마사요가 생각해 낸 게 아니었다. 아르바이트생인 미사키가 신문 기사를 읽은 후에 한 얘기다.

형사가 깜짝 놀란 표정을 짓고 뒤로 물러섰다.

"야, 이거. 어떻게 아셨습니까?"

"그 정도야 조금만 생각해 보면 알 수 있죠. 그럼 역시 우리집 팽이 끈이 살인에……."

"아닙니다, 아니에요."

가가 형사는 당황한 표정으로 손을 내저었다.

"이 가게에서 팽이가 팔린 건 12일이잖아요. 사건은 10일에 발생했습니다. 앞뒤가 안 맞죠."

"아아……."

그러고 보니 미사키도 그랬다. 그러니까 만약 경찰이 '호오즈키야'의 팽이에 주목하더라도 그것이 흉기로 사용됐을 가능성은 없다고.

"게다가 과학적인 방법을 통해 어떤 끈이 흉기로 사용되었는지 판명됐습니다. 이 가게에는 그 끈과 일치하는 팽이 끈이 없어요. 한마디로 팽이 끈이라고 말하지만 종류가 여러 가지잖아요."

그리고 가가는 마사요를 보며 피식 웃었다.

"석가 앞에서 설법하는 격이군요."

"그러네요. 전통적인 끈이라 하면 엮은 끈, 직조한 끈, 꼬아 만든 끈, 땋은 끈, 음 그리고……."

마사요가 손가락을 꼽으면서 중얼거렸다.

"이 가게 팽이 끈은 엮은 끈이죠."

"그래요. 여러 갈래의 실을 엮어서 만들죠. 기계로 만드는 거지만 소재는 까다롭게 선별하고 있어요. 그리고 팽이의 소재와 맞는지도 고려하고요. 아무 끈이나 되는 건 아니거든요."

"그렇겠죠."

형사가 고개를 끄덕거렸다.

"흉기로 사용된 건 엮은 끈이 아니었습니다."

"그래요? 그런데 이해가 안 되네요. 그런 것까지 밝혀졌는데 왜 우리 가게 팽이를 조사한 거죠? 아니면 그 시점에는 아직 어떤 끈이 사용됐는지 몰랐나요?"

"아닙니다. 그때 이미 엮은 끈이 아니라는 걸 알고 있었습니다."

"점점 더 모르겠네. 그럼 왜."

마사요가 이해할 수 없다는 표정으로 바라보자 형사는 미소를 머금더니 가게 안을 둘러보았다.

"실은 제가 이쪽으로 배속된 지 얼마 안 됐거든요. 그래서 이 동네에 대해 공부하는 중입니다. 이른바 신참이죠."

"네……."

대체 무슨 말을 하려는 건지 알 수 없어 마사요는 답답했다.

"하루빨리 이 동네에 대해 알고 싶어서 이곳저곳 둘러보고 있어요. 그래서 알게 된 건데, 에도 문화가 상당히 많이 남아 있는 동네더군요. 아, 일본 문화라고 하는 게 옳을지도 모르겠습니다. 이런 가게가 있는 것도 아마 그 덕분이겠죠."

"맞아요. 이런 동네가 아니었다면 저 역시 가게를 내는 건 생각도 못했을 거예요."

"정초도 아닌데 가게 앞에 나무 팽이가 진열되어 있는 것도 이 동네니까 가능한 거겠죠. 게다가 한 군데도 아니고. 이 가게 말고도 팽이를 파는 가게가 한 군데 더 있더군요. 닌교초 거리에 있는 완구점요."

"아, 거기요. 그 가게에도 있을 거예요."

"파는 팽이가 달라서 딸린 끈도 다르더군요. 그 완구점에 있는 팽이의 끈은 비벼 꼰 끈이었습니다."

"비벼 꼰 끈…… 아!"

로프처럼 꼬인 끈이다. 마사요는 그 모양을 떠올리다 퍼뜩 깨달았다.

"혹시, 흉기로 사용된 끈이 비벼 꼰 끈인가요?"

그러나 가가 형사는 그 질문에 대답하지 않았다. 그저 빙그레 웃으며 어깨만 으쓱했다.

"팽이 끈은 팽이 돌리는 데 써야지 사람을 죽이는 데 사용하면 안 되죠."

실례가 많았습니다, 하며 그는 휙 돌아서 성큼성큼 가게를
나갔다.


4


아파트에 돌아온 레이코는 양손에 들고 있던 쇼핑백을 소
파에 내려놓았다. 그리고 옷을 갈아입기 전에 우선 쇼핑백 하
나에서 감색 상자를 꺼냈다. 뚜껑을 열고 흰 종이 덮개를 걷
어 내자 신상품 핸드백이 나왔다. 레이코는 그것을 손에 들고
세면실로 향했다. 이미 매장 안에 있는 거울로 몇 차례나 확
인했지만 다시 한 번 이 백을 든 자신의 모습을 보고 싶었기
때문이었다.

세면실 거울 앞에 서서 백을 이리저리 바꿔 들면서 갖가지
포즈를 취해 보았다. 어떻게 하면 남들 눈에 멋지게 보일까,
부러움의 눈길을 받을 수 있을까, 머릿속이 온통 그 생각으로
가득했다.

가쓰야가 아무 말이 없는 걸 보면 신용 카드 문제도 해결된
듯했다. 그래서 오랜만에 쇼핑을 하기로 한 것이다. 핸드백과
원피스와 화장품. 약간 과하게 썼다 싶긴 하지만 리볼빙으로

했으니 괜찮을 것이다.

핸드백을 실컷 보고 난 그녀는 거실로 돌아왔다. 이번에는 원피스를 입어 볼까 하던 참인데 벨이 울렸다.

택배인가 보다 생각했다. 6시가 조금 넘어 있었다. 오늘 쇼타는 친정 부모님이 동물원에 데리고 가서 7시에 레이코가 데리러 가기로 되어 있었다.

그녀는 인터폰 수화기를 들고 네, 하고 대답했다.

"갑작스럽게 찾아와서 죄송합니다. 며칠 전에 뵈었던 가가라는 사람입니다."

"네?"

"우에스기라는 형사와 둘이 찾아왔었죠?"

"아아."

가까스로 머릿속에 '가가'라는 형사의 얼굴을 떠올릴 수 있었다.

"죄송하지만 지금 좀 뵐 수 있을까요? 여쭤 보고 싶은 게 있어서."

"지금요?"

"네. 오래 걸리지 않습니다. 별일 아니니 5분 정도면 충분할 겁니다."

레이코는 한숨을 내쉬었다. 상대가 형사이니 거절할 수도 없다. 요사쿠가 어떤 사건에 휘말렸는지도 신경이 쓰였다.

"알겠어요. 올라오세요."

그렇게 말하고 오토 록을 해제했다.

쇼핑백들을 치우고 있는데 현관 벨이 울렸다.

가가 형사는 흰 비닐 봉투를 들고 서 있었다. 닌교야키라고
했다.

"팥이 든 것과 안 든 것 반반씩입니다. 맛있다고 소문난 가
게인데, 어떤지 가족과 함께 드셔 보십시오."

"네, 그럼 고맙게 받을게요."

친정 부모님은 단것을 매우 좋아하신다. 들고 갈 게 생겨서
잘됐다고 생각했다.

가가 형사를 거실로 안내한 후 레이코는 부엌으로 가서 냉
장고에서 우롱차 페트병을 꺼내 유리잔 두 개에 따랐다.

"오늘, 아드님은?"

가가가 거실에서 물었다.

"친정 부모님과 동물원에 갔어요."

"야, 신 나겠군요."

유리잔을 쟁반에 담아 거실로 나오니 가가가 일어나 있었
다. 그의 발치에서 예의 팽이가 힘차게 돌아갔다.

"와, 대단해요."

레이코가 저도 모르게 탄성을 질렀다.

"가가 씨, 팽이 돌리기 선수군요."

그러자 가가가 뒤를 돌아보며 웃었다.

"뭘요. 그 정도는 아닙니다."

"이렇게 멋지게 돌아가는데도요? 우리 그이나 시아버지나 영 시원치 않던데. 그이는 팽이가 돌기는커녕 구르다 말더라고요."

쟁반을 테이블에 내려놓는데 흰 끈이 눈에 들어왔다. 팽이를 돌리는 끈이다. 왜 이게 여기 있지, 형사는 이 끈을 쓰지 않고 팽이를 돌린 건가, 레이코는 어리둥절했다.

형사가 허리를 굽혀 아직도 돌고 있는 팽이를 주워 들었다.

"외출했다 오셨나 보군요."

그가 팽이를 테이블 위에 놓고 소파로 돌아가면서 그렇게 물었다. 그 손에 끈은 없었다.

"친구를 만나러 갔었어요. 방금 돌아와서 옷 갈아입을 틈이 없었네요."

"그래요? 그럼 그 후에 쇼핑을 하신 거로군요."

"네?"

"양손에 쇼핑백을 들고 계신 걸 봤거든요."

그는 소파에 앉아 잘 마시겠습니다, 하고는 유리잔으로 손을 뻗었다.

아무래도 형사가 우연히 이 시간에 온 게 아니라 아파트 옆에서 기다리고 있었다는 생각이 들었다. 별일 아니라더니 거짓말이었나. 레이코는 절로 몸이 굳어지는 것을 느꼈다.

"쇼핑은 어디서?"

"긴자에서 했는데요."

"니혼바시에서는 안 하십니까?"

"가끔은 하죠. 미쓰코시 백화점이라든가."

"여기서 택시로 얼마나 걸립니까?"

"니혼바시 말인가요? 15분 정도 걸리지 않을까요?"

"그렇군요. 역시, 여기는 편리한 곳입니다."

형사가 우롱차를 한 모금 마셨다.

주소가 고토 구 기바인 이곳은 역에서는 다소 멀지만 택시를 타면 긴자나 니혼바시가 모두 가깝다. 그 점이 마음에 들어 이 아파트로 온 것이다.

"저, 오늘은 뭘 물으려 오신 거죠?"

레이코가 그렇게 묻자 가가는 잔을 내려놓고 허리를 쭉 폈다.

"6월 10일의 일 말인데요, 다시 한 번 자세히 말씀해 주세요."

"자세하게라고 해 봐야 더는……."

"기시다 요사쿠 씨는 돌아가신 부인의 3주기에 대해 의논하러 오신 거잖습니까. 그게 긴급을 요하는 일이었을까요?"

글쎄요, 하며 레이코가 고개를 기울였다.

"잘은 모르겠지만, 두 달이나 남은 일이라 그이는 느긋하지만 아버님은 신경이 쓰이시는 것 같았어요."

돌아가신 시어머니의 3주기 같은 건 레이코에게는 남의 일이나 다름없다.

"그래서 의논은 마치셨습니까?"

"의논을 마쳤다기보다, 이제부터 슬슬 준비를 시작하기로 한 모양이에요."

"그게 다입니까? 그렇다면 굳이 의논할 정도의 내용도 아닌 것 같은데."

그렇기는 하죠, 라고 중얼거리던 레이코는 갑자기 미간을 찡그리며 형사의 얼굴을 쳐다보았다.

"왜 그런 걸 묻는 거죠? 그때 나눈 이야기의 내용에 무슨 문제라도 있나요?"

"아니요, 꼭 그런 건……."

"대체 이거 무슨 수사죠? 말씀해 주세요. 아버님이 어떻게 관련되었다는 건가요? 안 가르쳐 주시면 저도 대답하지 않겠어요. 꼭 대답해야 하는 의무, 없잖아요."

레이코가 언성을 높였다. 말싸움이라면 지지 않을 자신이 있다.

가가는 잠시 얼굴을 찡그렸다가 결심한 듯 고개를 끄덕였다.

"그렇군요. 무슨 수사인지, 그 정도는 알려 드리는 편이 좋을지도 모르겠군요."

"도대체 어느 회사에서 부정이 있었나요?"

"아니, 그런 사건은 아닙니다. 살인 사건이에요."

"뭐라고요?"

레이코가 눈을 휘둥그렇게 떴다. 예상도 못한 대답이었다.

"6월 10일 밤에 살인 사건이 있었습니다. 물론 범인은 아직 잡히지 않았고요. 그래서 지금 관계자 전원의 알리바이를 조사하고 있는 중입니다. 기시다 요사쿠 씨도 그중 한 명이고요. 사건 당일의 행적을 본인에게 물었더니 밤에는 여기에 왔었다고 해서 확인하는 겁니다."

레이코는 가슴에 멈춰 있던 숨을 토해 냈다. 심장의 고동은 아직도 가라앉지 않았다.

"그런 일이었군요. 아버님은 그런 말씀을 한마디도……."

"아마도 걱정을 끼치고 싶지 않아서 그러셨겠죠. 살인 사건에 관련되었다고 하면 사람들은 보통 겁을 먹으니까요."

"그야 물론이죠. 저는 아직도 가슴이 두근거리는데."

그리고 레이코는 얼굴을 들어 가가를 똑바로 보며 말했다.

"하지만 그런 일이라면 분명하게 말씀드릴 수 있어요. 그날 밤, 아버님은 틀림없이 우리 집에 오셨어요. 8시쯤 왔다가 9시 조금 넘어 돌아가셨어요. 그 후의 일은 모르지만."

가가는 표정을 느슨하게 풀었다.

"기시다 요사쿠 씨 말로는 여기서 나간 후 신바시에 있는 술집에서 밤늦게까지 술을 마셨다고 합니다. 그건 사실로 확인됐습니다."

"다행이군요. 그럼 알리바이가 있는 거네요?"

그렇게 말한 레이코의 가슴에 불안이 스쳤다. 자신의 얼굴이 어두워지는 것을 스스로도 느낄 정도였다.

"드라마 같은 데서 본 적이 있는데, 이런 경우 가족의 증언은 효력이 없던가요?"

가가가 쓴웃음을 지었다.

"효력이 없다기보다 증언으로서의 가치가 낮다고 볼 수 있죠. 가족이라서 감쌀 가능성이 있으니까요."

형사가 6월 10일에 있었던 일에 대해 그토록 집요하게 물은 이유가 이제야 납득이 갔다. 거짓말일지도 모른다고 의심하고 있는 것이다. 입을 맞춘 거라면 시시콜콜 질문을 하는 사이 어디선가 꼬리가 잡힐 거라고 생각하고 있는 것 같았다.

"가가 씨, 믿어 주세요. 그날 밤 아버님은 우리 집에 오셨어요. 정말이에요. 거짓말 같은 거 안 합니다."

레이코는 열심히 주장했다. 요사쿠가 살인 용의자라고 하면 이 동네 사람들이 어떤 눈으로 볼까. 쇼타까지 따돌림을 당할지도 모른다.

"그걸 증명할 수 있으면 좋겠는데."

"증명요?"

레이코는 다시 6월 10일의 일을 떠올리려고 애썼다. 요사쿠가 왔다는 사실을 보여 주는 무언가가 없을까.

"기시다 씨가 이걸 가지고 오신 날이 12일이라고 했죠?"

가가는 팽이를 손에 들고 있었다. 초록과 노랑 동심원이 그려져 있는 것이었다.

"10일에도 오셨다면 그때는 왜 안 갖다 주셨는지 의문이군요."

일리가 있었다. 자칫 잘못하면 이 팽이는 요사쿠가 10일에 오지 않았다는 증거가 될 수도 있는 것이다. 레이코는 초조했다.

"아니요, 아버님은 10일에 갖고 오셨어요."

"10일에요? 그런데 아까는 12일이라고……."

레이코가 고개를 저었다.

"10일에 갖고 오셨어요. 그런데 끈을 깜빡하셔서."

"끈이오?"

"아버님은 끈을 깜빡하셨다는 것을 깨닫고 처음에는 우리에게 팽이 얘기를 하지 않으셨어요. 그런데 쇼타가, 우리 아이가 아버님 가방을 멋대로 열었다가 팽이를 발견했어요. 왜 그런 걸 갖고 계시냐고 물었더니 아는 분이 주셨다고."

"그러니까 손자에게 선물하려고 가져왔는데 끈을 어디다 놓고 오셨다는 겁니까?"

"네. 사무실 책상 서랍에 있다고 하셨어요. 조만간 가져오 겠다고 하시면서 그날은 팽이를 도로 가져가셨어요."

"그리고 12일에 끈과 함께 다시 가져오셨다는 말씀이군요."

"그렇죠. 우리 아이가 팽이가 마음에 든다며 빨리 갖고 싶 다고 조르는 바람에 서둘러 가져오신 것 같아요."

"그랬군요. 잘 알겠습니다."

가가는 고개를 끄덕였다.

"가가 씨, 제발 믿어 주세요. 10일 밤, 아버님은 저희와 함 께 계셨어요."

레이코는 매달리는 심정으로 가가를 쳐다보았다. 요사쿠가 왜 의심받고 있는지는 모르겠지만, 알리바이가 있으니 어떻 게든 그것을 주장해야 한다.

형사가 슬그머니 미소지었다.

"레이코 씨가 거짓말을 한다고는 생각지 않습니다. 지금 하 신 말씀, 매우 설득력이 있어요. 덕분에 모든 게 앞뒤가 맞아 떨어졌습니다."

"그래요?"

레이코는 안도하면서도 한편으로 일말의 불안이 스쳤다. 어느 부분에 설득력이 있고 무엇이 앞뒤가 맞아떨어진다는 얘긴지.

그럼 실례했습니다, 하고 가가 형사가 자리에서 일어섰다.

현관에서 신발을 신던 그는 참 그렇지, 라며 주머니에 손을 집어넣었다.

"이거 아드님에게 주세요. 이게 있는 편이 좋을 겁니다."

그가 내민 것은 끈이었다. 요사쿠가 가져다준 것보다 약간 가늘고 로프마냥 꼬여 있었다.

"팽이에는 저마다 맞는 끈이 있어요. 댁에 있는 팽이는 이 끈을 사용하면 아마 잘 돌아갈 겁니다."

가가는 문을 열었다. 그리고 한 걸음 내디딘 다음 다시 돌아보았다.

"잊은 게 또 하나 있군요. 살인 사건이 발생한 장소와 시간입니다. 장소는 니혼바시의 고덴마초라는 곳입니다. 그리고 범행 시각은 7시에서 8시 사이로 추정됩니다."

"니혼바시에서, 7시부터 8시 사이요?"

그렇게 중얼거리던 레이코는 언뜻 깨달았다. 그렇다면 8시에 요사쿠가 이 집에 왔다는 것이 증명된다 해도 알리바이는 성립하지 않는다.

형사는 대체 뭘 확인하러 온 것인가. 그것을 물으려는데 그럼 실례합니다, 라는 말과 동시에 문이 닫혔다.

온몸에 휘감기듯 부슬부슬 비가 내린다. 드디어 본격적인 장마철이 시작되었는지도 모르겠다. 사가와 도오루는 가게 밖으로 나와 차양을 쳤다. 그리고 길거리 쪽으로 진열돼 있는 상품을 조금씩 안쪽으로 밀어 넣었다. 나무 블록, 겐다마(한쪽 끝은 뾰족하고 한쪽 끝은 편평한, 길이 20센티미터 정도 되는 나무 막대기 중간에 가운데 구멍이 뚫린 나무 구슬을 실로 매달아, 공을 던져 올려 뾰족한 쪽에 끼우거나 편평한 쪽에 올려놓으며 노는 장난감―옮긴이), 달마 떨어뜨리기(납작한 원기둥 모양의 나무 블록을 여러 개 쌓은 뒤 나무망치로 맨 밑에 있는 블록부터 옆으로 쳐서 나머지 블록을 쓰러뜨리지 않고 빼내는 장난감―옮긴이) 등, 추억의 목제 완구들이다. 이곳은 스이텐구에서 가까워서 아이를 갓 낳은 부부들이 지나가는 경우가 많다. 그래서 그들의 눈에 띄었으면 하고 내놓는 것이다. 초등학생이나 중학생이 갖고 싶어 하는 장난감은 가게 앞에 놓지 않는다. 그랬다가는 단박에 집어 들고 달아날 테니까. 한번은 유행하는 캐릭터 인형을 밖에 내놓았더니 제일 인기 있는 인형만 모조리 집어 간 적이 있었다. 그때는 참기가 막혔다.

잔뜩 찌푸린 하늘을 올려다보고 있는데 누군가 다가오는 기척이 났다. 고개를 돌려 보니 하얀 셔츠를 걸친 남자다. 처음 보는 얼굴은 아니었다. 니혼바시 경찰서에 새로 부임한 가가라는 형사다.

"또 내리는군요."

가가 형사가 손바닥으로 머리를 가렸다.

"파리 날리는 계절이 시작된 거죠. 그래도 대목에 한 걸음 다가섰다고 생각하면 위로가 됩니다."

어느 지역이나 마찬가지지만, 요즘은 닌교초 주변에서도 아이들 모습을 보기가 힘들어졌다. 그래도 여름 방학이 시작되면 어디선가 나타나 가게 앞에 모여든다. 그 전에 폭죽을 들여놓아야겠군, 사가와는 머리 한구석으로 그렇게 생각했다. 그가 이 지역에서 완구점을 시작한 지도 어언 20년이 되었다. 언제 어떤 물건이 팔리는지쯤은 주욱 꿰고 있다.

가가는 목제 완구를 바라보고 있다. 그 시선 끝에 초록과 노랑 동심원이 그려진 팽이가 있었다.

"참, 며칠 전에 말씀하셨던 팽이 건은 해결됐나요?"

사가와가 묻자 형사는 미소를 지으며 고개를 끄덕거렸다.

"해결될 것 같습니다. 가르쳐 주신 대로 '호오즈키야'에 있더군요."

"그렇죠? 그 가게에는 좋은 물건이 많아서 때때로 체크하고 있어요."

지난번에 찾아왔을 때 형사는 팽이에 관해 물었다. 그 시작은 최근에 팽이를 판 적이 있었냐는 것이었다.

팔지는 않았지만 누가 훔쳐 간 일은 있다고 사가와는 대답했다. 그랬더니 형사는 관심을 보이며 그게 언제냐고 물었다. 사가와는 6월 10일이라고 대답했다. 그는 상품의 개수를 매일 확인한다. 그날 가게 앞에 진열해 두었던 팽이 한 개가 없어졌다. 가가 형사는 팽이를 하나 사서는 그 자리에서 감겨 있던 팽이 끈을 풀었다. 그리고 그 끈을 유심히 바라보다가 "비벼 꼰 끈이군요."라고 중얼거렸다. 그런 명칭을 아는 사람이 흔치 않은 탓에 사가와는 적잖이 놀랐다. 다음으로 가가는 근처에 팽이를 취급하는 가게가 또 있냐고 물었다. 그때 사가와의 머리에 떠오른 곳은 딱 한 군데, '호오즈키야'라는 가게였다. 지금 가가가 하는 말로 미루어 그 후 그는 곧바로 그 가게에 간 모양이다.

"그런데 정말 아무것도 안 물으시네요."

가가가 말했다.

"뭘 말인가요?"

"제가 뭘 조사하고 있는지요. 탐문 조사를 하다 보면 대개는 물어보거든요. 대체 무슨 일이냐, 뭘 수사하는 것이냐, 하고 말이죠."

하하하. 사가와가 웃었다.

"나 같은 문외한이 그런 걸 알아 봐야 좋을 게 뭐가 있겠어요. 형사가 움직이고 있다면 보나 마나 어디선가 좋지 않은 사건이 일어났다는 건데, 그런 얘기 들어 봐야 나까지 우울해지지 않겠습니까."

"주인어르신 같은 사람만 있으면 좋겠네요."

가가는 그렇게 말했다. 아무래도 탐문 조사를 하면서 고생이 많은 모양이다.

사가와가 팽이를 집어 들고 말했다.

"완구점은 꿈을 파는 가게니까 늘 즐거운 기분으로 지내야 해요. 그래서 나쁜 얘기는 듣고 싶지 않은 거예요. 그래도 한 가지만 알려 줘 보든가요. 없어진 우리 가게 팽이가 사건과 무슨 관계가 있는지. 아니, 자세한 얘기는 안 해도 돼요. 누군가에게 도움이 됐는지 아닌지, 그것만 알려 줘요."

그러자 가가는 잠시 가만히 생각하다가 고개를 살래살래 저었다.

"안 됩니다. 수사상의 비밀이라서요."

"그래요? 역시 그렇군. 알겠어요, 그만둡시다. 그럼, 수고하세요."

그럼, 이라고 대답하고 형사는 보슬비 속으로 사라졌다.

9
니혼바시의 형사

# 1

현장을 본 순간 우에스기는 골치 아픈 사건이 될지도 모르겠다고 생각했다. 특별한 이유는 없다. 굳이 말하라면 범인이 엄청 운 좋은 놈이라고 느꼈기 때문이랄까.

고덴마초의 한 아파트에서 여성의 사체가 발견된 것은 6월 10일 저녁 8시경이었다. 피해자를 방문한 친구가 발견했다.

사체는 사후 두 시간 정도밖에 지나지 않은 것으로 추정됐다. 게다가 사체를 발견한 친구의 말에 따르면 원래는 한 시간 전인 7시에 방문할 예정이었다고 한다. 만약 그랬다면 범행 현장을 목격했든지 범인의 모습을 목격했을지도 모른다. 범인이 운이 좋다고 느낀 것은 그 때문이다.

관할 서인 니혼바시 경찰서에 수사본부가 설치되었다. 우에스기는 현장에 가장 먼저 달려갔었다는 형사와 그곳에서 얼굴을 마주했다. 그 사람은 가가라는 형사로, 네리마 서에서 이쪽으로 온 지 얼마 안 되었다고 했다.

우에스기도 그 이름을 몇 번 들은 적이 있었다. 예리한 통찰

력으로 살인 사건을 해결하는 데 여러 번 공을 세웠다는 소문이 있었다. 그리고 예전에 검도로 일본을 제패한 적도 있다고 한다.

아닌 게 아니라 그 다부진 몸집에 챔피언의 면모가 남아 있었다. 하지만 왠지 모르게 초연한 그의 표정에서는 민완 형사의 분위기를 도무지 감지할 수 없었다. 티셔츠 위에 반소매 셔츠를 걸친 단정치 못한 복장도 우에스기는 마음에 들지 않았다.

"자네는 차림새가 늘 그런가?"

인사를 나눈 후 우에스기는 가가에게 물었다.

"늘 그런 건 아니지만, 평소에는 대체로 이렇습니다. 요즘 날씨가 너무 더워서요."

가가는 쾌활하게 대답했다.

'거슬리는 녀석이군.'

네리마 서의 가가는 면도날처럼 날카로운 두뇌와 사냥개 같은 눈을 지닌 남자다, 라고 들었던 만큼 실망도 컸다. 그 머리와 눈을 대체 어디서 잃어버린 거야, 하긴 소문이 과장됐을 가능성도 있지, 생각해 보니 그 정도로 우수하다면 벌써 본청으로 불러들였겠지, 우에스기는 그렇게 생각했다.

피해자인 미쓰이 미네코라는 여성에 대해서는 곧 여러 가지 사실이 밝혀졌다. 6개월 전쯤에 이혼하고 혼자 사는 번역

가라고 했다. 사체를 발견한 친구 역시 번역 일을 하는 사람
이었다.

사체가 발견된 다음 날, 우에스기는 계장의 명령으로 피해
자의 전남편인 기요세 나오히로를 만나러 갔다.

기요세 나오히로는 미쓰이 미네코의 죽음을 안 후에도 금
방 실감하지 못하는 듯했다. 얼빠진 표정으로 형사들의 질문
에 기계적으로 대답할 뿐이었다. 슬픈 표정이 나타나기 시작
한 것은 시간이 꽤 지난 후였다. 그는 질문에 대답하는 사이
사이에 불쑥 이렇게 중얼거리곤 했다.

"그럴 수가. 그 사람이 그런 일을……, 왜 그런 일을……."

그 같은 반응에서 꾸며 낸 느낌은 없었다.

기요세 나오히로는 수사에 협조적이었지만, 그의 말 중에
서 사건 해결에 열쇠가 될 만한 것은 아무것도 없었다. 6개월
넘게 만난 적이 없으니 그럴 만도 하다고 생각되었다. 알리바
이를 물으니 그는 범행 시각으로 추정되는 시간대에 거래처
사람과 긴자에서 회식 중이었다고 했다. 거기에 대해서는 곧
증거가 확보되었다.

다음으로 우에스기 일행이 만난 사람은 미쓰이 미네코의
아들인 기요세 고우키였다. 그는 소규모 극단에 소속된 배우
였다.

기요세 고우키 역시 어머니가 살해된 원인에 대해서는 짚

이는 바가 전혀 없는 듯했다. 그뿐 아니라 그는 2년 가까이 미쓰이 미네코와 연락조차 주고받지 않은 상태였다. 부모의 이혼에도 별 관심이 없었는지 이혼한 이유조차 잘 모르고 있었다.

"요즘 세상에 중년 부부가 이혼하는 일이 드문 것도 아니고 해서 맘대로들 하라고 생각했죠."

그런 말을 천연덕스럽게 내뱉었다.

자식이란 결국 이런 존재군. 우에스기는 새삼스럽게 깨달은 심정이었다. 부모의 도움이 얼마나 컸는지는 몽땅 잊어버리고 마치 저 혼자의 힘으로 어른이 된 것처럼 착각하는 것이다. 기요세 고우키는 배우가 되고 싶어 대학을 중퇴했다고 하지만, 애당초 대학생이라는 자유로운 입장이었기에 태평하게 연극 같은 것에 몰두할 여유가 있었던 것이다.

이 아이는 어른이 되려면 멀었군, 우에스기는 기요세 고우키를 보며 그렇게 생각했다. 잘못된 길로 빠지지 않도록 부모가 감시해야 하는 수준이다. 나이가 중요한 게 아니다. 어엿하게 제 몫을 하는 남자인지 아닌지는 부모가 끝까지 지켜보고 판단해야 한다. 그 판단은 본인의 인생에 반드시 필요한 것이고, 그걸 할 수 있는 사람은 부모밖에 없다.

기요세 고우키에 관해 좀 더 알아 보니, 그는 아오야마 아미라는 웨이트리스와 동거하고 있었다. 사는 집은 그녀가 얻은 곳으로, 그는 그곳에 그저 굴러든 것이나 마찬가지였다.

그럼 그렇지. 우에스기는 코웃음을 쳤다. 그런 건 독립이라고 할 수도 없다. 돌봐 주는 상대를 바꾼 것일 뿐. 내가 기요세 나오히로라면 목을 붙잡아서라도 고우키를 집으로 끌고 올 것이다.

우에스기가 나오히로나 고우키로부터 아무런 실마리를 얻어 내지 못한 것처럼 다른 수사관들 역시 고전하고 있었다. 목격자 증언은 당일 오후 5시 반경 피해자의 집에서 나오는 보험 영업 사원의 모습을 봤다는 정도였다. 그 영업 사원의 진술에 부자연스러운 점이 있어 이걸로 사건이 종결되나 보다 싶었는데 얼마 안 가 알리바이가 증명되었다. 그 알리바이의 내용이 어떤 것인지는 우에스기도 아직 듣지 못했다.

하루가 멀다 하고 수사 회의가 열렸지만, 용의자 리스트를 작성하는 것조차 어려운 상황이었다. 피해자인 미쓰이 미네코는 교우 관계가 그리 넓지 않았고, 만나는 사람이래야 아주 친한 친구들밖에 없었다. 게다가 미쓰이 미네코를 아는 사람들은 하나같이 그녀가 남에게 원한을 살 만한 사람이 아니라고 입을 모았다. 또한 그녀를 죽여서 뭔가 이익을 얻을 만한 사람도 찾을 수 없었다. 하지만 현장 상황으로 보아 강도나 강간이 목적이 아니라는 것만은 확실했다.

유일한 진전이라면 사건이 발견될 당시에는 이해할 수 없었던 몇 가지 의문점이 해결되었다는 것이었다. 현장에 있던 닌교야키 중 한 개에 고추냉이가 들어 있었던 점, 새 주방 가위가 있는데도 하나를 또 산 사실 등등. 단, 이것들에 대해서는 상사가 회의에서 '사건과 관계없는 것으로 판명되었다'고 밝혔을 뿐, 누가 어떻게 해결했는지는 우에스기도 몰랐다.

사건 발생 6일째가 되어서야 겨우 단서라고 할 만한 것이 발견되었다. 사건 직전 누군가 공중전화에서 미쓰이 미네코의 휴대 전화로 전화한 사실이 있다는 것은 이미 알려진 바였지만, 거기에 더해 그녀가 그 전화를 받은 장소가 밝혀진 것이다. 그녀의 집에서 200미터 정도 떨어진 곳에 있는 케이크 가게에서 점원이 대화의 일부를 들었다고 했다.

"여보세요? ……아, 난 또 누구라고. 왜 공중전화에서? ……어머나, 불편하겠네. 아, 잠깐만."

점원이 증언한 대화의 내용은 대충 이런 것이었다. 주목할 점은 존댓말이 아니라는 것이다. 그렇다면 일단은 상대가 미쓰이 미네코의 가족이나 친척, 친구, 또는 손아랫사람이었다고 봐도 무방할 것이다.

전화를 건 사람이 반드시 범인이라고 할 수는 없지만, 사건과 관계가 있을 가능성은 높았다. 경찰은 미쓰이 미네코의 교우 관계에 대한 재조사에 착수했다. 전업 주부 시절에서 학창 시절까지 거슬러 올라가, 최근 연락을 취한 사람이 없는지 빈틈없이 조사하기 시작했다.

그 조사에 합류한 우에스기에게는 한 가지 마음에 걸리는 점이 있었다. 미쓰이 미네코가 케이크 가게에 갔었다는 사실을 대체 누가 밝혀냈는지 알 수 없다는 것이었다. 그 부분에 관해서는 설명이 일절 없었기 때문이다.

'이번 수사는 뭔가 이상해.'

그는 막연히 그런 생각을 했다.

## 2

케이크 가게에서 증언을 확보한 수사팀은 들뜬 분위기였으나 결국 친척이나 옛 친구들에게서 유익한 정보를 얻지 못했다. 그러던 중 또 하나의 새로운 사실이 밝혀졌다. 미쓰이 미네코가, 이혼할 당시 절차를 의뢰했던 변호사에게 나중에 재산 분배에 관한 상담을 재차 청했다는 것이었다. 물론 정식 재산 분배는 이미 끝난 후였다. 하지만 미쓰이 미네코는 전남편과 다시 한 번 협상하기를 희망했다는 것이다. 아무래도 여자 혼자서 살아가기가 예상보다 훨씬 힘난하다는 것을 깨달은 듯했다.

그렇다고 아무 이유도 없이 재교섭을 요청할 수는 없을 것이다. 아마도 미쓰이 미네코는 만약 결혼 생활 중에 기요세 나오히로가 외도했다는 것을 증명할 수 있다면 이제부터라도 위자료를 청구할 수 있지 않을까 생각한 것 같다. '같다'고 말한 까닭은 미쓰이 미네코가 한사코 가설일 뿐이라며 변호사에게 조언을 구했기 때문이다. 그래서 다카마치 시즈코라는 여자 변호사도 그 사실을 수사관에게 적극적으로 밝히지 않았던 것 같다.

그들은 즉시 기요세 나오히로의 신변 조사에 착수했다. 그러자 애인으로 보이는 여성의 존재가 수사 선상에 떠올랐다. 기요세가 이혼한 직후 사장 비서로 채용된 미야모토 유리라는 여성이었다. 이미 사내에서는 사장의 애인일지도 모른다는 소문이 돌고 있었다.

둘의 관계가 이혼 전부터 시작된 것이라면 미쓰이 미네코가 위자료를 받을 수 있는 가능성도 있었다. 여기서 처음으로 이번 살인에 이해관계가 개입되어 있을 가능성이 떠올랐다.

물론 기요세 나오히로에게는 알리바이가 있었다. 하지만 요즘은 암거래 사이트 같은 것을 통해 살인을 의뢰하는 일도 드물지 않다. 따라서 경찰은 미야모토 유리와의 관계를 파헤쳐 보기로 했고 그 역할이 우에스기에게 돌아갔다.

"이 사람을 찾아가서 얘기를 들어 봐."

계장은 그렇게 말하며 쪽지 한 장을 내밀었다. 거기에는 기시다 요사쿠라는 이름과 주소가 적혀 있었다.

"기시다…… 어디서 들어 본 이름인데요."

"기요세 나오히로의 회사에서 세무 전반을 책임지고 있는 세무사야. 기요세와 30년 가까이 함께 일해 왔다는군. 회사 직원들에게 미야모토 유리에 관해 물었더니 모두 입을 모아 그렇게 말하더라는 거야. 사장님의 사생활에 관해서는 기시 다 씨가 가장 잘 안다고."

"그러고 보니 미쓰이 미네코의 휴대 전화 발신 이력에 이 세무사의 번호가 있었던 것 같은데요."

"맞아. 그 점에 대해서 기시다는 미쓰이 미네코 씨가 소득 세 신고 문제로 상담을 청했을 뿐이라고 했다는군."

"정말 그럴까요?"

"모르겠어. 그러니까 그것까지 함께 알아봐."

"알겠습니다."

우에스기는 메모지를 접어 양복 안주머니에 넣었다.

"누구 하나 붙여 줄까?"

"괜찮습니다. 이 정도는 혼자서 해결해야죠."

그가 니혼바시 경찰서를 나서는데 뒤에서 "우에스기 선배 님!" 하고 부르는 소리가 들렸다. 돌아보니 가가가 쫓아오고 있었다.

"저도 함께 가면 안 될까요?"

"어디 가는지 알고나 하는 소리야?"

"기시다 세무사 사무실이잖아요. 아까 계장님과 하시는 얘기, 옆에서 들었습니다."

"가려는 이유가 뭔데, 수훈이라도 세울까 해서?"

그러자 가가는 씩 웃더니 이렇게 말했다.

"만약 그런 일이 있으면 선배에게 양보하겠습니다. 기시다 씨에게는 다른 이유로 관심이 있어요."

"다른 이유, 그게 뭔데?"

"나중에 말씀드릴게요. 가도 괜찮죠?"

"흐음, 그러든지 말든지."

기시다의 사무실은 이치가야의 야스쿠니 거리에 인접해 있었다. 6층짜리 건물의 2층으로, 유리로 된 문을 밀고 들어서니 입구 쪽 책상에 중년 여자가 앉아 있고 안쪽에는 오십 대 후반으로 보이는 깡마른 남자가 노트북으로 작업을 하고 있었다.

우에스기는 자신의 신분을 밝히고 기시다 요사쿠라는 분을 만나고 싶다고 했다. 그러자 안쪽에 있던 남자가 자리에서 일어섰다. 역시 그가 기시다 요사쿠였던 것이다. 기시다는 당혹스러운 표정으로 우에스기 일행에게 손님용 소파에 앉을 것을 권했다.

기시다가 내민 명함을 내려다보면서 우에스기는 그에게 기요세 나오히로와의 관계에 대해 물었다. 기시다는 더듬거리며 대답했다.

"가족들과도 친분이 있었습니까? 아, 그러니까 돌아가신 미쓰이 미네코 씨와도 친하게 지냈는지."

그 질문에 기시다는 고개를 저었다.

"아닙니다, 부인과는 별로…… 댁으로 찾아가는 일도 좀처럼 없었고 해서."

"6월 2일에 미쓰이 씨로부터 전화를 받으셨죠, 무슨 용건이었습니까?"

"거기에 대해서는 이미 말씀드렸을 텐데요."

"죄송하지만 다시 한 번 자세히 말씀해 주세요."

그리고 우에스기는 메모하려는 자세를 취했다.

"우리 사무실에 소득세 신고를 의뢰하면 수수료가 얼마나 되는지 묻더군요. 수입과 경비가 어느 정도 되는지 몰라 확실하게 말씀드릴 수는 없지만 맡겨 주시면 최대한 낮은 가격에 해 드리겠다고 대답했습니다."

"그 밖에는?"

"그뿐이었어요. 별다른 얘기는 없었습니다."

"기시다 씨는 기요세 씨 부부의 이혼 사유가 뭐라고 들었습니까?"

기시다는 잠시 생각하는 듯한 표정을 짓다가 입을 열었다.

"부인이 원해서라고 들었습니다. 더 자세한 사정은 모릅니다. 두 분이 합의하에 결정한 일이니 제삼자가 끼어들어서는 안 된다고 생각하기도 했고."

"기요세 씨 측에 원인이 있을 가능성은 없습니까? 가령 따로 사귀는 여자가 있었다든지."

그 말에 기시다는 눈을 크게 뜨고 고개를 좌우로 세게 흔들었다.

"그런 일은 없었을 겁니다. 기요세 사장님은 그렇게 약삭빠른 사람이 아니니까요."

우에스기는 이쯤에서 본론에 들어가기로 했다.

"미야모토 유리라는 여성이 최근 사장 비서로 채용되었다죠. 어떤 사람입니까, 무슨 연줄이 있어서 채용된 건가요?"

"아니, 글쎄, 그건……."

기시다의 얼굴에 순간적으로 낭패한 기색이 어렸다.

"저는 그저 세무사일 뿐입니다. 외부인에 불과하죠. 그러니 고객 사의 인사에 대해서는 아무것도 모릅니다. 미야모토 씨에 대해서도 전부터 아는 사이라고만 들었을 뿐 그 외의 일은 아무것도 모릅니다."

"아는 사이? 어떻게 아는 사이랍니까?"

"다시 말씀드리지만, 그런 얘기는 못 들었습니다."

기시다는 다소 성가시다는 표정으로 얼굴 앞에서 손을 내저었다. 괜한 소리를 했다가 나중에 기요세 나오히로의 눈총을 받을까 두려워하는지도 모르겠다고 우에스기는 생각했다.

더는 이 남자에게 끌어낼 얘기가 없다고 판단한 우에스기는 수첩을 덮었다.

"바쁘실 텐데 시간을 뺏어서 죄송합니다."

그렇게 말하고 일어서려 했을 때였다.

"한 가지만 더 질문해도 될까요?"

가가가 옆에서 끼어들었다.

"6월 10일 밤, 어디 계셨습니까?"

가가 형사가 대뜸 물었다.

이 질문에 기시다도 허를 찔린 듯한 표정을 지었지만, 우에스기 역시 놀랐다. 관계자의 알리바이를 확인하는 것은 수사의 기본이지만, 그 시점에서 기시다를 의심할 이유가 아무것도 없었기 때문이다. 함부로 알리바이를 확인해 상대를 불쾌하게 만들면 앞으로의 수사가 껄끄러워질 우려도 있었다.

"저를 의심하는 겁니까?"

아니나 다를까, 기시다의 얼굴에 긴장감이 돌았다.

"단순한 절차일 뿐이라고 생각하시면 됩니다. 누구에게나 묻는 거니까요."

가가는 차분하게 설명했다.

기시다가 불안한 눈빛으로 우에스기를 바라보자 우에스기는 미소를 머금고 고개를 끄덕여 보였다.

"죄송합니다. 형식적인 거예요."

그 말에 기시다는 표정을 약간 누그러뜨리더니 사무실 안쪽 자신의 자리로 걸어갔다. 돌아오는 그의 손에 수첩이 들려 있었다.

"그날은 사무실에서 나간 후 아들네 집에 갔었습니다."

기시다가 수첩을 보면서 말했다.

"아들 집? 어디 사는데요?"

가가가 물었다.

"기바입니다. 고토 구의."

"사무실에서 나가신 게 몇 시쯤입니까?"

"아마 6시 반 좀 지나서일 겁니다. 정확한 기억은 없지만."

사무실을 나선 후 서점에 들렀다가 아들 부부가 사는 집에 도착한 시간이 8시경. 9시쯤 그곳에서 나온 후 신바시에 있는 단골 술집에 갔다가 집에 돌아온 시각은 자정 넘어서라고 했다.

가가는 아들이 사는 집의 정확한 주소와 신바시 술집의 이름을 확인한 후 이제 됐다며 질문을 끝냈다.

건물 밖으로 나오자 "대체 어쩌자는 거야?"라며 우에스기가 가가를 추궁했다.

"지금 그 사람에게 알리바이를 물을 상황이 아니잖아. 그렇게 멋대로 행동하면 곤란하다고."

"하지만 묻기를 잘하지 않았나요? 기시다는 7시에서 8시 사이의 알리바이가 없어요."

"그게 뭐 어쨌다고 그래. 알리바이 없는 사람이 더 많다고. 도대체 기시다를 의심하는 이유가 뭐야?"

그러자 가가는 걸음을 멈추더니 수많은 자동차가 오가는 야스쿠니 거리로 눈길을 돌렸다. 그리고 잠시 후 그 자세 그 대로 입을 열었다.

"기요세 고우키 씨 아십니까? 피해자의 외아들요."

"사건 다음 날 만나러 갔었지. 세상 물정 모르는 응석받이 더군."

우에스기의 대답에 가가는 어깨를 으쓱했다.

"가차없이 말씀하시네요."

"그런 애송이들을 보면 짜증이 나. 자기 혼자서는 아무것도 못하는 주제에 어른인 척 거드름이나 피우고 말이야. 부모들 도 그래, 교육을 제대로 안 시키니까 그렇게 되는 거라고. 괜 히 잔소리해서 자식에게 미움받고 싶지 않다고 생각하고 있 으니 녀석들이 세상 무서운 줄 모르고 우쭐대지."

단숨에 거기까지 내뱉고서 좀 지나치다 싶었는지 우에스기 는 헛기침을 한 번 하더니 "근데, 그 얼간이 같은 놈이 왜?"라 고 물었다.

"그에게 피해자의 말투에 대해서 물어봤습니다. 어떤 상대에게 존댓말을 쓰고, 어떤 상대에게는 쓰지 않는지."

우에스기는 정신이 번쩍 들었다. 가가는 공중전화로 미쓰이 미네코에게 전화한 사람을 찾아내려는 것이다. 그런 것이라면 구미가 당긴다.

"그래서?"

"보통 사람들과 별반 다르지 않을 거라고 하더군요. 터놓고 지내는 상대라면 손위라도 허물없이 이야기하는 경우가 있고, 반대로 그렇지 않다면 손아래라도 존댓말을 쓰는 경우가 있다고요."

"뭐야 그게. 일부러 물어서 알 정도의 대답도 아니구먼."

"그래서 제가 그랬어요. 미쓰이 미네코 씨가 반말로 얘기할 만한 상대를 생각나는 대로 말해 보라고요. 2년 가까이 만나지 않아 많이 잊어버렸을 텐데도 몇 사람 생각해 내더라고요. 그런데 그중에……"

짐짓 거드름이라도 피우듯 잠시 말을 멈췄던 가가는 이렇게 덧붙였다.

"기시다 씨의 이름이 있었어요."

우에스기의 눈이 커다래졌다.

"정말이야?"

"기시다 세무사가 기요세 사장 집을 찾아온 적이 몇 번 있었답니다. 그때 미쓰이 미네코 씨가 반말로 이야기하는 것을

들었대요. 기시다 씨가 기요세 사장의 후배니까 이상한 일은
아니죠. 그러나 방금 얘기했듯이, 미쓰이 씨가 그렇게 얘기하
는 것은 어디까지나 마음을 터놓는 상대일 경우만입니다."

우에스기는 자신도 모르게 신음을 내뱉었다.

"아까 기시다는 기요세의 집에 간 적이 별로 없다고 했잖
아. 피해자와도 그다지 친하게 지내지 않았다고."

"냄새가 나죠?"

그리고 가가는 히죽 웃었다.

하지만 우에스기는 입술을 일그러뜨리고 후배 형사를 가만
히 응시했다.

"자네가 나를 따라온 이유를 알겠군. 하지만 그것만으로 기
시다를 의심해도 될까? 그에게는 미쓰이 미네코를 죽일 만한
동기가 없다고."

"아직 알아내지 못했을 뿐인지도 모르죠."

"시끄러워. 그런 식으로 말하자면 끝이 없어."

그리고 우에스기는 뒤돌아 걷기 시작했다. 그러다 문득 걸
음을 멈추고 다시 뒤돌아보며 말했다.

"공을 세우고 싶으면 다른 형사한테 붙어. 나는 위에서 지
시받은 대로 움직일 뿐이니까. 정년도 얼마 남지 않았고."

그러자 가가는 의미심장한 미소로 대답을 대신했다. 우에
스기의 말을 받아들인 것인지 어떤지는 확실치 않았다.

대형 트레일러가 굉음을 울리며 지나간다. 바로 옆 추월 차선에서는 빨간 세단이 속도를 올리기 시작했다. 그 바로 뒤를 SUV 한 대가 따르고 있다.

그 순간 오토바이 한 대가 나타났다. 속도가 엄청나다. 순식간에 SUV를 추월해 트레일러와 세단 사이를 누비듯 달려 나간다.

그 광경을 보면서 우에스기는 커피 캔을 꽉 쥐었다. 오토바이가 시야에서 사라지고 나서야 한숨을 내쉬고는 커피를 꿀꺽꿀꺽 들이켰다. 그 잠깐 동안에 커피가 체온으로 미지근해진 것같이 느껴졌다.

그는 긴자의 우네메 다리 옆에 서서 아래를 내려다보고 있었다. 그곳에는 하천이 아니라 수도 고속도로의 도심 환상선이 지나간다.

아직 문도 열지 않은 클럽을 찾아갔다 돌아오는 길이었다. 미야모토 유리의 전직이 호스티스였다는 것을 알고 전 직장에 탐문 조사차 간 것이다. 물론 목적은 기요세 나오히로와의 관계를 명확히 하는 것이었다. 현재 두 사람이 남녀 관계라면 과연 언제부터 시작된 것일까.

하지만 그곳 사람들에게 들은 것이라고는 모두 맥 빠지는 대답들뿐이었다.

다들 기요세 나오히로와 미야모토 유리는 특별한 관계가
아닐 거라고 했다.

"딱 보면 알죠."

고참 직원인 구로베는 그렇게 말했다.

"기요세 사장이 유리 씨를 특별히 예뻐한 건 사실이지만 흑
심은 없었을 거예요. 우리 가게에 와서 그녀와 이야기 나누는
것을 순수하게 즐기는 것 같더라고요. 뭐랄까, 마치 딸을 만
나러 오는 아버지 같다고나 할까."

다른 사람들도 대체로 비슷한 말을 했다.

잘못 짚었는지도 모르지, 우에스기는 그렇게 생각했다. 단
골 술집의 호스티스가 일을 그만둔다고 하니까 자기 회사에
고용하기로 했다, 그 정도의 일인지도 모른다. 그렇다면 기요
세 나오히로가 미쓰이 미네코에게 추궁당할 이유도 없고 당
연히 그녀를 살해할 만한 동기도 없는 셈이 된다.

미지근한 커피를 다 마셨을 즈음 "역시 여기 계셨군요."라
고 말하는 소리가 옆쪽에서 들려왔다. 가가 형사가 다가오고
있었다.

"여기 있는 줄 어떻게 알았지?"

"어떤 선배가 알려 주던데요. 우에스기 선배가 긴자에 탐문
조사차 갔다면 오는 길에 여기 들르지 않겠느냐고."

우에스기는 빈 캔을 꽉 쥐어 찌그러뜨렸다.

"별 쓸데없는 걸 다 가르쳐 주는 인간이 있군."

이 장소에 대해 안다면 그 얘기까지 다 들었을지도 모른다. 우에스기는 가가의 얼굴을 똑바로 보기가 민망했다.

"그래서, 내게 무슨 볼일이야?"

그는 가가를 외면한 채 물었다.

"저, 기시다 세무사의 아들 집에 같이 가 보지 않으실래요?"

"또 기시다야? 자네도 참 끈질기군."

"소득세 신고 때문이 아닌 것 같습니다."

"뭐야?"

"미쓰이 씨가 기시다 씨의 사무실로 전화한 이유 말이에요. 소득세 신고에 대해 상담하기 위해서라고 했는데, 그게 아닌 것 같습니다."

"그럼, 뭐 때문인데?"

"기요세 나오히로와 미야모토 유리 씨가 남녀 관계라면 그게 언제부터 시작됐는지 알아내려고 전화한 거 아닐까요? 물론 소득세 신고에 관해서도 물었을지 모르지만, 그건 미쓰이 씨가 전화를 걸 구실에 불과하다고 생각되지 않으세요?"

우에스기는 잠시 침묵에 빠졌다. 가가의 추리에 일리가 있다고 느껴졌다. 전남편의 여자관계를 알고 싶다면 친구에게 묻는 것이 가장 빠르다. 반말을 할 수 있을 정도로 편한 상대라면 더욱이 그렇다.

"왜 지난번엔 말하지 않았지?"

"기시다 씨가 기요세 나오히로와 미야모토 유리 씨의 관계를 알면서도 감추는 것일지도 모른다고 생각했어요. 그런데 그렇지 않다는 게 판명되었습니다. 기요세 사장과 미야모토 씨 사이에는 아무 일도 없었어요. 적어도 연애 감정은요. 선배도 긴자에 가서 듣고 오셨으니 그 점에 대해서는 알고 계시죠?"

그러자 우에스기는 혀를 차며 가가를 쏘아보았다.

"그건 또 어떻게 알았어?"

"그 설명은 차차 하겠습니다. 자, 기요세 사장과 미야모토 씨가 아무 관계가 아니라면 기시다 씨로서는 아무것도 감출 필요가 없어요. 그럼 미쓰이 씨는 정말 아무것도 묻지 않았을까. 그건 아무리 생각해도 부자연스럽습니다. 어떠세요, 기시다 요사쿠에 관해 조사해 볼 가치가 있다고 생각하지 않으세요?"

우에스기는 흥, 콧방귀를 뀌었다.

"그런 얘기라면 우리 계장에게나 하지그래. 나보다 더 적임자가 있을 테니 그 작자와 함께 한 건 올리라고."

"기시다의 담당은 선배님이잖아요. 그 아들이 사는 아파트가 여기서 차로 15분 거리입니다."

"하지만 난……."

우에스기의 말이 끝나기도 전에 가가는 손을 들어 택시를 세웠다. 그리고 열린 문을 손으로 잡은 채 다른 한 손으로 어서 타라는 듯 손짓했다.

우에스기는 하는 수 없이 얼굴을 찡그린 채 택시로 다가갔다.

아파트로 향하는 택시 안에서 우에스기는 가가로부터 기시다의 아들 부부에 관해 설명을 들었다. 아들의 이름은 기시다 가쓰야. 건설 컨설팅 회사에 다니며 나이는 스물아홉이고, 동갑인 아내와의 사이에 다섯 살 난 아들이 있다고 했다.

"거기까지 조사했으니 앞으로도 혼자 하는 게 좋지 않겠어? 난 그저 가만히 있을 테니까."

우에스기가 그렇게 빈정댔지만 가가 형사는 대답 대신 "아, 저기 보이네요. 저 아파트예요."라며 앞쪽을 가리켰다. 이미 답사까지 다녀온 모양이다.

기시다 가쓰야는 아직 귀가 전이었다. 아내인 레이코 말에 따르면 고객 접대 등의 일로 거의 매일 귀가가 늦는다고 한다.

우에스기는 레이코에게 6월 10일 밤에 기시다 요사쿠가 찾아왔었는지 물었다. 그러자 레이코는 틀림없이 8시쯤 왔었다고 했다. 낮에 전화를 걸어서, 시어머니의 3주기에 관해 의논하고 싶으니 밤에 들르겠다고 했다는 것이다. 당시 기시다의 상태에 대해 물으니 특별히 평소와 다른 점은 없었던 것 같다고 대답했다. 별로 진지하게 생각해 보는 눈치는 아니었다.

우에스기는 달리 물어볼 말이 생각나지 않자 실내를 둘러보았다. 커다란 액정 텔레비전이 눈에 들어왔다. 장식장에는 고급술이 진열돼 있고 소파 위에는 우에스기 같은 사람도 아는 유명 브랜드 로고가 박힌 핸드백이 아무렇게나 놓여 있었다.

거실 바닥에서는 다섯 살짜리 아들이 팽이를 돌리고 있었다. 가가는 그 팽이에 관심을 보였다. 어디서 난 것이냐고 레이코에게 물으니 12일 밤에 시아버지, 즉 기시다 요사쿠가 가져왔다고 했다.

"12일이 확실합니까?"

"그런데요. 왜요?"

아닙니다, 라고 대답하는 가가의 눈초리가 지금까지와는 달리 매서웠다.

두 사람이 아파트에서 나오자마자 우에스기는 "별 수확은 없군."이라고 내뱉었다.

"8시에 왔다는 것은 사실이겠지. 하지만, 그렇다고 기시다의 알리바이가 성립하는 것은 아니야. 굳이 찾아올 필요가 있었는지……."

"그건 아직 모릅니다. 그보다 뭔가 이상한 거 못 느끼셨어요, 그 부부가 생활하는 모습을 보고?"

"이상할 거까지야 없지만 꽤 호화롭게 산다는 생각은 들더군. 이런 불황에 말이야. 그래도 있는 집은 있다는 건가."

"바로 그 점입니다. 남편이 고객 접대로 매일 밤 늦는다고 했는데, 제가 조사한 바로 기시다 가쓰야는 경리부 소속입니다. 일반적으로 접대와는 인연이 별로 없는 부서죠."

그러자 우에스기는 걸음을 멈추고 가가를 돌아봤다.

"무슨 소리가 하고 싶은 거야?"

"아닙니다. 저도 아직 확실한 건."

그리고 가가는 손을 들었다. 빈 차라는 표시를 반짝거리며 택시가 두 사람 앞에 섰다.


4


다음 날 저녁, 우에스기가 다른 사건의 탐문 조사를 마치고 수사본부로 돌아오자 계장이 그를 불렀다. 그가 가까이 다가가자 계장은 주위를 신경 쓰는 듯 잠시 눈치를 보더니 책상 밑에서 뭔가를 꺼냈다. 그것을 본 우에스기는 어, 하는 소리를 냈다.

"역시, 본 적이 있는 모양이군."

계장이 눈을 치켜떴다.

그것은 팽이였다. 초록과 노랑 동심원이 번갈아 그려진 나무 팽이. 기시다 가쓰야의 아들이 갖고 놀던 것과 같은 것이었다.

어떻게 이게, 하고 우에스기가 조그만 소리로 물었다.

"가가 군이 닌교초의 완구점에서 찾아냈다는군. 이 팽이에는 끈이 딸려 있어. 그걸 감식반에 보내서 피해자의 목에 남아 있던 흔적과 비교해 달라고 하더라고."

이번 사건에서는 아직 흉기가 정확하게 밝혀지지 않았다. 직경이 3밀리미터에서 4밀리미터 정도 되는 비벼 꼰 끈이라는 것은 알려졌지만, 일상 용품 중에서는 거기에 부합되는 것을 찾을 수 없었다.

"그리고, 이걸 자네에게 전해 달라고 했어."

계장이 메모지를 내밀었다.

그 메모를 읽고서 우에스기는 더욱 놀랐다. 갈겨쓴 글씨로 다음과 같은 내용이 적혀 있었기 때문이다.

'6월 10일 저녁, 닌교초 완구점에서 도난당했답니다. 가가'

사건 발생 당일에 도난…….

"이 팽이에 대해서는 자네에게 물어보라고 하더군. 어떻게 된 일이야?"

계장이 조바심 난 목소리로 물었다.

우에스기는 그 질문을 무시하고 "감식 결과는 어떻게 됐습니까?"라고 되물었다.

그의 기세가 심상치 않다고 느꼈는지 계장이 아무 말 없이 옆에 있던 서류를 집어 들었다.

"굵기와 꼬임의 길이 모두 목에 남아 있는 교살 흔적과 일치한다는 결과가 나왔어."

우에스기는 숨을 깊이 들이마셨다가 후우 하고 길게 내쉬었다. 온몸의 피가 술렁거리는 것을 느꼈다.

"우에스기, 이거 대체……."

계장이 뭔가 물으려는데 우에스기가 손을 들어 제지했다.

"가가는 지금 어디 있습니까?"

"모르겠어. 이 일로 좀 더 조사할 게 있다면서 나갔어."

"그럼 가가와 얘기를 나눠 본 후에 보고하겠습니다. 그때까지만 기다려 주십시오."

"아니, 뭐야?"

계장이 대뜸 화난 표정을 지었지만, 우에스기는 고개를 꾸벅 숙이고 그 자리를 떴다. 저녁 7시가 조금 넘은 시각이었다.

가가가 돌아온 것은 8시가 거의 다 되어서였다. 우에스기는 그의 팔을 붙들어 복도로 데리고 나갔다.

"무슨 일이야? 혼자 튀는 건 상관없는데, 나까지 끌어들이지는 말라고."

"관할 서 형사 혼자 이리 뛰고 저리 뛰고 해 봐야 아무것도 해결되지 않습니다. 그보다, 팽이 끈 얘기 들으셨습니까?"

"들었어. 그 팽이를 주목하게 된 이유가 뭐지?"

"별다른 이유는 없습니다. 정초라면 몰라도 이런 시기에 팽이 같은 장난감을 갖다 주었다는 게 이상했을 뿐이에요. 사고 싶다고 쉽게 살 수 있는 물건도 아니고. 만일 판다면 어떤 가게일까 생각해 보니 딱 한 군데, 떠오르는 곳이 있었습니다."

"그게 닌교초에 있는 완구점이었다는 거야? 용케 그런 것까지 알고 있군."

"이쪽으로 발령받아 온 이래 매일같이 동네를 돌아다니고 있으니까요. 어디에 어떤 가게가 있고 어떤 물건을 파는지 머릿속에 대충 입력돼 있습니다."

"흥, 형사가 뻔질나게 드나드니 가게 사람들은 죽을 맛이겠군."

"그럴까 봐서 형사같이 안 보이는 차림을 하는 거죠."

그러면서 가가는 위에 걸친 셔츠 자락을 살짝 들어 보였다.

그런 거였나. 우에스기는 그제야 납득했다. 이 단정치 못한 차림새에 그 나름의 계산이 있었던 것이다.

"팽이를 누가 훔쳐 갔다면서?"

"10일 저녁에요. 사건 발생 직전입니다."

"흉기를 사건 현장 근처에 있는 가게에서 조달했단 말이야?

그런 일이 있을 수 있을까?"

"글쎄요, 아직 단정할 순 없습니다만 세상에는 참 여러 가지 인간이 있잖아요."

"그것도 그렇고, 교살흔과 일치한다고 해서 바로 그 끈이 사용되었다고 결론지을 수는 없어."

"압니다. 그러나 기시다 요사쿠가 그 팽이의 끈을 처분한 것만은 확실합니다."

가가가 하는 말의 의미를 알 수 없어 우에스기는 미간을 찡그렸다.

"기시다가 팽이와 함께 손자에게 준 끈은 원래 그 팽이에 딸려 있는 끈이 아니었습니다. 어디서 끈만 따로 구해다가 준 것 같습니다."

"그리고 원래 있던 끈은 범행 후에 처분했다, 이 말이야?"

"그렇게 생각하는 게 타당하겠죠."

"그렇다면……,"

우에스기는 잠시 생각에 잠겼다가 말을 이었다.

"기시다가 끈만 따로 입수한 가게를 알게 되면 일이 재미있어지겠군."

"저도 그 같은 생각에 지금까지 그 가게를 찾아다닌 겁니다."

"그럼 그 가게를 찾은 거야?"

"그런 것 같습니다."

가가는 두세 번 고개를 끄덕였다.

"이삼 일 후면 모든 게 확실해질 겁니다."

## 5

시곗바늘이 6시를 지나고 있었다. 이 계절이라면 아직도 밝을 시간. 그런데도 야스쿠니 거리를 지나는 차들은 하나 둘 헤드라이트를 켜기 시작했다.

우에스기는 다른 수사관 하나와 함께 길 한편에 세워 둔 차에서 대기하고 있었다. 눈은 바로 옆에 있는 건물 입구를 향한 채. 기시다의 사무실이 입주해 있는 건물이었다. 그가 건물 안에 있다는 것은 이미 확인했다. 그 건물에는 뒷문도 있지만 그쪽도 수사관이 지키고 있다.

아직 체포 영장은 떨어지지 않았다. 오늘은 임의 출두를 요구하는 것뿐이다. 그러나 영장은 시간문제라고 우에스기는 낙관하고 있다.

가가가 닌교초에서 새롭게 찾아온 것은 대·중·소, 세 종류의 팽이였다. 그것을 상자째 사 들고 온 것이다. 도난당한 완구점이 아니라 민예품점 앞에 놓여 있던 것이라고 한다. 팽이 끈은 모두 엮은 끈이었다.

"팽이 끈만 사기는 어려우니까 틀림없이 팽이를 새로 샀을 거라고 짐작했습니다. 그렇지만 팽이를 훔쳤던 완구점에서 사는 건 꺼려지겠죠. 그래서 혹시 그런 팽이를 파는 또 다른 가게가 없는지 찾아본 겁니다."

세 종류의 팽이는 끈의 굵기나 길이가 모두 제각각이었다. 그러니 어떤 끈이 손자에게 준 팽이에 맞을지 확인하기 위해 팽이 몇 개를 만져 보았을 것이라고 가가는 추측했다. 그리고 그 추측은 정확했다. 상자에 들어 있는 팽이를 전부 조사한 결과, 기시다의 명함에서 채취한 지문과 일치하는 것이 발견되었다.

남은 문제는 왜 그렇게까지 하면서 문제의 팽이를 손자에게 주어야만 했는지 밝히는 것이었고, 그 점에 관해서도 가가는 한 가지 추론을 세워 놓은 상태였다.

"기시다 요사쿠가 10일에 아들 집을 찾았을 때, 팽이와 관련된 무슨 일이 있지 않았을까요? 그렇지 않다면 그렇게까지 할 리 없어요."

대체 무슨 일이 있었던 것일까. 그것을 확인하기 위해 가가는 현재 기시다 가쓰야의 집에 가 있는 상태였다.

6시 30분 정각이 되자 우에스기의 휴대 전화가 울렸다. 가가였다.

"그래, 나야."

"가가입니다. 지금 막 기시다 가쓰야의 집에서 나왔습니다."

"그래서, 얘기는 들었어?"

"들었습니다. 생각대로였습니다. 사건 당일인 10일, 기시다 요사쿠의 가방에는 팽이가 들어 있었습니다. 도난당한 것과 똑같은 팽이요. 그걸 손자가 찾아냈답니다."

가가는 그때의 상황을 우에스기에게 설명해 주었다. 꽤 빠른 속도로 말했지만 우에스기는 이해할 수 있었다.

"그랬군. 손자에게 팽이를 주겠다고 약속했으니 체면상 지키지 않을 수 없었겠지."

"끈이 원래의 것과 다르다는 사실과, 아들 부부가 확인해 준 알리바이는 의미가 없다는 것을 기시다 레이코 씨에게 자연스럽게 알렸습니다. 아마 지금쯤 기시다 요사쿠나 남편에게 전화를 걸고 있을 겁니다."

"알았어. 나머지는 이쪽에서 알아서 할게."

그렇게 말하고 우에스기는 전화를 끊었다.

그로부터 약 10분 후, 건물 입구에 기시다가 모습을 나타냈다. 표정이 잔뜩 굳어 있었다. 스러져 가는 태양 빛이 그의 얼굴에 짙은 그림자를 만들어 내고 있었다.

우에스기는 다른 한 수사관에게 눈짓을 보낸 후 차에서 내렸다. 그리고 기시다 앞으로 곧장 걸어갔다.

앞에 사람이 와서 섰는데도 기시다는 금방 반응하지 않았다. 멍한 얼굴로 우에스기를 올려다볼 뿐이었다. 무언가에 어지간히 정신이 쏠려 있는 모양이었다.

이윽고 우에스기를 알아본 그의 눈이 휘둥그레졌다. 그러나 소리는 내지 않았다.

"기시다 씨."

우에스기가 그를 불렀다.

"물어보고 싶은 게 있습니다. 지금 저와 함께 가 주셔야겠는데요."

기시다는 입을 반쯤 벌린 채 눈을 둥그렇게 떴다. 어찌나 볼이 야위었는지 얼굴이 마치 해골처럼 보였다.

마침내 그가 고개를 툭 떨어뜨렸다. 그리고 말없이 그 자리에 주저앉았다.


6


27년 전, 대학 선배인 기요세 나오히로 씨로부터 연락이 왔습니다. 청소 회사를 차리려는데 좀 도와주었으면 한다는 것이었습니다. 당시 저는 세무사 사무실을 개업한 지 얼마 안되어 일거리가 별로 없던 터라 두말 않고 그 제안을 받아들였습니다. 기요세 씨의 사람 됨됨이나 능력을 잘 알고 있었기 때문에 필시 크게 실패하지는 않으리라는 어림짐작도 있었습니다.

실제로는 제 예상을 훨씬 뛰어넘을 정도로 사업이 성공했습니다. 그 정도로 수요가 많은 분야일 줄 생각지도 못했습니다. 회사는 눈 깜짝할 새에 커졌습니다.

기요세 씨가 결혼한 직후였다고 생각됩니다만, 세금을 절약하기 위한 방법으로 별도의 회사를 만들게 됐습니다. 그러면서 부인인 미네코 씨를 그 회사의 사장으로 내세웠습니다. 당연히 미네코 씨 앞으로 보수가 지불됐고, 그 때문에 새로 은행 계좌를 개설하게 됐습니다. 그 계좌는 제가 관리하기로 했죠. 유사시에 쓸 자금이라는 합의가 있었습니다.

그로부터 20년 이상이 흘렀습니다. 저와 기요세 씨 부부는 관계가 상당히 좋았습니다. 그런데 최근 들어 부부 쪽에 변화가 생기게 되었습니다. 이미 아시는 바와 같이 이혼하게 된 거죠. 그 이유를 자세히는 몰랐습니다. 이혼 후 기요세 씨는 전직 호스티스인 미야모토 유리를 자신의 비서로 채용했지만, 저는 적어도 그녀가 원인이라고 생각지는 않습니다. 그 이유는 나중에 말씀드리겠습니다.

두 사람은 법정 다툼 없이 협의 이혼 했습니다. 당시 미네코 씨는 변호사를 내세워 정당한 재산 분배를 요구했습니다. 그래서 두 사람 명의의 은행 계좌를 전부 공개한 후 합의를 보

있습니다.

미네코 씨에게 분배된 액수는 타당한 선이었다고 생각합니다. 기요세 사장의 계좌에서 용도가 불분명한 지출이 있었던 흔적도 없고 해서 미네코 씨도 수용했습니다. 그렇게 두 사람의 이혼은 일단 원만하게 성립되었습니다. 그리고 저는 이 문제가 완전히 해결됐다고 생각했습니다.

그런데 이번 달 들어 미네코 씨로부터 제게 연락이 왔습니다. 확인하고 싶은 일이 있으니 만나자는 것이었습니다. 그리고 기요세 씨에게는 비밀로 해 달라고 했습니다. 그 시점에서는 어떤 용건인지 전혀 짐작할 수 없었습니다.

도쿄 역 근처에 있는 찻집에서 둘이 만났습니다. 미네코 씨는 이혼 전보다 젊어 보였습니다. 충실히 생활하고 있는 것 같아 안심되더군요.

잠시 두서없는 얘기를 나눈 후에 미네코 씨가 본론을 꺼냈습니다. 미야모토 유리 씨에 관한 것이었습니다. 그런 여자가 사장 비서가 되었다는데 기요세 씨의 애인이라는 소문이 사실이냐고 묻더군요. 제가 두 사람이 헤어진 원인이 미야모토 유리 씨가 아니라고 한 이유는 바로 그런 일이 있었기 때문입니다. 이혼하는 시점에서 미네코 씨는 미야모토라는 여자의 존재조차 몰랐던 것입니다.

모른다, 저는 그렇게 대답했습니다. 실제로 저는 모릅니다.

원래 단골 호스티스였으니 아무 일도 없었을 것이라고 단정할 순 없지만, 기요세 사장이 제게 말해 주지 않았으니 자세한 건 알 수가 없죠.

미네코 씨는 미야모토 유리라는 여자가 애인이든 뭐든 그건 상관없고, 그 관계가 언제 시작되었는지가 문제라고 했습니다. 그제야 저는 그녀가 온 목적을 알아챘습니다. 요컨대 그녀는 만약 기요세 사장이 이혼 전부터 바람을 피웠다면 위자료를 청구할 속셈이었던 겁니다.

저는 기요세 사장과 미야모토 유리 씨가 어떤 관계인지조차 모르며, 가령 남녀 관계라 해도 언제부터 시작된 일인지 모른다고 했습니다. 그러자 미네코 씨는 돈이 들고 나는 것을 조사해 보면 어느 정도는 알 수 있지 않겠느냐고 했습니다. 만약 애인이라면 반드시 돈을 주거나 값비싼 선물을 했을 것이라면서.

돈 문제에 대해서는 이혼 당시 이미 확인한 바 있습니다. 제가 그 점을 상기시키자 미네코 씨는 회사 돈을 썼을 수도 있지 않느냐고 하더군요. 적당한 명목을 붙여 회사 계좌에서 직접 미야모토 씨 계좌로 입금하는 것은 사장이라면 분명 가능한 일입니다. 하지만 저는 그럴 가능성은 없다고 했습니다. 그런 일을 했다면 다른 사람은 몰라도 저는 알 수 있으며, 제가 보장하는 것이니 믿어 달라고요.

그런데도 미네코 씨는 믿으려 하지 않았습니다. 당신은 그 사람의 친구이니 감싸고 돌 가능성도 있지 않느냐는 말까지 했습니다. 그러면서 회사 장부를 보여 달라고 요구했습니다. 뜻대로 되지 않을 경우 다른 세무사나 회계사를 고용해 조사할 뜻도 비치더군요.

그 시점에서 저는 불길한 예감이 들기 시작했습니다. 일이 예기치 않은 방향으로 흘러간다고 느꼈습니다.

그리고 마침내 미네코 씨는 제가 가장 두려워했던 말을 꺼냈습니다. 20여 년 전에 설립한 별도 회사를 언급한 것입니다. 그때 그 계좌가 어떤 상태인지 조사해 달라고 했습니다. 실은 재산 분배를 협의할 때 그 계좌는 실질적으로는 회사의 자산이라는 이유로 제외시켰던 것입니다.

애써 평정을 가장했지만 속으로는 몹시 동요했습니다. 왜냐하면 그 별도 회사 자금 문제를 건드리면 안 되는 사정이 제게 있었기 때문입니다.

실은 몇 년 전부터 저는 그 회사 사장으로 되어 있는 미네코 씨의 계좌에서 무단으로 돈을 인출해 왔습니다. 뿐만 아니라, 기요세 사장이 이 별도 회사의 경리를 제게 일임한 점을 이용해 세무사 보수 이상의 돈이 제 계좌로 흘러들어 오도록 조작해 놓았습니다. 그 액수가 아마도 3천만 엔은 될 겁니다.

그렇게 해서 생긴 돈은 전부 빚을 갚는 데 썼습니다. 세무사 사무실 경영도 어려운 데다 도박에 거금을 쏟아 부은 나머지 생긴 빚이었습니다. 기요세 사장이 눈치채기 전에 되돌려 놓으려고 생각했지만 속수무책인 상태로 여기까지 온 겁니다.

일주일 후 같은 장소에서 다시 만나기로 약속하고 일단 그 날은 헤어졌습니다. 하지만 저는 제정신이 아니었습니다. 당분간 다른 사람에게 이 일을 말하지 말아 달라고 부탁은 했지만, 제가 마냥 내버려 두면 그녀 쪽에서 움직이기 시작할 것이 분명했습니다. 변호사를 선임해서 기요세 씨와 직접 교섭에 나설지도 모르는 일이었습니다. 그럴 경우 기요세 사장은 자신은 꺼릴 것이 아무것도 없으니 조사하고 싶으면 마음대로 하라고 할 게 틀림없었습니다. 그렇게 되면 제게 남는 것은 파멸뿐이었죠.

이러지도 저러지도 못한 채 시간만 흘러갔습니다. 일주일 후, 약속대로 미네코 씨와 만났습니다. 그녀는 매우 조바심을 냈고, 제가 아무 대책이 없다고 하면 지금이라도 당장 기요세 씨에게 가서 담판을 지을 듯한 태세였습니다. 저는 초조했습니다. 그래서 얼떨결에 이삼 일 안으로 어떻게든 보고하겠노라고 말했습니다. 실제로는 아무런 대책도 없으면서 말입니다.

한숨도 못 잔 상태로 다음 날이 되었습니다. 머릿속이 미네코 씨를 어떻게 하면 좋을까 하는 생각으로 가득해 아무 일도 손에 잡히지 않았습니다. 그리고 시간은 평소보다 훨씬 빠르게 지나갔습니다.

그 생각이 언제부터 제 머릿속에서 자라기 시작했는지는 저 자신도 잘 모르겠습니다. 확실히 기억나는 것은 저녁때 사무실을 나설 무렵에는 이미 결심을 굳힌 상태였다는 것입니다. 그 증거로 그때 저는 아들 집에 전화를 걸어 8시쯤 가겠다고 일러두었습니다. 조금이라도 알리바이를 만들어 두겠다는 생각에서였습니다. 그렇습니다. 제 안에서 자라난 생각은 미네코 씨를 죽일 수밖에 없다는 사악한 것이었습니다.

조그만 서류 가방을 껴안고 저는 고덴마초로 향했습니다. 미네코 씨의 주소는 지난번 만났을 때 알아 두었기 때문에 아무 문제 없었습니다.

그런데 지하철을 타고 가던 중 무언가를 깨달은 저는 닌교초 역에서 내렸습니다. 그 무언가란 사람을 죽일 방법을 전혀 생각해 두지 않았다는 것입니다. 완력이 센 사람이라면 맨손으로 목을 졸라 죽일 수도 있겠지만, 저는 그럴 자신이 없었습니다. 미네코 씨의 집에 적당한 흉기가 있을 것 같지도 않았습니다.

칼을 사기로 한 저는 닌교초 거리를 돌아다녔습니다. 닌교초에는 여러 종류의 상점이 줄지어 있었습니다. 이윽고 저는 어떤 가게 앞에서 걸음을 멈췄습니다. '기사미야'라는 칼 전문점이었습니다. 에도 시대부터 내려오는 노포인 듯, 진열대에는 수제품 부엌칼과 가위, 족집게 등이 놓여 있었습니다.

그 물건들이 내뿜는 서슬에 저는 그만 압도되고 말았습니다. 특히 회칼을 겹쳐 놓은 것처럼 생긴 거대한 재봉용 가위를 보았을 때는 저도 모르게 뒷걸음질치고 말았습니다.

칼은 도저히 사용할 수 없겠다고 생각했습니다. 고기나 생선을 자르는 것도 아니고, 즉사시키지 않으면 도망칠 염려도 있었습니다. 또 성공한다 해도 온통 피에 젖을 수도 있습니다. 게다가 흉기를 처리하기도 힘듭니다. 애당초 그런 곳에서 칼을 샀다가 나중에 수사망에 걸려들 수도 있겠다고 생각됐습니다.

칼을 사용하지 않는다면 무엇을 흉기로 쓸까. 소리도 나지 않고, 튀는 피를 뒤집어쓸 염려도 없는 방법이라면 역시 교살밖에 없었습니다. 저는 끈을 찾아보기로 했습니다. 넥타이를 매고 있었지만, 그것을 사용할 수는 없었습니다. 넥타이의 섬유가 교살흔으로 남아 증거가 될 수 있겠다고 생각했기 때문입니다.

끈이라면 어디서든 구할 수 있겠죠. 하지만 비닐 끈을 사려고 편의점에 들어갔다가 그냥 나왔습니다. 방범 카메라가 있다는 것을 알아차렸기 때문입니다. 범행에 비닐 끈이 사용된 사실을 경찰이 밝혀낸다면 틀림없이 이 편의점에도 형사가 찾아올 것이라고 생각하니 끈에 손을 뻗을 수가 없었습니다.

사실 끈의 양도 너무 많았습니다. 범행에 필요한 끈은 불과 몇십 센티미터 정도이니 남은 끈을 어떻게 처리해야 할지도 문제였습니다.

편의점에서 나온 저는 다시 걷기 시작했습니다. 흉기로 사용할 만한 끈을 파는 가게를 찾아 이리저리 다녔습니다. 기모노 가게에서도 다양한 종류의 끈을 팔고 있었습니다. 하지만 그런 가게에서 나 같은 사람이 끈만 사는 것은 어느 모로 보나 부자연스러운 일이겠죠. 점원의 인상에 남을 우려도 있고요. 넥타이나 허리띠를 파는 가게에도 들러 보았지만 좀처럼 결단이 서지 않았습니다. 어디서 뭘 사든 점원이 얼굴을 기억할 것만 같았습니다.

그때 팽이가 눈에 들어왔습니다. 가게 이름은 못 보았지만 완구점 앞에 갖가지 나무 장난감이 진열되어 있었는데 그중에 팽이가 있었던 겁니다.

다행히 주위에 보는 눈도 없고 가게 안에도 사람이 안 보였습니다. 저는 팽이를 재빨리 양복 주머니에 넣고 그 자리를 떠났습니다. 남의 물건을 훔치다니, 지금까지 제 인생에서 단 한 번도 해 본 적이 없는 일이었습니다. 심장이 터져 나갈 듯 쿵쿵 뛰었습니다.

완구점에서 충분히 멀어진 후에야 저는 팽이에서 끈을 풀어냈습니다. 그리고 팽이는 가방에 넣었습니다. 끈은 아주 탄

탄한 것이, 목 조르는 데에 사용하기 알맞다고 느꼈습니다. 그것을 주머니에 넣고 공중전화 부스로 들어갔습니다. 휴대 전화를 사용하지 않은 까닭은 말할 것도 없이 미네코 씨의 전화에 발신자 번호를 남기지 않기 위해서였습니다.

미네코 씨는 금방 전화를 받았습니다. 공중전화에서 거는 것을 수상하게 여기는 것 같아 휴대 전화가 고장 났다고 설명했습니다.

그녀는 외출 중인 듯했는데, 이미 집 가까이 와 있으며 곧 집으로 들어갈 것이라고 했습니다.

저는 보고할 것이 있는데 집으로 찾아가도 괜찮겠느냐고 물었습니다. 그녀는 8시에 누가 오기로 되어 있는데 그때까지 용건을 마칠 수 있다면 괜찮다고 했습니다. 저는 바로 근처에 와 있고 시간이 많이 걸리지 않을 것이라고 말했습니다.

그때가 아마 7시 조금 넘어서였을 겁니다. 저는 사람들 눈에 띄지 않도록 조심하면서 아파트 현관까지 가서 벨을 눌렀습니다. 그때 이미 끈은 주머니에서 꺼내어 오른손 안에 숨기고 있었습니다.

미네코 씨는 아무런 의심도 하지 않고 저를 집 안으로 들여놓았습니다.

미네코 씨가 등을 돌리는 순간, 저는 뒤로 다가가 숨기고 있던 끈으로 목을 졸랐습니다. 목 뒤에서 끈을 교차시켜 있는 힘껏 잡아당겼습니다.

무슨 일이 일어났는지조차 모르는 미네코 씨는 처음에는 별 저항도 하지 않았습니다. 손발을 격렬히 버둥거리기 시작한 것은 10초 정도 지나서였지 싶습니다. 혼신의 힘을 다해 몸을 뒤흔들었습니다. 그래도 소리는 전혀 지르지 못했습니다. 지를 수가 없었겠죠.

마침내 그녀는 쓰러졌고, 그대로 미동도 하지 않았습니다. 저는 가능하면 시신을 보지 않으려고 외면하면서 끈을 목에서 벗겼습니다. 그리고 아파트 문을 살짝 열고서 바깥 상황을 살핀 뒤 아무도 없다는 것을 확인하고 집에서 나왔습니다. 문 손잡이와 벨에 묻은 지문은 손수건으로 닦아 냈습니다.

미네코 씨 집에서 나온 후에는 쇼와 거리까지 걸어가서 택시를 타고 아들네 집으로 향했습니다. 8시 전에 도착했을 겁니다. 아내의 3주기에 대해 의논한다고는 했지만, 실제로는 그럴 정신이 아니어서 그저 잡담이나 나누는 게 고작이었습니다.

그러던 중에 다섯 살 난 손자가 가방에 든 팽이를 찾아내고 말았습니다. 며느리가 왜 저런 게 가방에 있느냐고 물었지만 그럴듯한 핑계가 금방 떠오르지 않았습니다. 아는 사람에게 받았는데 끈을 사무실에 놓고 왔다고 옹색하게 둘러댔습니다. 실은 그때, 끈이 아직 제 주머니에 들어 있었습니다. 하지만 사람을 죽이는 데 쓴 끈을 손자에게 가지고 놀라고 할 수는 없었습니다. 다음번에 끈과 함께 주겠다고 달래어 일단 팽이를 돌려받았습니다. 그리고 팽이에 맞는 끈을 어디선가 구해야겠다고 마음먹었습니다.

아들 집에서 나온 후에는 신바시에 있는 단골 바로 가서 위스키를 조금 마셨습니다. 이 또한 알리바이를 만들기 위해서였습니다. 사실은 이 시점에 이미 시신이 발견되었기 때문에 그런 알리바이 따위는 아무 쓸모도 없는 것이었지만, 그런 줄 모르는 저는 가능한 한 혼자 있지 않는 편이 좋겠다고 생각했습니다. 그리고 밤늦게 집으로 돌아와 끈을 태워 버렸습니다.

다음 날에는 이미 사건이 제 사무실에도 전해졌습니다. 아무래도 그날은 팽이 끈을 찾으러 다닐 기분이 아니었습니다. 금방이라도 형사들이 들이닥쳐 체포 영장을 내밀지 않을까 하는 불안감에 하루 종일 흠칫흠칫했습니다.

맨 처음 경찰에서 연락이 온 것은 12일이었습니다. 미네코 씨의 휴대 전화 착신 이력에 제 사무실 번호가 남아 있어 전화했다면서 괜찮으시다면 무슨 용건이었는지 가르쳐 달라고 하더군요. 소득세 신고와 관련한 상담이었다고 대답했습니다. 미네코 씨는 이혼 후 번역가로서 생활을 꾸려 갈 예정이어서 앞으로는 소득세 신고도 해야 하기 때문이라고요. 경찰은 납득하는 눈치였습니다.

경찰이 믿어 주자 안심한 저는 저녁 무렵 팽이 끈을 찾으러 나섰습니다. 하지만 그걸 어디서 사야 할지 전혀 알 수 없었습니다. 필요한 건 끈뿐이지만 팽이까지 다시 사는 수밖에 없다는 생각에 또다시 닌교초로 향했습니다. 그런 옛날 팽이를 살 수 있는 가게가 그곳 외에는 생각나지 않았기 때문입니다.

하지만 팽이를 훔쳤던 가게에는 다가가기조차 꺼림칙했습니다. 저는 상점가를 이리저리 돌아다녔습니다. 그러다 발견한 것이 민예품점이었습니다. 가게 앞에 목제 팽이가 죽 놓여 있었습니다. 대·중·소, 세 종류가 있어서 저는 하나씩 집어 들고 머릿속으로 훔친 팽이와 크기를 비교해 본 후 그중 가장 작은 팽이를 샀습니다. 가게를 나와서 역으로 가는 도중에 끈을 풀어낸 후 팽이는 종이에 싸서 편의점 쓰레기통에 버렸습니다. 그길로 아들네 집에 가서 지난번의 그 팽이와 함께 끈을 손자에게 주었습니다. 그것으로 모든 게 마무리됐으려니 생각했습니다.

그러나 제 착각이었습니다. 경찰이 저에 대해 전혀 의심하지 않는 것이 아니었습니다. 그러기는커녕 날이 갈수록 의심이 더욱 깊어져 가는 것을 느낄 수 있었습니다. 형사가 아들 부부의 집에 찾아왔다는 소리를 들었을 때 저는 드디어 올 것이 왔나 보다며 불안감에 휩싸였습니다. 그리고 가가라는 형사가 제가 손자에게 준 팽이의 원래 끈을 가져왔다는 것을 알고는 이제 도망칠 곳이 없다고 체념했습니다.

미네코 씨에게는 정말 몹쓸 짓을 했다고 반성하고 있습니다. 그때 제가 어떻게 됐었나 봅니다. 즉시 횡령 사실을 인정하고 그 죗값을 치러야 마땅했습니다. 하찮은 내 몸 하나 지키자고 아무 죄도 없는 사람의 귀중한 생명을 빼앗았으니 어떤 처벌이라도 달게 받겠습니다.


7


기시다 요사쿠의 자백 내용에 별다른 모순은 없었다. 자백 내용을 토대로 현장 검증을 실시했고, 거기서도 별문제가 없었다. 대체로 자연스럽다는 평가였다. 또 기요세 나오히로가 경영하는 별도 회사의 경리 기록을 조사해 본 결과, 사용처가 불분명한 금액이 최소한 3천만 엔 이상 발견되었다. 그리고 그 회사 대표로 되어 있던 미네코 씨 명의의 계좌에서도 2천만 엔 가까이 인출되어 있었다. 이 사실을 기요세 나오히로는 전혀 눈치채지 못하고 있었다. 30년 가까운 세월 동안 그는 친구이자 세무사인 기시다 요사쿠를 믿어 왔던 것이다.

한때 미궁으로 빠지는가 싶었던 고덴마초 여성 살해 사건이 이렇게 일단락되는 듯해서 현장을 직접 지휘했던 경찰 수사팀에는 만족스러운 기색이 감돌았다.

하지만 모든 증거가 확보된 것은 아니었다. 가장 큰 의문은 기시다가 빼돌린 돈의 사용처였다. 본인은 '세무사 사무실의 경영이 어려운 데다 도박에 거금을 쏟아 붓는 바람에 생긴 빚을 메우는 데 썼다'고 했지만, 기록을 조사해 본 바로는 사무실 경영이 그렇게까지 악화된 적이 없었다. 또 기시다 주변 인물들 중 누구도 그가 도박에 빠졌었다는 사실을 아는 사람이 없었다.

하지만 몇 번을 물어도 기시다의 대답은 한결같았다. 사무실 경영이 악화된 것처럼 보이지 않는 까닭은 자신이 분식 회계를 통해 그렇게 보이도록 했기 때문이며, 도박 역시 사람들 눈에 뜨이지 않는 곳에서 했다고 주장할 뿐이었다.

상부에서는 이만하면 되지 않았나 하는 분위기를 내비치기 시작했다. 살인 사건의 범인이 범행을 자백했으니 지금 상태로도 충분히 기소할 수 있다, 횡령한 자금의 용도가 불분명하더라도 문제는 없다는 것이었다.

우에스기는 기시다가 최초로 자백할 당시에 취조를 맡았으나, 그 후로는 수사에 거리를 두고 있었다. 애당초 그에게는 자신이 수훈을 올렸다는 의식이 없었다. 모든 것이 관할 서 형사의 머리에서 나온 것이기 때문이다. 그러나 그 사실을 공공연히 말했다가는 수사 1과의 체면이 손상되고 말 것이다.

그러니 수사본부에 접근하지 않는 것이 최선이었다.


　장맛비가 추적추적 내리고 있었다. 우에스기의 휴대 전화가 몸을 떨었다. 우산을 쓰고 아마자케요코초 거리를 걷고 있을 때였다. 화면을 보니 가가에게서 온 전화였다.

　통화 버튼을 누른 그는 "무슨 일이야?" 하고 물었다.

　"지금 어디 계십니까?"

　"밖이야. 산책하는 중."

　"닌교초 근처에 계시면 어디 좀 같이 가 주셨으면 좋겠는데요."

　"이번엔 또 뭔데?"

　그렇게 말해 놓고서 그는 자신이 닌교초에 있다는 것을 인정한 셈이라는 사실을 깨달았다.

　"자세한 것은 만나서 말씀드리기로 하고, 닌교초 역 사거리에서 기다리겠습니다."

　가가는 그렇게만 말하고 전화를 끊었다.

　우에스기의 모습이 보이자 가가는 손을 요란하게 흔든 후택시를 불러 세우더니 "아사쿠사바시로."라고 말했다.

　"또 어딜 데려가는 거야?"

　"그건 도착한 후의 즐거움으로 남겨 두죠."

　가가가 의미심장한 눈빛을 하고 말했다.

그러나 택시가 목적지에 거의 다다랐을 즈음에는 우에스기
도 어디로 가는 것인지 짐작할 수 있었다. 가 본 적이 있는 곳
이었다. 바로 기요세 고우키가 소속되어 있는 극단의 연습실
이다.

"여긴 왜?"

"일단 들어가시죠."

가가가 그를 재촉했다.

좁은 연습실에 들어서니 단원들이 연극 연습에 한창이었
다. 두 형사가 들어가자 몇몇의 시선이 그쪽으로 쏠렸다. 그
러나 가가가 가볍게 목례하자 다들 별 관심 없다는 듯 이내
눈길을 돌렸다.

가가가 파이프 의자 두 개를 나란히 갖다 놓았다. 우에스기
가 앉자 가가도 옆에 앉았다.

무대 위에서는 연습이 계속되고 있었다. 무대 장치와 소도
구가 배치되어 있는 것으로 보아 본공연에 가까운 연습인 듯
했다.

연기 중간 중간에 스태프들이 나와 재빨리 무대 장치들을
이동시켰다. 시간제한 때문인지 그 움직임에 군더더기가 전
혀 없었다. 연습을 하는 건 배우만이 아니라는 사실을 깨닫는
순간이었다.

그들 중에 우에스기가 아는 얼굴이 있었다. 바로 기요세 고

우키였다. 그는 머리에 수건을 동여맨 채 다른 사람들과 함께 도구를 이리저리 옮기고 있었다. 러닝셔츠 밖으로 드러난 어깨가 땀으로 반짝거렸다.

"저 녀석은 출연 안 하나 봐."

우에스기가 중얼거리자 옆에서 가가 형사가 집게손가락을 입술에 갖다 댔다.

연극은 옛 영국이 무대인 듯했다. 주인공은 초로의 남자로, 잠깐 보다 보니 전직 명탐정이 과거에 있었던 사건을 떠올리며 자신의 인생을 반추하는 내용인 것 같았다.

결국 연극을 끝까지 보았다. 비록 중간부터 보는 것이었지만 자기도 모르게 꽤 즐기게 되었다. 가슴에 남는 것도 있었다.

"나쁘지 않았죠?"

가가가 그렇게 묻자 우에스기는 "뭐, 그런대로."라고 대답했다. 사실 우에스기는 속으로, 생각보다 연극이 괜찮았다고 생각하고 있었다. 단, 기요세 고우키가 배우로서는 한 번도 출연하지 않았다는 사실이 좀 마음에 걸렸다.

그런 생각을 하고 있는데 "가가 형사님!" 하고 부르는 목소리가 들리더니 뛰어오는 기요세 고우키의 모습이 보였다.

그가 두 형사 앞에서 머리에 동여맨 수건을 풀었다. 머리카락이 땀에 젖어 있었다. 그 상태로 그는 머리를 깊이 숙였다.

"이번 일, 정말 감사드립니다. 엄마도 기뻐하실 거예요."

"우리야 주어진 일을 한 것뿐인데, 뭐. 그렇죠?"

가가가 동의를 구하자 우에스기는 고개를 끄덕였다.

"앞으로 여러 가지로 힘든 일이 많겠지만, 자네도 힘내라고."

"네, 감사합니다."

"오늘은 연극에 출연하지 않던데?"

"네. 당분간 출연하지 않을 생각입니다."

기요세 고우키가 결연한 말투로 대답했다. 그 눈에 강한 의지가 엿보였다.

"사건 때문인가?"

우에스기가 물었다.

"사건이 계기가 된 것은 사실입니다. 연기에 집중하지 못해 배역에서 물러났어요. 하지만 지금은 오히려 잘된 일이라고 생각합니다. 제 자신, 너무 미숙했다는 걸 깨달았어요. 좀 더 저를 갈고닦아 자신이 생기면 무대에 서려고 합니다."

저런 건방진 녀석, 하고 생각하면서도 우에스기는 기분이 나쁘지 않았다. 눈앞에 있는 젊은이의 온몸에서 있는 힘을 다해 새로운 인생을 살아 보려는 기운이 느껴지는 것은 사실이었다.

"그럼 남은 일이 있어서 이만 실례하겠습니다."

기요세 고우키가 인사를 한 뒤 자리를 떴다.

"그럼 우리도 갈까요?"

"저 철부지 녀석을 보게 하려고 날 이런 데로 데려온 거야?"

그러자 가가는 의외라는 표정을 지으며 눈을 깜박거렸다.

"저 친구가 철부지로 보이세요?"

"아, 아니."

우에스기는 머쓱해하며 손으로 턱을 비볐다.

"분위기가 사뭇 바뀌기는 했더군."

"그렇죠?"

"대체 뭐야?"

"나중에 설명하겠습니다. 가 보실 데가 한 군데 더 있어요. 오래 걸리지 않습니다."


다음으로 가가가 데려간 곳은 고덴마초에 있는 케이크 가게였다. 두 사람은 안쪽에 있는 테이블석으로 가서 앉았다. 케이크가 맛있는 가게인 듯했지만 우에스기와 가가는 둘 다 아이스커피만 주문했다.

"이 가게, 혹시……."

"그렇습니다. 미쓰이 미네코 씨가 살해되기 직전에 들렀던 가게예요."

가가는 케이크 매장 쪽으로 눈을 돌렸다.

"저 점원이 미쓰이 씨가 전화 통화하던 일을 기억하고 있었어요."

"이 가게를 알아낸 사람이 자네였어? 어째 윗사람들이 아무 말 안 한다 했지. 대체 어떻게 찾았어?"

"그 전에 들려 드릴 얘기가 있습니다. 순서대로 말씀드릴게요."

그리고 가가는 마치 얘기할 준비를 하려는 듯 아이스커피를 마셨다.

그의 얘기는 닌교초에 있는 센베이 집에서 있었던 일에서 시작되었다. 그 가게에 드나들던 보험 회사 영업 사원이 왜 용의자로 의심받으면서도 알리바이를 사실대로 말하지 않았는가에 관한 얘기였다.

그 다음은 요릿집에 얽힌 일로, 미쓰이 미네코 씨의 집에 있던 닌교야키에 고추냉이가 들어 있었던 이유에 관한 것이었다. 그리고 미쓰이 미네코 씨가 드나들던 그릇 가게, 안면이 있었던 시계포 주인과 친구인 번역가 얘기가 이어졌다.

모두 사건과 직접 관련이 있는 내용은 아니었다. 하지만 우에스기는 내심 혀를 내둘렀다. 관할 서의 이 형사는 아무도 거들떠보지 않는 사소한 일까지 사건과 무관한 것을 알면서도 결코 소홀히 하지 않고 밝혀내려 했다.

그리고 가가의 이야기는 마침내 이 케이크 가게로 이어졌다. 뜻밖에도 그 얘기는 조금 전에 만난 기요세 고우키와 관련이 있었다. 미쓰이 미네코는 이 가게에서 일하는 임신 중인 여성을 아들의 연인으로 오해했다는 것이다.

"바로 저 여자 분입니다."

가가는 케이크 매장에 있는 점원을 가리켰다. 아닌 게 아니라 그녀의 배가 약간 불러 있었다.

"아들에게 아이가 생겼다는 생각에 기뻐하며 근처로 이사했다, 그런데 그 소중한 아들이 배우를 한답시고 이렇다 할 일자리도 없이 지내고 있었다, 그래서 자기가 뭐라도 해 줘야겠다 싶어 헤어진 남편에게 위자료를 받아 내려 했다, 그런 건가?"

우에스기가 한숨을 쉬고 말을 이었다.

"그 철부지 녀석, 분위기가 변할 만도 하군."

"그를 변화시킨 게 또 있습니다."

그리고 이어진 가가의 얘기에 우에스기는 더욱더 놀랐다. 기요세 나오히로의 애인이라고 여겼던 미야모토 유리가 실은 그의 딸이었다는 것이다.

"당사자들이 아직 공표하지 않았으니 이 일은 비밀에 부쳐 주십시오."

우에스기는 설레설레 머리를 흔들었다.

"이번 사건의 이면에 그런 일이 있었을 줄이야. 그렇다면 그 아들도 정신을 차리지 않을 수 없었겠군. 부모의 고마움이 뼈에 사무치지 않았겠어?"

"선배님, 바로 그 점입니다."

가가 형사가 우에스기 쪽으로 몸을 들이밀었다.

"전 말이죠, 이 일을 하면서 늘 생각하는 게 있어요. 사람을 죽이는 몹쓸 짓을 한 이상 범인을 잡는 건 당연하지만, 왜 그런 일이 일어났는지도 철저히 파헤쳐 볼 필요가 있다고 말입니다. 그걸 밝혀내지 못하면 또 어디선가 똑같은 잘못이 되풀이될 수 있기 때문이죠. 그렇게 해서 알아낸 진상으로부터 배울 점도 많을 겁니다. 실제로 기요세 고우키 군도 그랬고요. 그래서 변한 거예요. 그런데 그 사람 말고도 배워야 할 사람이 더 있다는 생각, 들지 않습니까?"

우에스기는 아이스커피를 빨대로 휘젓다 말고 가가를 보았다.

"무슨 소리가 하고 싶은 거야?"

"선배님은 알고 계실 겁니다. 기시다가 뭘 숨기고 있는지. 왜 털어놓게 하지 않으시는 겁니까?"

우에스기가 눈길을 테이블 위로 떨어뜨렸다.

"무슨 말인지 도무지 모르겠군."

"기시다의 마음을 이해하셔서 그러는 겁니까? 정말 지금 이대로 문제가 없다고 생각하는 건가요?"

"그러니까."

우에스기가 고개를 들고 가가를 노려보았다.

"하고 싶은 말이 있으면 확실히 하라니까."

"좋습니다. 그럼 얘기하죠."

가가의 표정이 심각해졌다. 그 눈에는 우에스기가 지금껏 본 적 없는 날카로운 빛이 스며 있었다.

"그 피의자의 입을 열게 할 수 있는 사람은 선배뿐입니다. 아무쪼록 진상을 밝히도록 해 주십시오."

이 사내는······,

역시 모든 걸 알고 있군. 3년 전 그가 얼마나 어리석은 짓을 저질렀는지 알고 이런 얘기를 하는 것이다.

"난 말이지, 이제 남들 눈에 띄는 짓은 하고 싶지 않아."

우에스기가 나지막한 목소리로 말했다.

"난 사실 경찰에 적을 둘 자격도 없는 못난 인간이야. 그때 퇴직을 신청했는데 위에서 하도 설득하는 바람에 그만······. 하지만 실은 후회하고 있어. 그때 그만뒀어야 하는데."

"그 후회의 마음을 기시다에게 터뜨려 보시면 어떻겠습니까."

우에스기는 아이스커피 잔을 집어 들었다. 그것을 살살 흔들자, 카랑카랑 얼음 부딪치는 소리가 났다.

당찮은 소리, 그는 그렇게 중얼거렸다.

## 8

기시다 요사쿠는 전에 만났을 때보다 한층 야위어 있었다. 뺨이 움푹 패고 눈도 퀭해졌다. 어깨뼈가 튀어나온 것이 옷 위로도 느껴질 정도였다. 마치 해골이 양복을 걸치고 있는 듯한 몰골이다.

그의 눈은 우에스기를 향해 있지 않았다. 아니 어쩌면 아무것도 보고 있지 않은지도 모른다. 눈에 초점이 없었다.

"관할 서에 말 많은 형사가 있어서 말이죠."

우에스기는 그렇게 서두를 꺼냈다.

"이 역할을 제대로 할 수 있는 사람은 저뿐이라잖습니까. 그래서 이렇게 취조를 맡게 됐습니다. 하지만 솔직히 말해 당신을 설득할 수 있을지 어떨지 잘 모르겠어요. 자신은 없습니다. 아무튼 일단은 제 얘기를 들어 보시죠. 제가 할 수 있는 건 그것밖에 없으니까요."

우에스기는 찻잔을 들어 차를 한 모금 마신 후 얘기를 시작했다.

"저는 올해 쉰다섯이고 결혼한 지는 21년이 됐습니다. 결혼하자마자 아이를 갖고 싶었지만 좀처럼 생기지 않더군요. 결국 아내가 간신히 임신을 한 것은 결혼하고 3년이나 지나서였어요. 다음 해에 남자아이가 태어났을 때 저는 하늘을 나는 기분이었습니다."

기시다의 표정에 알 듯 모를 듯 한 변화가 나타났다. 우에스기의 얘기를 흘려듣고 있지는 않은 듯했다.

"늦게 얻은 아이라서 더욱 그랬겠지만, 저는 그 아이가 예뻐서 어쩔 줄 몰라 했습니다. 잠복근무 중에도 동료들 몰래 집에 전화해서 말을 갓 익히기 시작한 아들의 목소리를 듣곤 했어요. 한마디로 아들 바보였죠. 나 스스로 아들 바보라고 생각하면서도 그걸 부끄럽게 여기지 않았습니다. 오히려 자랑스러울 정도였어요."

기시다에게 다시금 약간의 변화가 나타났다. 멀거니 책상 위를 내려다보던 눈길에 초점이 생긴 것이다. 그는 무언가를 보려 하고 있었다.

"저는 분명 아들을 무척 사랑했습니다. 그 점에 대해서는 자신이 있어요. 그런데 말입니다, 자식을 예뻐하는 것과 소중히 여기는 것은 다른 문제더군요. 소중히 여기는 것은 그 아이의 장래까지 염두에 두고 아이를 위해 최선의 선택을 계속해 나가는 것이었어요. 안타깝게도 저는 그러지 못했습니다. 그저 애정을 쏟을 대상이 생긴 것에 들떠 있을 뿐이었어요."

우에스기는 다시 차를 한 모금 마셨다.

"당연한 얘기지만, 자식은 언젠가는 커서 어른이 됩니다. 언제까지고 예뻐하기만 하면 되는 존재가 아닌 거죠. 때로는 골치 아픈 문제를 일으키기도 하고요. 그럴 때 아빠들은 대개 도망치려 합니다. 일이 바쁘다느니 핑계를 대면서 말이죠. 저도 마찬가지였습니다. 아내가 아들 일로 이런저런 소리를 하면 귀찮게만 여길 뿐 진지하게 상담에 응하려 하지 않았어요. 그리고 아내가 투덜대면 으레 하는 말이 나는 일하는 사람이라는 것이었습니다. 별로 바쁘지 않을 때도 그 한마디를 무기로 귀찮은 일은 모조리 아내에게 떠넘겼습니다. 아들이 좋지 않은 친구들과 어울리는 것 같다는 말을 들었을 때조차 특별히 신경 쓰지 않았습니다. 팔팔한 사내 녀석이라면 그런 시기가 있는 법이라고 낙관했죠. 아니, 실은 낙관하는 것처럼 내 자신을 속였는지도 모릅니다."

기시다가 눈을 치켜뜨고 우에스기를 힐끔 보았다. 그러다 눈이 마주치자 얼른 시선을 돌렸다.

"3년 전이었습니다. 본청에서 대기하고 있는데 전화가 걸려 왔어요. 전화를 건 사람은 어느 파출소에 근무하는 경찰관으로, 저와는 예전의 어떤 사건 때문에 안면이 있는 사이였습니다. 그 경찰관이 하는 말이, 헬멧을 쓰지 않은 채 오토바이를 타는 소년이 있어 붙잡았더니 아버지가 경시청 수사 1과의 우에스기라고 하더래요. 그래서 확인차 전화를 걸었다는 겁니다. 자세히 들어 보니 아들이 틀림없었습니다. 저는 너무나 놀랐죠. 헬멧은 그렇다 치고, 아들은 면허조차 없었으니까요.

어쩌면 좋겠느냐고 묻는 상대에게 저는 이렇게 말했습니다. 미안하지만 이번만은 좀 봐줄 수 없겠느냐고요."

우에스기의 목소리가 갈라졌다. 그는 찻잔으로 손을 뻗으려 하다가 곧 멈췄다. 잔이 비어 있었다.

"그 경찰관은 승낙해 주었습니다. 실제로 달리는 장면을 목격한 것도 아니니 주의만 주고 돌려보내겠다고 했습니다. 저는 안도의 한숨을 내쉬었습니다. 고등학생이 된 지 얼마 되지도 않은 아들이 이 일이 학교에 알려져 퇴학당하는 건 아닌지 걱정했기 때문입니다. 그러나 나는 이때의 판단을 두고두고 후회하게 됩니다. 법대로 엄하게 처리해 달라고 단호하게 말했어야 마땅했습니다. 그랬다면 그런 일은……."

목이 멘 우에스기는 심호흡을 두 번 계속했다.

"물론 나중에 아들을 야단치긴 했습니다. 하지만 그 말이 아들의 가슴에 가 닿지 않았던 것 같습니다. 아마도 제 말에 마음이 별로 담겨 있지 않기 때문일 겁니다. 그걸 일주일 후에야 알았습니다. 아들은 수도 고속도로 도심 환상선에서 사고를 일으켜 죽었습니다. S자 커브 길을 추정 속도 130킬로미터로 주행하다가 실수로 벽에 충돌한 겁니다. 헬멧은 쓰고 있었지만, 신체를 지켜 줄 만한 것은 아무것도 없었습니다. 말할 것도 없이 무면허인 채였고요. 오토바이는 지난번에 붙잡혔을 때도 타고 있던, 친구에게 빌린 것이었습니다. 나중에 알게 된 사실인데, 아들이 자랑하고 다녔다고 하더군요. 경찰에게 걸려 체포당할 뻔했는데 아버지가 형사라고 했더니 풀어주었다. 그러니까 앞으로도 웬만한 일은 문제없다고요."

우에스기가 허리를 펴고 구부정하게 웅크리고 있는 기시다를 내려다보았다.

"저는 나쁜 짓을 저지른 아들을 지킨 게 아니었습니다. 더 나쁜 방향으로 가도록 등을 떠민 셈이죠. 부모로서 완전 실격입니다. 동시에 경찰로서도. 부모는 원망을 사는 한이 있어도 자식을 올바른 방향으로 인도해야 합니다. 그럴 수 있는 사람은 부모뿐입니다. 기시다 씨, 당신은 살인을 저질렀어요. 그 죗값은 당연히 치러야 합니다. 하지만 거짓을 가슴에 품은 채로는 가능하지 않습니다. 오히려 또 다른 잘못을 낳을 수도 있어요. 그렇게 생각하지 않으십니까?"

기시다의 몸이 흔들렸다. 그 흔들림이 점차 빨라지더니 급기야 우, 우, 우, 하는 신음이 새어 나왔다. 이윽고 그가 얼굴을 들었다. 두 눈이 빨갰다.

"진실을……"

우에스기가 말했다.

9

오랜만에 파란 하늘이 널따랗게 펼쳐져 있다. 마치 그 대가이기라도 하듯 아스팔트에서 열기가 피어오른다. 찻집에 도착할 무렵 우에스기의 등은 땀으로 흠뻑 젖어 있었다.

가가는 거리 쪽으로 면한 테이블에 앉아 종이 냅킨을 펼쳐 놓고 뭔가를 쓰고 있었다. 우에스기가 다가가자 "아, 오셨어요." 하며 웃는 얼굴로 반겼다.

"뭘 세고 있는 거야?"

맞은편 의자에 앉으며 우에스기가 물었다. 종이 냅킨에 바를 정 자 몇 개가 그려져 있는 걸 본 것이다.

"양복저고리를 입은 사람과 입지 않은 사람의 숫자요. 이제는 입은 사람이 별로 없네요."

그러더니 가가는 종이 냅킨을 구겨서 둥글게 뭉쳤다.

우에스기가 점원을 불러 아이스커피를 주문했다.

"기시다 가쓰야의 업무상 횡령이 확인됐어. 그 액수가 무려 8천만 엔이야."

"하, 그것참."

가가는 별 관심 없다는 표정으로 대꾸했다.

기시다 요사쿠가 기요세 부부의 돈을 빼돌린 목적은 자신이 진 빚을 갚기 위해서가 아니라 아들 가쓰야가 울며불며 매달리는 바람에 어쩔 수 없이 손을 댄 것이었다. 가쓰야는 회사 돈을 유용하다가 감사에 걸릴 위기에 몰렸다고 한다.

"그런데 어처구니없게도 그 아들은 아버지가 어떻게 돈을 융통했는지 전혀 몰랐다는 거야. 그저 세무사 사무실이 잘되나 보다 생각했대. 더 기가 막힌 건 그 마누라도 남편의 횡령 사실을 모르고 있더라고. 자기네가 남들보다 사치스럽게 살고 있다는 자각도 별로 없었어."

가가는 말없이 유리창 너머 거리로 눈을 돌렸다. 덩달아 우에스기도 밖을 내다보았다. 길 건너편으로 센베이 집 간판이 보였다.

아이스커피가 나왔다. 우에스기는 빨대도 꽂지 않은 채 입을 대고 꿀꺽꿀꺽 마신 후 가가를 보았다.

"궁금한 게 있는데, 자네 언제부터 기시다의 아들을 주목하고 있었어?"

그러자 가가는 고개를 저었다.

"주목한 적 없는데요."

"정말? 꽤 일찍부터 그 아들이 사건과 관련이 있다는 걸 눈치채고 나를 선택한 거 아니야?"

가가는 무슨 뜻인지 모르겠다는 듯 고개를 갸웃했다.

"자네 정도의 수사 능력이면 파트너가 누구든 상관없었을 텐데 자네는 굳이 나를 택했어. 그 이유가 뭐지? 내 아들 일을 알고서, 만일 기시다가 아들을 비호할 경우 나라면 진실을 털어놓게 할 수 있을 거라고 짐작했기 때문 아닌가?"

실제로 결과는 그렇게 되었다. 그러니 관할 서의 이 형사가 모든 시나리오를 썼다고 생각지 않을 수 없었다.

가가는 부드럽게 미소지으며 천천히 고개를 저었다.

"그건 아닙니다. 저를 너무 과대평가하시는군요."

"그럼 왜 나를?"

"이유는 두 가지입니다."

가가는 손가락 두 개를 펴서 세웠다.

"하나는, 선배가 기시다 담당이었기 때문입니다. 다른 사람이 담당이었다면 일단은 그 사람과 함께 행동했을 겁니다. 또 하나는, 선배 아들의 일을 알기 때문이죠. 그 일로 선배가 형사를 그만두려 했다는 얘기도 들었고요. 선배의 그 고통스러운 경험이야말로 형사로서의 임무에 반드시 살려야 한다고 생각했습니다. 그래서 선배를 선택했습니다."

그리고 가가는 특유의 서글서글한 눈망울로 그를 보았다. 우에스기는 그 눈길을 슬그머니 피하며 아이스커피 잔에 묻은 물방울을 손가락으로 닦아 냈다.

"마치 다 아는 것처럼 말하는군. 나를 얼마나 안다고."

"그래도 그 판단이 틀리진 않았잖아요."

글쎄, 라고 우에스기가 작은 소리로 중얼거렸다.

나도 자네에 대해 조금은 안다고, 그렇게 말할까 망설여졌다. 여기 오기 전에 들은 얘기가 머릿속에 남아 있었다.

예전에 가가는 경시청 수사 1과에 있었다고 한다. 그런데 어느 살인 사건의 재판에서 변호인 측 증인으로 법정에 서는 바람에 관할 서로 좌천당했다는 것이다. 수사관의 개인적인 감정이 사건 해결을 지연시킨 것 아니냐는 유족으로부터의 항의가 있었기 때문이다. 그러나 실제로는 그가 움직인 덕분에 어려운 사건이 해결된 것이었다.

아니야, 가만히 있자. 가가는 절대 후회하지 않을 것이다. 그런 남자다.

"기시다는 조만간 기소될 거야. 짧은 기간이었지만 신세 많이 졌어."

우에스기가 커피 값을 테이블에 올려놓고 일어섰다.

"언제든 또 오십시오. 그때는 이 동네를 제대로 안내해 드리겠습니다."

"다음은 좀 시원한 때였으면 좋겠군."

그리고 우에스기는 입구를 향해 돌아섰다.

바로 그때, 밖에서 젊은 아가씨가 들어왔다. 티셔츠와 청바지 차림에, 갈색으로 물들인 머리를 좌우 비대칭으로 자른 모습이었다. 그 아가씨는 똑바로 가가를 향해 걸어왔다.

"가가 형사님, 또 땡땡이치시는 거예요?"

"아니야, 순찰 중이라고."

"뭐예요, 그게. 만날 그러고 다니니까 말단 형사 신세를 못 면하죠."

하하하, 가가가 웃었다.

"바나나 주스나 마실래? 내가 사 줄게."

"됐어요. 나 지금 헤어 디자인 생각해야 하니까."

그럼, 하고서 아가씨는 찻집을 나갔다. 그리고 곧장 길을 건너 건너편에 있는 센베이 가게로 들어갔다.

"저 집 따님이에요. 병아리 미용사라나."

가가의 말에 우에스기가 다시 가가 쪽으로 돌아서며 이렇게 말했다.

"하나만 더 묻겠는데, 자네 대체 뭐하는 놈이야?"

그러자 가가는 테이블에 놓여 있던 부채를 펼쳐 얼굴에 대고 펄럭거리면서 대답했다.

"뭐하는 놈이기는요. 이 동네에서는 신참일 뿐입니다."